UN AMOUR MALGRÉ MOI

Impression : Libri Plureos GmbH, Friedensallee 273,
22763 Hamburg (Allemagne)

Traduction française: © 2025 Harper Bliss

Roman traduit de l'anglais par Mélina Suffit et Valentin Translation

Publié par Ladylit Publishing – First Page V.O.F., Belgique

ISBN-13 9789464339536

D/2025/15201/03

Titre original: The Love We Make

© 2023 Harper Bliss

ISBN-13 original: 9789464339260

Un amour MALGRÉ moi

HARPER BLISS

CHAPITRE 1
NORA

Je viens de déclamer la dernière ligne de la lecture du scénario, mais ma performance, celle de mon rôle quotidien, ne sera pas terminée tant que je ne serai pas sortie d'ici.

— Bon travail, déclare notre productrice exécutive avant de reporter son attention sur ma partenaire à l'écran. Stella, je voudrais seulement m'assurer que tu…

Un coup toqué à la porte interrompt Jo. Avant même que quiconque réponde, le battant s'ouvre. Après trois décennies de travail dans ce domaine, je n'en suis même plus étonnée. Bien trop de cadres de chaînes télévisées croient que toutes les portes fermées ne le sont pas pour eux – et ce n'est pas le pire.

Toutes les têtes se tournent vers la porte, et vers la personne ayant tellement peu le sens du travail de création qu'elle n'hésite pas à nous interrompre.

Je suis surprise de découvrir que l'intrus est une femme. Je dirais qu'elle est en fin de cinquantaine, mais j'ai moi-même cinquante-et-un ans et, bien qu'elle ne paraisse pas vieille, elle est sans aucun doute plus âgée que moi. Ou alors elle ne s'est pas fait injecter autant de Botox.

Elle exsude cette assurance typique des cadres de notre

industrie, comme s'ils annonçaient rien que par leur posture que tout le monde doive tout arrêter sur-le-champ, même en pleine création artistique aussi lente qu'ardue.

Ses cheveux noir corbeau lui arrivent aux épaules, et elle porte des talons incroyablement hauts pour une femme plus âgée que moi. Son tailleur d'un blanc immaculé est clairement haut de gamme. Son maquillage est parfait. Tout chez elle sent l'argent.

Jo bondit de sa chaise.

— Mademoiselle St James, salue-t-elle la nouvelle arrivée. Vous êtes en avance.

Ladite Mlle St James hausse les épaules.

— Vraiment ? Vous êtes peut-être en retard.

Sa réponse sonne plus comme une affirmation qu'une question. Elle force ensuite un sourire.

Jo se tourne vers nous avant de lever les yeux au ciel.

— Tout le monde, je vous présente Michelle St James.

— Merci, Jo.

Michelle St James sourit un peu plus largement. Les ridules au coin de ses yeux se creusent. Assurément pas une fan du Botox, alors – ce qui est peut-être à son honneur.

— Désolée pour cette interruption.

Si c'est à ça que ressemble un air désolé, je devrai revoir les expressions de mon personnage dans la série que nous essayons de développer.

— Continuez, je vous en prie. Faites comme si je n'étais pas là.

— Ce n'est rien, affirme Jo. Nous avions pratiquement fini.

Quelle démonstration de cran, Jo.

— Ouah, marmonne Stella. Qui est cette femme pour que Jo s'écrase comme ça ?

Je me penche vers elle.

— L'argent, lui murmuré-je à l'oreille.

— Je voulais passer tant que vous êtes tous présents afin de me présenter. Je suis la nouvelle PDG de Gloves Off Productions. Je remplace Gerry, pour des raisons que vous connaissez certainement tous.

Elle survole la table du regard sans s'arrêter sur qui que ce soit.

— J'aime mettre la main à la pâte, annonce-t-elle avec un sourire un chouïa plus chaleureux. Sans mauvais jeu de mots. La télévision, c'est ma vie, et cette série représente l'un des plus gros atouts de notre société. Pour cette raison, je serai bien plus présente que mon prédécesseur. J'aime savoir ce qui se passe sur mes plateaux de tournage.

Mes plateaux de tournage ? Oh, et elle n'a rien à faire de mieux de son temps si précieux ? Des calculs à effectuer ? Des données à analyser ? De l'argent à compter ?

— Mlle St James sera productrice exécutive cette saison, intervient Jo.

Son ton est tout aussi crispé que son visage. J'imagine qu'elle n'a pas eu voix au chapitre. Toutefois, qui suis-je pour me plaindre ? Ce n'est que la troisième saison d'*Unbreak My Heart*, et tant Stella que moi sommes déjà créditées en tant que productrices sur certains épisodes.

Quelques-uns des vrais producteurs, ceux qui se chargent des tâches fastidieuses, remuent sur leur siège. Mais il en va ainsi. Hollywood n'a jamais été une ville très juste, et le show-biz n'a jamais été un monde équitable basé sur le mérite. Enfin, il reste étrange que la PDG d'une société de production s'attribue un tel rôle. Je me demande si elle compte devenir productrice de tous les projets de sa compagnie.

— J'adore cette série, il s'agit donc d'un immense honneur et privilège, reprend Michelle.

Ses sourcils tressaillent lorsqu'elle plonge brièvement son regard dans celui de Jo.

— Oh, oui.

Jo se tourne vers Stella et moi, puis elle nous lance un sourire désolé.

— Mlle St James souhaiterait inviter les têtes d'affiche à déjeuner.

Elle ne nous laisse pas une seule seconde pour protester.

— Aujourd'hui, ajoute-t-elle.

Pardon ? Pour qui se prend Michelle St James pour s'imposer ainsi et remanier nos emplois du temps ? Comme si nous n'avions rien d'autre de prévu ? Comme si nous n'avions d'autre choix que d'obéir au moindre de ses ordres ?

— Bien sûr, répond Stella.

Je n'en suis pas surprise. Les changements de planning impromptus ne la dérangent jamais. Heureusement, je travaille dans cette industrie depuis suffisamment longtemps pour savoir qu'une journée méticuleusement organisée est tout aussi illusoire que les histoires que nous jouons à l'écran. Je reste tout de même agacée par l'arrivée désinvolte de cette femme prétendant vouloir nous rencontrer alors qu'elle cherche manifestement à simplement asseoir son autorité.

Je lui lance le sourire le plus hypocrite de mon répertoire.

— Bien sûr. J'en serai ravie.

— Parfait. J'ai hâte.

Michelle St James pivote alors sur ses talons aiguilles et sort de la pièce.

— Quelle entrée, commente Stella en récupérant son portable.

— Tu n'as pas envie de rentrer chez toi ? lui demandé-je.

Stella secoue la tête.

— Une maman poule suffit à mon petit bout de chou.

Elle parcourt quelques photos envoyées par Kate, sa compagne, tandis que son téléphone était en mode silencieux.

— Oh, mon cœur. Regarde ça, Nora !

Elle tend le bras, son portable désormais devant mes yeux.

Je ne vois aucune différence par rapport aux milliards de clichés de Silas que j'ai déjà été forcée d'admirer.

— Adorable.

Le fils de Stella est mignon, peu importe le nombre de photos de lui qu'elle me montre.

Elle range son téléphone.

— On dirait qu'on va déjeuner ensemble.

Je suis incapable de retenir mon soupir. Même s'ils sont toujours choyés en mon absence, mes chiens m'attendent à la maison. Tout comme le poke bowl que j'aurais aimé manger ce midi, préparé par Rick exactement comme je l'aime. Et mon confortable canapé, sur lequel j'aime me détendre après des réunions aussi émotionnellement épuisantes que celle-ci, avec trois corps duveteux étalés sur moi. Il va devoir rester vide le temps que j'écoute ce que Michelle St James peut bien avoir à nous dire.

CHAPITRE 2
MIMI

— Je suis sérieuse, mesdames. Je n'essaye pas de vous lécher les bottes. Je suis ravie d'occuper ce poste et d'avoir cette occasion de travailler avec vous. *Unbreak My Heart* a été une vraie bouffée d'oxygène à travers mon écran.

Je lève mon verre d'eau de concombre.

— Toutes les trois, vous êtes une combinaison parfaite.

Je suis en train de leur lécher les fesses, très jolies d'ailleurs, même si je ne peux pas le dire à voix haute. C'est ainsi que ça marche, dans cette ville. C'est la meilleure méthode pour mettre au pas des célébrités trop gâtées – ça, et un compte en banque bien rempli.

— C'est un rêve devenu réalité depuis le premier jour, annonce Stella Flack. Et tout ça grâce à elle.

Elle pointe Nora Levine du doigt.

— Sans Nora, je n'aurais jamais obtenu ce rôle.

— Vraiment ?

C'est une découverte. Pourquoi n'étais-je pas au courant ?

— Oh, oui ! s'exclame Stella avant de savourer son chablis. Nora a changé ma vie.

Elle boit ensuite une autre gorgée.

— N'exagérons rien.

L'expression de Nora est crispée depuis notre arrivée au restaurant.

— Je n'exagère pas, rétorque Stella. Je n'ai pas été rappelée jusqu'à ce que tu demandes à travailler spécifiquement avec moi, Nora.

— Stella a été rejetée ? interrogé-je en me tournant vers Jo.

— C'est du passé, répond-elle.

En plus de leur génie créatif, les producteurs doivent être dotés d'un grand sens de la diplomatie.

— Nous sommes ici, maintenant, à l'orée de la troisième saison, prêtes à tourner de nouveaux épisodes de notre superbe série.

— Désolée pour le retard, boss.

Stella fait un clin d'œil à Jo.

— Étant moi-même mère de quatre enfants, je peux vous assurer que nous ferons tout ce qu'il faut pour vous faciliter la vie, déclaré-je. Je voulais que ce soit clair.

— La pause a déjà duré plus longtemps que prévu à cause de moi, proteste Stella avec un sourire radieux.

— Vous avez eu un bébé. Ne vous en excusez jamais auprès de personne.

Je repose ma fourchette sur la table.

— Sinon, autant vous excuser d'être une femme, et pourquoi diable feriez-vous une telle chose ?

— Amen ! s'exclame Stella en soutenant mon regard. Vous êtes une femme comme je les aime, Michelle St James.

— Appelle-moi Mimi. Et tutoyons-nous.

— Quatre enfants, alors, Mimi. Mince ! Respect.

— Ils sont tous grands, maintenant. Mon cadet a vingt-six ans, et il t'adore, Nora.

Je me tourne vers Nora, espérant faire fondre un peu son air glacial.

— Il a dû regarder *High Life* en entier au moins une dizaine fois. Il n'avait que sept ou huit ans lors de la diffusion de ta première série, mais ses sœurs étaient rivées à l'écran. En fait, je dirais que toute ma famille est fan de toi.

— Oh.

Nora n'est pas la personne la plus loquace ou avenante qui soit. Pour sa défense, elle doit souvent entendre ça. C'est peut-être l'une des raisons de son isolement.

— J'aimerais beaucoup le faire venir sur le plateau lorsque le tournage aura commencé.

Austin est déjà un vrai fils à maman. Si je peux lui organiser une rencontre avec Nora Levine, il risque de revenir vivre à la maison – non que ce soit mon projet.

— Nous devrions pouvoir arranger ça, assure Jo malgré le silence de Nora.

— Je serais ravie de rencontrer ton fils, affirme-t-elle finalement. Veuillez m'excuser.

Elle enfile ses grandes lunettes de soleil avant de se lever. Même les célébrités telles que Nora doivent bien aller aux toilettes.

Prudente, je me retiens de demander à Stella et Jo si Nora est toujours d'aussi mauvaise humeur.

— Nora est une femme très secrète, explique Jo. C'est un miracle qu'elle ait accepté de participer à ce projet, même si j'ai écrit le rôle de Jessie juste pour elle. Son accord n'était pas garanti, mais dès qu'elle a donné son assentiment, tout s'est déroulé très vite selon les standards hollywoodiens.

— Certains scripts sont impossibles à ignorer, commenté-je avec sincérité. *Unbreak My Heart* est comique sans trop en faire. Les personnages sont tellement réels qu'ils pourraient très bien se trouver dans ce restaurant avec nous.

— Non. Ils ne gagnent pas assez d'argent pour venir ici, objecte sèchement Stella.

Je l'aime bien. Elle ressemble beaucoup à Megan, son personnage dans *Unbreak My Heart*. Contrairement à Nora, qui n'a rien à voir avec la douce Jessie, attentionnée et pragmatique. Quoique Jessie est également audacieuse et très imparfaite.

Nora revient à table alors que nos plats nous sont servis.

— Parle-moi de ton petit garçon, encouragé-je Stella.

C'est le sujet de conversation le plus simple, selon moi. Je m'attaquerai à Nora plus tard, quand elle sera de meilleure humeur.

Stella me montre des photos de son fils ainsi que de sa magnifique compagne, Kate, tout en me régalant d'anecdotes sur tous les accomplissements d'un bébé de six mois. Ça fait tellement longtemps que j'ai l'impression d'avoir oublié toutes les aventures de mes enfants au cours de leurs premières années. Dans mes souvenirs, ils se contentaient de pleurer, manger et remplir leurs couches.

Du coin de l'œil, j'observe les réactions de Nora. Elle joue avec sa salade sans vraiment la manger. Elle préfèrerait manifestement être n'importe où, mais pas ici. Je me note mentalement d'essayer d'apaiser les tensions avec elle au plus vite, si tant est que ce soit possible.

— Prévoyons quelque chose chez moi, propose Stella une fois nos repas terminés. Je sors de ma bulle après avoir créé un être humain. J'ai un besoin extrême d'être vue autrement que comme la mère de mon bébé. Tu as éprouvé la même chose, Mimi ?

— Honnêtement, je ne m'en souviens pas. J'ai toujours travaillé, à part pendant quelques mois après chaque naissance. Certaines femmes n'ont pas besoin de travailler, et je ne les juge en aucun cas, puisque chaque femme devrait faire ce qu'elle veut, mais j'avais besoin de mener une vie en-dehors de ma famille. Il en a toujours été ainsi.

Je rive mon regard sur Stella.

— Mais j'aimerais beaucoup voir ta maison. Ta compagne est décoratrice d'intérieur, c'est bien ça ?

J'ai pu passer à côté de certaines informations, mais je me suis renseignée sur Stella et Nora.

— Oui, acquiesce Stella.

— Leur maison est absolument sublime, commente Nora.

— Tellement sublime que Nora nous a rendu visite plus d'une fois, plaisante Stella. Combien de fois as-tu daigné sortir de ton Bel Air huppé pour venir chez nous, Nora ?

Stella fait mine d'être confrontée à une équation difficile et compte sur ses doigts.

— Quatre… cinq fois depuis tout ce temps qu'on travaille ensemble ?

— On passe tout notre temps ensemble sur le plateau, contre Nora. Je ne vois pas pourquoi on devrait aussi se voir en-dehors.

Toutefois, son sourire m'a l'air sincère.

— Si tu veux dire qu'on reste toutes les deux confinées dans notre propre loge, en effet.

Aucune malveillance ne perce dans le ton de Stella, et j'ai comme l'impression que c'est un échange habituel entre elles.

— On a tous notre propre routine.

Nora n'a pas autant parlé depuis le début du repas.

— Je suis simplement plus introvertie que toi.

Stella sourit à Nora, puis un silence s'abat sur notre table.

— J'aimerais beaucoup venir chez vous, répété-je.

— Génial. Je vais organiser ça. Kate sera ravie de te rencontrer. Et de te revoir, Nora.

Elles n'ont pas fini de se charrier. Les taquineries de sa partenaire à l'écran n'ont pas l'air de gêner Nora. Peut-être fonctionnent-elles ainsi, sûrement pour désamorcer les tensions inévitables sur un plateau de tournage.

— N'oublie pas d'inviter ta mère, ajoute Nora.

— D'accord, convient Stella dans un haussement d'épaules. Ma famille est parfois un peu envahissante. Mais je ne les ai pas choisis.

— Kate et toi pourrez raconter à Mimi comment vous vous êtes mises ensemble.

Nora semble plutôt fière d'elle-même après cette suggestion.

— Oh, merde, ricane Stella. On vient seulement de se rencontrer. Gardons quelques limites.

Je ne me rappelle pas avoir lu quoi que ce soit au cours de mes recherches sur la rencontre de Stella Flack et de sa compagne. Cette anecdote doit être particulière, si Nora prend tellement de plaisir à en parler.

Ce qui est clair, cependant, c'est la raison pour laquelle le duo de Stella et Nora fonctionne tellement bien à l'écran.

— Quand se déroulera cette soirée ? je m'enquiers. Parce que j'ai vraiment hâte.

CHAPITRE 3
NORA

— Pitié, ma chérie, râle Juan. Enfile autre chose. Tu as une salle remplie de robes de créateurs et c'est ce que tu décides de porter ?

Il est installé dans un fauteuil dans ma chambre, avec Izzy, mon carlin, sur les genoux. Quant à moi, j'observe mon reflet dans le miroir.

— Qu'est-ce qui ne va pas avec cette tenue ?

— C'est un jean et un chemisier, répond-il d'un ton neutre.

Apparemment, cette simple phrase résume les pires péchés de la mode.

— Ce n'est qu'un dîner chez Stella.

— Qu'un dîner chez Stella ? s'exclame Juan. Non. C'est une soirée en bonne et due forme. La première depuis qu'elle est devenue mère. Fais un effort. Montre-lui que ça compte pour toi.

— C'est la raison pour laquelle tu m'accompagnes dans toute ta splendeur.

— Tss, soupire-t-il tout en grattant Izzy derrière l'oreille. Tu entends ça, Isabel ? Ta maman se sert encore de moi.

Des bruissements me parviennent depuis le rez-de-chaussée. Imani doit être arrivée. Ma clique est au complet.

— En haut, ma chérie, hurle Juan.

Il pose Izzy par terre, et la chienne se réfugie dans un coin pour attendre d'être à nouveau le centre de son attention.

Patients, nous retenons tous les deux notre souffle pour l'entrée sans aucun doute grandiose que nous réserve Imani.

— Voilà comment on s'habille pour une soirée ! se réjouit Juan.

Il lève la main afin qu'Imani tape dedans. Je serre ma meilleure amie dans mes bras, prenant soin de ne pas froisser sa sublime robe de soie colorée.

— Je vois ce que tu veux dire, j'admets à l'intention de Juan. Imani est magnifique, mais ce n'est qu'une robe, au final. Qu'est-ce que ça change ?

— Je ne vais pas me répéter, rétorque-t-il d'un air théâtral.

Maintenant qu'ils sont côte à côte, je me dis qu'ils ont dû coordonner leurs tenues. Comme d'habitude, Juan et Imani seront le roi et la reine du bal, ce qui me convient parfaitement.

Ils sont mon bouclier lors de nos sorties, un pacte tacite que nous avons passé il y a de ça des décennies. Peu importe où nous sommes, tous les yeux se posent sur eux, même si je me trouve juste derrière. À côté de leur couleurs vives, je passe inaperçue. Je me sens bien dans leur bulle d'extravagance, en sécurité. Ils sont mon lien avec le monde extérieur, ma planche de salut. Ils sont tout ce que je ne suis pas, mais dont j'ai besoin pour survivre dans cette ville. Parfois, seul Juan ou seule Imani m'accompagne, mais nous sortons généralement en trio.

— Laisse-la tranquille, Jay.

Imani me toise rapidement du regard.

— C'est une tenue tout à fait correcte, affirme-t-elle avant de poser les mains sur mes épaules. Est-ce que tu es à l'aise ?

Je hoche la tête, et elle m'embrasse sur la joue.

— Parfait. Allons-y, alors. J'ai hâte de passer un savon à cette cadre autoritaire dont tu m'as parlé.

J'avais pesté au sujet de ce déjeuner impromptu auquel m'avait invitée Michelle St James, comme toujours. Ces plaintes me permettent d'évacuer une grande partie de la tension de ma vie. Ça, et de longues sessions épuisantes avec Marcy, ma coach sportive particulière.

— Chad reste avec les bébés ? me demande Juan en s'agenouillant auprès d'Izzy.

Si c'était possible, je le croirais presque plus gaga de mes chiens que moi. Izzy roule sur le dos, lui offrant son ventre à la recherche de caresses. Juan obtempère volontiers.

— Oui, confirmé-je.

— Qui est ton papounet, ma pupuce ? murmure-t-il à Izzy.

Pour toute réponse, la petite chienne se tortille.

Je dis moi aussi au revoir à Izzy, puis je caresse longuement Rogue et Princesse sur le chemin de la sortie. Avant de passer la porte, Juan passe un rouleau collant sur mes vêtements.

— Nora et ses copines sont prêtes à dominer cette soirée, annonce Juan en montant dans la voiture.

———

— Qui est cette bombe ?

Depuis la porte, Juan lorgne le jeune homme accompagnant Michelle St James à la soirée de Stella.

— Je doute fortement qu'ils soient ensemble. Il irradie des ondes queers.

— Il est trop jeune pour toi, commente Imani. C'est évident même d'ici, Jay. Respecte-toi un peu.

— Je ne manque de rien dans ce département, ma belle.

Juan passe un bras autour des épaules d'Imani.

— Allons faire le tour et exercer notre magie.

Nous entrons dans la pièce, Juan et Imani parvenant très

bien à détourner l'attention initiale, mais tous les yeux se tournent bien rapidement vers moi.

Je les présente à Michelle, dont l'invité reste bouche bée lorsque je me poste devant lui. Je ne connais que trop bien cette réaction.

— Voici Austin, annonce Michelle. Mon fils.

Ah, le grand fan de *High Life*.

— Oh, bordel, s'exclame Austin. Nora Levine ! C'est pas vrai.

— Ton langage, mon chéri.

Malgré l'intention, son ton n'a rien d'une réprimande. Je dirais même qu'elle a plutôt l'air amusée. Elle se penche à mon oreille.

— Je savais qu'il réagirait comme ça, me dit-elle en levant les yeux au ciel. Ne te sens pas obligée de te prêter au jeu. C'est un grand garçon.

— Maman, se défend Austin. Tu me fais honte.

— Je pense que tu t'en sors très bien tout seul, mon chéri.

— Tu devais bien savoir que j'allais venir, plaisanté-je.

— Bien sûr, c'est la raison de ma présence. Je suis désolé. Je ne sais vraiment pas me comporter correctement.

C'est en général le moment auquel Juan vole à mon secours, mais il semble fasciné par le jeune homme au point d'en avoir perdu la parole. *Génial.*

— Ravie de te revoir, Nora, déclare Mimi pour combler le silence. Tu es superbe.

Son ton m'a l'air étonnamment sincère.

— J'espérais qu'une fois que mon fils aurait fini de s'extasier, nous pourrions discuter en privé. J'aimerais aborder quelques points avec toi.

— Oh. D'accord.

— Ça ne concerne pas le travail, j'espère, intervient Juan. Au fait, vous êtes splendide aussi, chérie.

Il n'y a que Juan pour appeler ma nouvelle patronne *chérie* en toute impunité seulement quelques minutes après l'avoir rencontrée.

Austin éclate de rire, puis il dévisage sa mère dans l'attente de sa réaction.

— Que du loisir, répond Michelle. Et vous de même.

Est-ce un air émerveillé qui passe sur le visage d'Austin ? Peut-être n'a-t-il pas rencontré beaucoup de personnes osant s'adresser à sa mère sans trop d'égards.

Il reporte toutefois son attention sur moi.

— Sérieusement, Nora. J'ai tellement regardé *High Life* pendant mon adolescence, j'avais presque l'impression que tu étais une amie. Tu étais tout le temps là. Et toujours aussi hilarante que sexy. Comme une personne absolument parfaite.

J'aimerais lui dire que ce n'était qu'un personnage, mais je me retiens. Inutile de détruire les illusions d'Austin, et il connaît sûrement la différence, maintenant, de toute façon. Ce n'est qu'un commentaire dénué de sens.

— Imani ! s'exclame Stella dans notre dos. Tu n'appelles pas. Tu n'envoies pas de messages.

Stella se jette au cou de mon amie. Quand Imani vient me rendre visite sur le plateau, elles sont comme les deux doigts de la main.

Stella nous accueille tous, puis elle se lance aussitôt dans une conversation animée avec Imani, comme cela peut arriver entre deux personnes mais que je n'ai moi-même jamais vécu dans ma vie.

Mimi et moi nous retrouvons donc côte à côte, dans le silence.

— Et si nous discutions maintenant ?

— D'accord.

Sur le chemin de la cour, je salue plusieurs personnes d'un signe de tête sans pour autant m'arrêter bavarder avec. Juan avait raison. Il s'agit d'une soirée en bonne et due forme. Ce n'est pas la première fois que Stella me convainc de venir chez elle et Kate sous prétexte d'un dîner intimiste avant de m'imposer plus d'une dizaine d'invités.

— Ton ami a l'air de s'être entiché de mon fils, fait remarquer Mimi après avoir trouvé un fauteuil.

— On dirait.

Je ne peux pas vraiment excuser Juan. Comme l'a dit Mimi un peu plus tôt, Austin est un grand garçon.

— Les hommes séduisants d'une vingtaine d'années ont cet effet sur Juan.

— Quel âge a-t-il ? s'inquiète-t-elle.

— Quarante-quatre ans.

Avec une grimace, elle hoche la tête.

— Le dernier petit ami d'Austin avait plus de la cinquantaine, donc... Enfin, on m'a bien trop répété de ne pas m'en mêler, donc je vais suivre ce conseil judicieux.

Elle me lance un sourire, mais dénué de toute assurance.

Je ne lui dis pas que Juan n'est pas du genre à vouloir d'un petit ami sur du long terme. Je le connais depuis la dernière année de tournage de *High Life*, ce qui remonte à presque vingt ans, et je peux toujours compter sur les doigts d'une seule main ses relations ayant duré plus de quelques mois.

Je m'installe à côté de Mimi. Un serveur marque un arrêt afin de nous proposer un cocktail, que j'accepte volontiers tandis que Mimi lui demande un verre d'eau avec un quartier de citron.

— Juan est un mec bien, la rassuré-je.

Toutefois, je ne sais pas trop ce que ça peut bien signifier dans ce contexte. C'est un excellent ami avec moi, mais je ne suis pas un homme gay d'une vingtaine d'années.

— Je n'en doute pas. Tu es venue accompagnée de deux invités.

Sur cette remarque, le sourire de Mimi redouble d'éclat.

— C'est généralement le cas.

Je ne m'explique pas plus. J'ai arrêté de le faire il y a bien longtemps.

— Je voulais m'assurer de ne pas avoir pris un mauvais départ, l'autre jour. Quand j'ai interrompu votre réunion et exigé d'aller déjeuner avec Stella et toi, j'ai eu l'impression que ça ne te plaisait pas trop.

Elle porte une main à sa poitrine.

— Si c'est le cas, je m'en excuse.

Le serveur revient avec le verre d'eau de Mimi. Elle en boit quelques gorgées.

— Ce n'est pas grave. J'ai l'habitude de ce genre de comportement venant de personnes comme toi.

— Ça n'est pas correct pour autant, riposte-t-elle en reposant son verre. Mais tu n'as pas tenté de dissimuler ce que tu en pensais, et ça m'a beaucoup plu.

— Comment ça ?

Mimi rit doucement.

— Tu étais présente, physiquement parlant, mais… Enfin, tes fesses étaient posées sur la chaise, mais rien de plus.

— À une époque, j'aurais fourni plus d'efforts, quand je m'inquiétais encore de l'avis des autres, mais j'ai dû arrêter d'y accorder de l'importance, ne serait-ce que pour ma santé mentale.

Je laisse planer un court silence pour appuyer mes propos.

— Il s'avère que se ficher de l'avis des autres est très libérateur. On a tellement plus d'énergie à accorder à ce qui compte vraiment.

— Comme ? s'enquiert Michelle sans me quitter de son regard sombre.

Sa question me prend par surprise. D'habitude, les bénéficiaires de ce petit discours le prennent comme un affront personnel, ou alors ils sont trop étonnés pour approfondir le sujet.

— Des choses personnelles, balbutié-je.

— D'accord.

Elle se renfonce dans son fauteuil et croise une jambe sur l'autre.

— Sans rancune, alors ?

— Absolument.

— Bien.

Mimi saisit son verre et l'incline dans ma direction.

— Et si nous allions dîner rien que toutes les deux, un de ces jours ?

Je m'étouffe sur ma gorgée de cocktail.

— Quoi ?

— Oh, s'esclaffe Mimi. Un simple dîner. Je ne te propose pas un rencard ou quoi que ce soit du genre. Après ce qui est arrivé avec Gerry, je n'inviterais personne avec qui je travaille à sortir avec moi.

Elle me sourit.

— Je parlais d'un dîner d'affaires. Pour apprendre à te connaître en tant que collègue. J'ai comme l'impression qu'un cadre plus intime te conviendrait mieux.

Elle jette un coup d'œil dans la maison.

— Ou est-ce inenvisageable sans ta garde rapprochée ?

— Je vais devoir y réfléchir, je me reprends rapidement. Et pour ton information, je n'ai pas envisagé une seule seconde que tu me proposais un rencard.

— Tant mieux, concède-t-elle avec un autre sourire. Ce n'était assurément pas le cas. Imagine la réaction d'Austin.

— Est-ce que tu, euh, sors avec des femmes ?

C'est un peu osé, mais elle m'a invitée à dîner, et je ne l'avais pas vu venir non plus.

— Oui, répond-elle avec mélancolie. Je suis plutôt gay, en fait.

Elle plonge son regard dans le mien.

— Et par *plutôt*, je veux dire *extrêmement*.

— D'accord.

Cette information soulève quelques questions, mais je trouverai sûrement mes réponses sur Internet. Les personnes aussi importantes que Michelle St James ont toujours une page Wikipédia détaillant leur vie personnelle au monde entier.

— Et si je t'en parlais bientôt au cours d'un dîner ? Je ne suis pas trop mauvaise cuisinière, donc si tu préfères éviter d'aller au restaurant, tu es la bienvenue chez moi.

Je suis intriguée, je dois bien l'avouer.

— Bien sûr. Je veux bien dîner avec toi.

Mimi incline la tête.

— Par curiosité, puisque nous posons des questions personnelles… Vous êtes ensemble, Imani et toi ?

Je ne peux retenir mon rire.

— Imani et moi ? répété-je en fronçant les sourcils. Non.

Où a-t-elle bien pu avoir cette idée ?

— Je me demandais, c'est tout.

— Tu le sais, maintenant.

Je prends soudain conscience que sa question n'avait peut-être pas pour objectif de connaître *mon* statut relationnel.

— Elle est célibataire, si tu veux savoir.

Je suis à peu près sûre que Mimi n'est pas au goût d'Imani, mais qui suis-je pour en décider ?

— Oh, mon Dieu. Je te donne encore une mauvaise impression, Nora. Ce n'était vraiment pas ma question. Quel âge a-t-elle ? Elle est magnifique, mais non.

— On ne dirait pas, comme ça, mais Imani a presque cinquante ans.

Mimi écarquille les yeux.

— Bordel. La magie de cette ville ne cessera jamais de me surprendre.

CHAPITRE 4
MIMI

J'ai du mal à déchiffrer Nora, mais elle est charmante, à sa façon – même quand la caméra ne tourne pas.

— Voilà où vous êtes cachées.

Kate, la compagne de Stella, nous rejoint, et Nora se lève pour la prendre dans ses bras.

— Je suis contente de te voir.

Après s'être reculée, Nora la tient à bout de bras.

— Regarde-toi. Tu es radieuse.

— Tu veux dire qu'on ne voit pas que j'ai passé la moitié de la nuit éveillée à cause de Silas ? Et pareil pour la nuit précédente ? Et toutes celles d'avant, aussi ?

— Pas du tout.

— Tu es trop gentille.

Kate reporte alors son attention sur moi.

— Michelle, c'est bien ça ? La nouvelle patronne de Stella ?

— Je ne dirais pas patronne.

Je lui lance mon plus grand sourire. Nora se racle la gorge, et Kate se laisse tomber sur un fauteuil.

— Je suis ravie que vous soyez tous ici, et je comprends

l'envie de Stella d'organiser une soirée, mais merde, que je suis fatiguée.

Elle tourne la tête vers moi.

— Vous avez quatre enfants, c'est ça ? J'accepte tous les conseils.

Je lui souris doucement.

— Les premières années sont toujours difficiles, puisqu'ils dépendent totalement de vous. Et le premier enfant provoque un énorme choc, parce que tout est bien plus éprouvant qu'on aurait pu l'imaginer. Essayez de dormir autant que possible. Tout gérer devient plus facile quand on a pu se reposer un peu.

— *Oui*, acquiesce Kate d'un air pensif.

— Tu as repris le travail aussi ? s'enquiert Nora.

— Seulement à temps partiel, répond Kate. J'aimerais être aussi présente que possible pour Silas, surtout maintenant que Stella a repris.

Elle laisse échapper un lourd soupir.

— Il est avec sa grand-mère, ce soir, donc on pourra au moins dormir un peu demain matin.

— Élever un enfant sera l'expérience la plus difficile de votre vie, mais aussi la meilleure. Et ça vient d'une personne qui en a élevé quatre. Il n'y a tout simplement rien de tel.

Je l'encourage d'un sourire.

— Kate ! l'interpelle quelqu'un. Tu peux venir ici, s'il te plaît ?

— Le devoir m'appelle, s'excuse-t-elle en se relevant. Merci pour ces conseils, Michelle.

Après le départ de Kate, Nora me dévisage, les yeux plissés.

— Tu as une question en tête, non ? demandé-je en levant les mains. Je t'en prie. Je n'ai pas énormément de secrets.

— Tu as élevé tes enfants seule ?

— Mon Dieu, non. Leur père fait encore partie de nos vies, mais nous avons divorcé quand Austin avait dix ans.

Je la vois presque effectuer ce calcul mental.

— Mais tu te considères *extrêmement gay.*

La franchise de Nora ne me vexe pas – elle est plutôt rafraîchissante, même.

— C'est vrai, et je l'ai toujours su. Cependant, je voulais une famille, donc j'ai épousé un homme. Ça me paraissait être le moyen le plus simple d'y parvenir.

J'étudie la réaction de Nora, mais son expression reste impassible.

— La situation était différente, quand j'avais vingt ans.

Nora acquiesce, manifestement plongée dans ses pensées.

— Ton mari était au courant ?

Austin nous interrompt avant que je puisse répondre.

— Maman ! Tu t'accapares Nora.

Il lui lance un sourire éclatant.

— J'avais comme l'impression que tu avais perdu tout intérêt pour ton idole, rétorqué-je.

Austin porte une main à sa poitrine, faussement indigné.

— Comment oses-tu sous-entendre une telle chose. Je t'en prie, Nora, n'écoute pas ma mère.

— Je ferai de mon mieux, plaisante Nora avec un sourire. J'espère que Juan se comporte comme il faut.

L'expression d'Austin s'adoucit. Toutefois, il est mon cadet, et j'ai appris à laisser couler en ce qui concerne la vie ainsi que les péripéties amoureuses de mes enfants, avec leurs hauts et leurs bas. Il sera toujours mon bébé, et je ne supporterai pas qu'il se fasse briser le cœur, mais il y a tout un monde entre le flirt et les peines de cœur… en général.

— Juan est génial.

Austin se tourne vers Nora et murmure à voix haute pour que je l'entende quand même :

— On a un rencard la semaine prochaine.

— Bordel, marmonne Nora. Vous ne perdez pas de temps, tous les deux.

— Pourquoi est-ce qu'on en perdrait ?

Austin fait semblant de repousser ses cheveux inexistants derrière son épaule. Il m'enchante depuis sa naissance. Comme il était mon quatrième, tout était tellement plus simple avec lui. Je pouvais profiter de mon rôle de mère d'un bambin au lieu d'être constamment épuisée – et je pouvais aussi me permettre d'engager beaucoup d'aide, à ce moment-là.

Imani et Juan nous rejoignent et encadrent Nora. Austin s'intègre aisément à leur petite bulle. Je les observe un moment, incapable de retenir mon sourire. Ma plus grosse tâche de la journée est accomplie : j'ai rendu mon fils heureux. J'ai toujours été une mère qui travaille, mais ma famille a toujours été ma priorité, sans exception. J'ai hâte d'être à demain, quand ils arriveront tous à la maison et se rassembleront autour de moi comme le font actuellement les amis de Nora.

———

Même s'il a refusé que je le ramène à la maison hier soir, Austin est le premier arrivé pour le brunch. Je n'ai pas le temps de l'interroger sur ce qu'il s'est passé après mon départ étant donné que Heather arrive avec son mari, Bobby, et leurs deux jeunes garçons.

Elle est à peine entrée qu'Austin passe le bras sous celui de sa sœur et l'entraîne dans la cour. J'entends clairement les mots *Nora* et *Levine* répétés plusieurs fois.

Les garçons se sont rués dehors, et je sers une tasse de café à mon gendre, profitant du calme relatif pendant quelques secondes.

— Maman, m'interpelle Heather depuis la porte. Pourquoi tu ne m'as pas dit que tu travaillais avec Nora Levine ?

— Je suis à peu près sûre de t'en avoir parlé, ma chérie.

Toutefois, avec des enfants de trois et cinq ans, les informations ont tendance à se perdre dans la conversation.

— Impossible. Je m'en serais souvenue.

— Eh bien, tu le sais, maintenant.

— Et tu as emmené Austin pour qu'il la rencontre !

L'indignation de Heather me rappelle ses années d'adolescence.

— Je ne pouvais pas vraiment vous emmener tous les quatre, rétorqué-je tranquillement.

— Austin obtient toujours tout, dans cette famille, uniquement parce que c'est le plus jeune.

Elle fait semblant de donner un coup de poing dans le bras de son frère.

— Et tu ne sais pas tout, la nargue Austin.

— Comment ça ? l'interroge Heather, les yeux plissés.

— Rencontrer Nora, c'était extraordinaire, mais…

Austin laisse planer un bref suspense.

— Ma rencontre avec son meilleur ami, Juan, était encore autre chose.

Lauren et Jennifer arrivent l'une après l'autre, empêchant Heather de poser plus de questions à son frère, et m'évitant d'entendre des réponses que je préfère ne pas connaître.

Heather accapare aussitôt Jennifer, sa jumelle, et elles disparaissent dans leur petite bulle.

Lauren m'embrasse sur la joue et, dans un soupir, elle me tend sa petite fille d'un an.

— Devine qui a refusé de dormir plus de deux heures la nuit dernière ?

— Où est Gus ?

Je berce ma petite-fille, qui fait fondre mon cœur.

— Il fait une sieste bien méritée. Il sera là dans une heure, à peu près.

Lauren s'avachit sur une chaise. Austin la rejoint et pose les mains sur ses épaules.

— Tu as besoin d'un peu de magie fraternelle ? demande-t-il.

Lauren penche la tête en arrière et lui sourit.

— Tout dépend d'où ont traîné ces mains, dernièrement.

— Ne demande pas ce que tu ne veux pas savoir.

Austin sourit à sa sœur avec malice avant de lui masser les épaules.

J'échange un regard avec mon gendre tandis que mes enfants restent entre eux. Selon le temps écoulé depuis la dernière discussion de Heather et Jennifer, nous pourrions ne pas les voir avant un bon moment.

Je me remémore les questions posées par Nora hier soir au sujet de ma famille. J'ai sacrifié certaines parties de moi-même pour eux, mais c'était temporaire et je ne l'ai jamais regretté, et en ai même été largement récompensée.

— Est-ce que je peux…

Bobby est interrompu par le retour des jumelles.

— C'est décidé, maman, annonce Heather. Tu dois inviter Nora à un brunch avec nous, et le plus tôt sera le mieux. Que dirais-tu du weekend prochain ?

Je m'esclaffe.

— Oui, bien sûr.

Je travaille depuis toujours dans le monde de l'audiovisuel, et mes enfants ne sont pas facilement impressionnés par la célébrité – à l'exception de tout acteur ou actrice de *High Life*, apparemment. Je ferais mieux de garder pour moi la venue prochaine de Nora pour un dîner.

— Je ne pense pas que ce soit le truc de Nora.

— Pourquoi pas ? s'enquiert Lauren.

— Juste une impression.

Jennifer tend les bras à sa nièce, et je lui donne ma petite-fille afin de reprendre la préparation du repas.

— Elle est sympa ? demande Jennifer.

— Très, répond Austin. Et sublime, et incroyable, et elle a en plus des amis vraiment géniaux.

Il serre doucement les épaules de Lauren une dernière fois.

— Et votre humble serviteur a un rencard avec l'un d'eux demain soir.

— Non ? s'étonne Lauren, les yeux écarquillés. Attends. Il a quel âge ?

Austin repose les mains sur les épaules de sa sœur et la secoue légèrement.

— Il est assez vieux, se contente-t-il de déclarer.

Tout comme j'ai appris à ne pas me mêler de la vie amoureuse de mon fils, je sais aussi quand rester à l'écart des conversations de mes enfants.

— La soixantaine ? insiste Lauren.

Dans le dos de sa sœur, Austin lève les yeux au ciel.

— Il s'appelle Juan, et il a quarante-quatre ans.

— Seulement ? intervient Jennifer. Tu vas bien, frangin ? Tu n'es pas malade, si ?

— Ha. Ha. Très drôle.

Austin est habitué aux piques de ses sœurs à ce sujet.

— Attends de rencontrer Juan. Il est tellement charmant. Pas vrai, maman ?

— Très, confirmé-je.

Je me mords la langue et me retiens d'ajouter qu'ils ne sont pas encore sortis ensemble, et qu'il s'avance peut-être un peu trop s'il imaginait déjà présenter Juan à ses sœurs.

Je ne capte que des morceaux de conversation pendant que Bobby et moi mettons la table. De ce que j'entends, les filles ont l'air plus intriguées par Nora Levine que par le nouveau prétendant d'Austin.

Nous prenons tous place à table, ma petite-fille somnolant dans son berceau.

— Sérieusement, déclare Jennifer. Est-ce que tu vas travailler directement avec Nora, maman ?

— C'est l'idée. Mais elle n'est pas la seule actrice de cette série. Qu'en est-il de Stella Flack ?

— Stella Flack n'était pas tout le temps à l'écran pendant

notre enfance, riposte Heather en coupant des œufs pour son cadet. Nora Levine est cette icône de notre jeunesse.

— Mais vous appréciez *Unbreak My Heart* ?

— Honnêtement, maman, je n'ai pas eu le temps de regarder.

— Il y a deux saisons que tu peux regarder n'importe quand.

Je jette un coup d'œil à Lauren, déconcertée par les cernes sombres sous ses yeux. Elle aurait peut-être dû faire cette sieste à la place de son mari.

— J'adore, intervient Austin. Nora et Stella fonctionnent très bien ensemble à l'écran.

Il papillonne des cils.

— Et dans la vraie vie aussi, bien sûr.

— Mon Dieu, soupire Heather. Comment est-ce possible que tu ne sois pas journaliste people, à détailler tous les détails sordides des stars hollywoodiennes ?

— Ma mère ne l'aurait jamais autorisé, rétorque-t-il.

Austin est ingénieur en génie civil, tout comme son père – mais un peu plus maniéré.

Même s'ils ont grandi à Los Angeles avec une productrice exécutive pour mère, aucun de mes enfants ne s'est dirigé vers le monde du show-biz. Jennifer a inventé une application concernant le cycle menstruel. Lauren est copropriétaire d'une boutique de Rodeo Drive. Quant à Heather, elle est actuelle-ment mère au foyer – ce qui est de loin le plus dur à accepter pour moi pour n'importe lequel de mes enfants.

– J'ai toujours dit que vous pouviez et deviez faire le métier qui vous plait, contré-je en me prêtant au jeu.

— Même paparazzi ? questionne Heather. Ou adepte des sugar daddies ?

— Mince, peste Austin. Ça a bien vite dégénéré.

— Je digère encore le fait que tu as passé du temps avec

Nora Levine, soupire Heather. J'ai dit à Bobby lors de notre tout premier rencard qu'elle est mon joker, et qu'elle le sera toujours.

Bobby hoche la tête, toujours aussi laconique – ce gendre-ci ne se laisse pas facilement perturber.

— C'est le mien aussi, donc tu ne devrais peut-être pas l'inviter, finalement, Mimi.

— Qu'est-ce qu'un joker ? interroge Wyatt, l'aîné de Heather.

— C'est pour les adultes, bébé.

— Je peux avoir un sugar daddy ? continue Wyatt.

Nous éclatons tous de rire.

— Peut-être quand tu seras plus vieux, plaisante Austin.

— Franchement, fait remarquer Jennifer avec son sérieux habituel. Cette conversation n'est pas appropriée pour les enfants. Vous voulez-bien arrêter ?

— Oh, allez, Jen.

Austin est vraiment aux antipodes de sa sœur.

— Ne sois pas si coincée. Ou est-ce que ce couple avec toi-même ne te convient plus ?

— Je ne veux pas que Wyatt et Lucas entendent tes remarques déplacées, c'est tout.

— *Mes* remarques déplacées ? C'est Heather qui a commencé, je te signale.

— Oncle Austin a raison.

Le commentaire de Wyatt fait immédiatement retomber la tension.

— Merci, mon pote.

Austin lève la main pour que son neveu tape dedans.

Avec un sourire, je me renfonce dans ma chaise. La relation de mes quatre enfants a toujours été ainsi : ils sont à couteaux tirés un instant, et disposés à tout oublier le suivant. Je ne voudrais pas qu'il en soit autrement.

CHAPITRE 5
NORA

— Pourquoi vais-je dîner chez cette femme ?

Je parle à Izzy, qui ne supporte pas d'être dans une autre pièce que moi lorsque je suis à la maison.

— Comment est-ce arrivé ? demandé-je en faisant les cent pas dans mon dressing. Et dire que j'étais convaincue d'avoir maîtrisé l'art du refus.

Je m'accroupis afin de prendre mon chien dans mes bras.

— Qu'est-ce que je vais bien pouvoir porter ? Et quelle importance ?

Izzy hausse un sourcil.

— Tu as raison. Ce n'est pas important.

Je sors un chemisier coloré que Juan approuverait ainsi qu'un de mes nombreux jeans.

Izzy gémit doucement quand je la repose par terre, mais je dois m'habiller. Pour une quelconque raison dont je ne me souviens pas, je vais dîner chez Michelle St James, alors que je préfèrerais largement passer mon samedi soir chez moi avec mes chiens sur les genoux – je ne voudrais vraiment être nulle part ailleurs.

La semaine de répétitions a été longue. Le tournage

commence bientôt, ce qui est toujours épuisant. J'ai besoin d'un peu plus de solitude pour m'habituer à ce changement d'emploi du temps. Pourtant, je me retrouve à dîner avec une femme que je connais à peine et, alors que les minutes s'écoulent, j'ai de plus en plus envie d'annuler. J'ai toutefois attendu trop longtemps. Chad, qui garde mes chiens, m'informe de l'arrivée de ma voiture.

Sur le trajet, j'appelle Juan en quête de conseils sur les interactions sociales et d'encouragement.

— Passer du temps avec une cadre n'est jamais une mauvaise idée, chérie. Ou avec le fils d'une cadre. Crois-moi quand je te dis que je donne de moi.

Je sais déjà que son premier rendez-vous avec Austin était idéal, digne du plus romantique des films.

— On se revoit ce soir, me confie Juan d'un ton plus tendre. Apparemment, ses sœurs sont carrément jalouses.

— Qu'il sorte avec toi ?

— De ce lien avec Nora Levine, que toute la fratrie St James adore.

— Tu l'apprécies vraiment, n'est-ce pas ?

C'est évident, raison pour laquelle je lui pose la question.

— Il est tellement adorable, Nora. Et je ne me suis pas encore lassé de lui.

— Ouah, me moqué-je. Tout ça après un rendez-vous.

— Ça pourrait donner quelque chose. Je ne sais pas. Ça me rend un peu nerveux.

— Julian Diaz, dis-moi que ce n'est pas vrai. Découvrirais-tu la plus insaisissable des expériences ? Des sentiments romantiques pour un autre être humain ?

— Tu me fais passer pour un monstre.

— Non, seulement quelqu'un avec des difficultés à s'engager, mon chéri.

Je pourrais plaisanter ainsi avec Juan pendant des heures. Il a cet effet sur moi. Ce ne serait qu'une conversation que nous rabâchons depuis des années. Cependant, ma voiture ralentit déjà. La circulation est assez légère, et le trajet de Bel Air à Beverly Hills n'est pas très long.

— Nous avons atteint notre destination, Miss Levin, m'annonce le chauffeur.

— Mon carrosse est arrivé, Jay. Sois sage, ce soir. Ne brise pas le petit cœur fragile du fils de ma nouvelle patronne.

— Son cœur ? Et le mien, alors ?

Juan fait des bruits de bisous dans le micro de son téléphone.

— Amuse-toi bien. Je t'appelle demain.

La porte d'entrée s'ouvre avant que je puisse réellement observer la maison de Michelle. Elle est modeste malgré le quartier cossu, ce qui pourrait tout à fait correspondre à mes standards.

Michelle m'invite à entrer, puis à la suivre dans sa cour.

— Je suis ravie que tu sois venue, déclare-t-elle en sortant une bouteille de vin d'un seau à glace. J'ai un bon meursault bien frais, si ça te dit.

Le meursault fait partie de mes vins de Bourgogne préférés. Elle a peut-être demandé à l'un de ses sbires de parcourir toutes mes interviews à la recherche d'une mention de mes plats ou boissons préférés.

— Oui, j'en prendrais bien un verre.

Elle nous sert toutes les deux. Je me souviens qu'elle n'a bu que de l'eau, lors de la soirée, mais elle semble disposée à se laisser aller, ce soir.

Je survole son jardin du regard. Au loin, les arbres sont éclairés par la lueur orangée du soleil couchant.

— C'est très joli, ici.

— Merci.

Elle boit à peine une gorgée de son verre avant de le poser.

— Tu n'es pas obligée de boire simplement parce que je le fais, lâché-je soudain.

Cette situation me rend nerveuse, principalement parce que je ne sais pas exactement quoi en penser.

— Ne t'en fais pas. Ce n'est pas ça. Je ne bois que quelques gorgées. Je ne suis pas très adepte de l'alcool.

— C'est à la mode à L.A. en ce moment. Tu es très branchée.

Ce qui n'est pas mon cas, songé-je en buvant une généreuse goulée de vin.

— Vraiment ? s'enquiert-elle avec un sourire. Je n'ai jamais vraiment aimé l'alcool, malgré sa glorification constante à l'écran.

Elle se penche sur la table et pousse vers moi un plateau d'amuse-bouche. Je repère des olives, des biscuits salés et du houmous – rien de trop sophistiqué.

— J'ai oublié de demander si tu étais intolérante au gluten. Austin l'est, donc j'ai préparé ce que j'aurais cuisiné pour lui.

— Je ne mange jamais de gluten ou de glucides.

Je pique une olive avec un cure-dent.

— C'est comme ça depuis que j'ai été prise pour *High Life*.

— Sérieusement ?

— Je suis consciente de l'évolution positive des choses, mais tu dois bien savoir qu'à l'époque du tournage de *High Life*, que ce soit pour moi ou pour les autres actrices, la minceur était notre seul et unique prérequis. Se défaire de cette mentalité n'est pas simple.

— J'en suis navrée, murmure Michelle.

— Ce n'est pas ta faute.

— Je travaille à Hollywood et fais partie de ce système depuis longtemps, donc je suis coupable. Nous sommes tous coupables d'avoir promu des idéaux irréalistes.

Michelle secoue la tête.

— Le poids des acteurs masculins variait constamment, et ça se voyait, donc c'était irréaliste en plus d'être un double standard.

— Tu es très progressiste, pour une cadre de société de télévision.

— La plupart d'entre nous le sommes. Maintenant.

— Parce que vous devez l'être.

— Je suis mère de trois filles. J'ai vu de mes propres yeux les dégâts que peuvent causer ces normes irréalistes chez des adolescentes impressionnables. Si je suis progressiste, ce n'est pas par obligation. C'est parce que j'aime mes enfants, et les gens en général.

— Tes filles vont bien ?

Ce ne serait pas la première fois que je blesse un innocent inconnu avec des paroles malencontreuses.

— Elles vont très bien. Et mon fils aussi, d'ailleurs.

J'ai du mal à distinguer si son sourire est sincère ou quelque peu forcé.

— Il paraît qu'il a un rencard, ce soir.

— Vous devez être très proches, Austin et toi.

Je ne m'imaginerais pas partager des détails aussi intimes avec ma propre mère.

— En effet. Il est bien plus jeune que les filles et, après le divorce, on a passé beaucoup de temps rien que tous les deux.

— Je crois que Juan apprécie vraiment Austin.

Je ne pense pas que cette confidence soit déplacée – Jay vient de me le dire.

— De ce que j'ai compris, c'est mutuel. Pour être honnête, toutefois, je ne suis pas vraiment sûre que ça ne soit pas en partie grâce à ton amitié avec Juan. Dans ma famille, tu représentes la royauté du monde télévisé. Tous mes enfants te vénèrent.

— Ooh.

Je ne sais jamais trop quoi répondre à ça. C'est assez facile d'ignorer un tel compliment lors d'une brève interaction sociale, mais face à Michelle, je me sens un peu gênée. Heureusement pour moi, les platitudes me sauvent souvent la mise.

— Je sais que beaucoup de personnes appréciaient énormément *High Life*. Tu travailles dans cette industrie. Tu sais que nous vendons avant tout des illusions.

Michelle hausse les sourcils.

— Je ne suis pas d'accord. Nous ne vendons pas des illusions, mais des histoires. Nous enchantons les spectateurs grâce à des personnages dont ils ne peuvent que tomber profondément amoureux, comme Emily dans *High Life*. Nous améliorons la vie des gens en leur offrant un moyen de se détendre à la fin d'une longue journée, et en leur présentant des personnages avec lesquels ils peuvent rire et se lier quand ils se sentent seuls.

— Ouah. Tu crois vraiment en ton métier.

— Je suis littéralement obsédée par la télévision, admet Michelle. Je suis tellement ravie de vivre l'âge d'or de l'audiovisuel. Le contenu créé de nos jours est incroyable. Le niveau de divertissement que nous proposons est exceptionnel. Faire partie de tout ça est un privilège.

Michelle St James est une réelle adepte de la télévision. J'en ai rencontré quelques-uns au cours de ma carrière, mais pas autant que je l'aurais voulu. Aujourd'hui, à plus de cinquante ans, j'ai du mal à ne pas prendre tout ça avec énormément de prudence. Des décennies passées dans cette industrie n'ont apparemment pas eu le même effet sur Michelle.

— Dit comme ça…

Je bois une autre gorgée de vin.

— Que dirais-tu, toi ?

— C'est assez différent, pour moi. Je suis actrice. Je ne suis qu'un minuscule rouage de la machine.

— Encore une fois, je ne suis pas d'accord, proteste-t-elle vigoureusement. La distribution des rôles est l'un des aspects les plus importants de n'importe quel projet. Le bon acteur peut faire le succès ou causer la perte d'une série. Personne d'autre n'aurait pu rendre le rôle d'Emily dans *High Life* aussi iconique. Ce n'est pas seulement le rôle créé par les scénaristes, tout comme ce n'est pas seulement toi, mais c'est l'alchimie spécifique des deux ensemble. Tu as donné vie à Emily à ta propre façon. Grâce à toi, des milliards de spectateurs sont tombés amoureux d'elle et regardaient cette série chaque semaine.

J'ai cessé de penser à ce qui avait rendu le rôle d'Emily aussi hors du commun il y a bien longtemps – c'est le genre de choses qui peuvent vous faire perdre la tête.

Je ne réponds rien, donc Michelle continue.

— Pourquoi as-tu spécifiquement demandé que Stella soit rappelée pour le rôle de Megan ? m'interroge-t-elle avec un regard attentif.

— Parce que le courant ne passait pas autant que je le voulais avec les autres acteurs choisis pour les essais de compatibilité, et je venais de voir Stella dans *Like No One Else*.

— C'est ce que je disais, commente Michelle sans me quitter des yeux. Tu recherchais cette étincelle, cette magie entre deux personnes qui ressort à l'écran.

— Peut-être, mais la coïncidence et le timing ont joué un rôle dans tout ça. Si je n'avais pas été stupéfaite par ce film sur Lana Lynch, je n'aurais jamais entendu parler de Stella, et le rôle de Megan aurait été attribué à quelqu'un d'autre.

— Ce que tu appelles une coïncidence, moi je dis que c'est l'alignement des étoiles de l'histoire de la télévision.

Je ne peux retenir un petit ricanement.

— Dans notre industrie, beaucoup de choses ne sont dues qu'au hasard.

— Comme dans la vie quotidienne. Si Gerry n'avait pas envoyé ces photos, nous ne serions pas toutes les deux ici, ce soir.

Je suis plus ou moins au courant du fait que l'ancien PDG de Gloves Off Productions a envoyé des clichés inappropriés à des employées, mais je préfère omettre les détails de cette histoire.

Je bois une gorgée de vin. Michelle, elle, ne touche pas au sien.

— J'adore la télévision, moi aussi. J'adore que ce soit mon métier. J'aime jouer la comédie plus que tout.

Je dois supporter beaucoup de choses pour le continuer, songé-je sans l'exprimer à voix haute devant Mimi – je réserve ces conversations pour mes deux meilleurs amis.

— J'aime que ça te passionne autant.

— Peut-être un peu trop, admet Mimi en piquant une olive. J'ai passé une grande partie de ma carrière sur les plateaux de tournage, à accomplir des choses, et j'ai toujours préféré ça aux réunions interminables et à tous ces bavardages sur des sujets trop pratiques.

Et c'est une cadre de l'industrie qui dit ça.

— Vraiment ?

— Oui, mais l'artistique ne peut exister sans le pratique, et inversement.

Son expression s'adoucit.

— Honnêtement, j'ai toujours rêvé de devenir réalisatrice. Mais… eh bien, je voulais beaucoup de choses, et je me suis assez vite rendu compte du risque de ne rien obtenir si je n'apprenais pas à faire des compromis.

— Comme quand tu as épousé ton mari ?

Oups. Voilà que je recommence. Je n'ai pourtant bu qu'un demi-verre de vin. Je lance un sourire navré à Michelle.

— Désolée. Je n'aurais pas dû dire ça.

— Ce n'est pas grave. Vraiment.

Michelle se rapproche de moi et tapote ses doigts sur mon genou.

— J'apprécie ta franchise.

Sa façon de le montrer est assez active, je trouve.

— Quand même.

— Non, vraiment, Nora. C'est rafraîchissant.

— Les gens trouvent habituellement ça horripilant et agaçant, donc j'accepte rafraîchissant.

Je lui lance un sourire cette fois-ci bien plus sincère.

— Tu as raison. Mon mariage avec Eric était un compromis. Tout comme ma décision de me concentrer plus sur le côté commercial de l'industrie au lieu d'envisager un objectif inatteignable quand j'avais la vingtaine, la trentaine ou encore la quarantaine : devenir réalisatrice.

Michelle secoue la tête.

— La vie est bien simple quand on accepte qu'on ne peut pas avoir tout ce qu'on veut.

Michelle saisit son verre et fait tourner le vin à l'intérieur.

— C'est mieux ainsi, de toute façon. J'ai déjà tant : quatre enfants géniaux, trois petits-enfants adorables, et une super carrière dans une industrie que j'adore.

Michelle n'a pas l'air de manquer de quoi que ce soit dans sa vie. Elle est radieuse, une femme sans regrets. C'est facile de l'apprécier. Elle exsude cette assurance dont je me délecte.

— Je vois ce que tu veux dire. Pour le monde extérieur, je dois donner l'impression d'être la femme la plus chanceuse qui soit. J'ai un métier que j'adore et je touche un salaire indécent. Mais tout a son côté négatif, ce que les gens préfèrent ignorer.

— La célébrité, comprend Michelle. Je l'ai vue détruire des personnes à de nombreuses reprises.

Elle plonge son regard dans le mien.

— Il en faut beaucoup pour survivre à une célébrité comme la tienne, Nora. La plupart des gens n'y parviennent pas. J'ai beaucoup de respect pour ça – pour toi.

— Ouah.

J'entends rarement quelqu'un exprimer ce que j'ai moi-même eu tant de mal à formuler pendant si longtemps, ce que j'ai dû refouler à cause de toutes ces attentes et de mon conditionnement. Dans sa bouche, ça paraît presque naturel.

— Merci de dire ça.

— De dire la vérité ? Inutile de me remercier pour ça.

CHAPITRE 6
MIMI

J'ai servi à Nora le plat préféré de mon fils : du saumon cuit au four et des asperges. Bien qu'elle m'ait affirmé trouver le repas délicieux, elle mange avec la retenue d'une personne trop souvent réprimandée sur ses choix de nourriture. Jen se comporte parfois ainsi également, malgré tous mes efforts.

Cependant, Nora ne se modère pas autant sur le vin. Elle a bu la majorité du meursault, le moment est donc propice pour lui poser une question plus personnelle. De nombreuses rumeurs circulent sur les sites people, mais de ce qu'en sait le monde extérieur, Nora Levine est presque toujours restée célibataire.

— Cette photo, là-bas.

Je pointe du doigt un cadre contenant un cliché de mes trois filles.

— Celle du milieu, la grande avec les cheveux courts, c'est Jennifer. C'est mon aînée, mais seulement de trente minutes.

Un sourire inconscient me vient toujours aux lèvres à la moindre mention des jumelles.

— Elle aime se proclamer *en couple avec elle-même.*

Tous les membres de notre famille n'ont pas réussi à rester

impassibles lorsque Jennifer a utilisé ce terme précis afin de nous prévenir de ne pas nous attendre à ce qu'elle nous présente un quelconque conjoint. Elle est parfaitement heureuse toute seule, au point qu'elle ne s'imagine pas un jour partager sa vie avec qui que ce soit – ce serait céder au patriarcat et, quand on y réfléchit, à la notion absurde qu'une personne ne peut être complète seule.

— Célibataire, tu veux dire ?

Je ne distingue aucun sarcasme dans le ton de Nora. Je réprime la joie que m'inspire sa franchise.

— Oui. Célibataire. Mais je n'ai pas le droit de la qualifier ainsi parce que ça donne l'impression qu'elle est *moins* que les autres selon les normes ridicules de notre société.

— Du point de vue de quelqu'un dont la vie amoureuse obsède la moitié du monde depuis bien longtemps : le célibat est vraiment sous-estimé. Je suppose que c'est le statut le plus sous-estimé qui soit. J'ai toujours été stupéfaite par les efforts fournis par les gens pour se trouver un partenaire. Donc, oui, je suis totalement du côté de Jennifer. Sans vouloir manquer de respect à tes autres enfants, mais elle m'a pour l'instant l'air d'être la plus intelligente.

— Elle aimerait sans aucun doute t'entendre dire ça. Je peux t'enregistrer, s'il te plaît ? plaisanté-je. Je serai la mère de l'année pour au moins un de mes enfants, et pour le reste de ma vie, même si les trois autres ne s'en remettraient pas.

J'imagine parfaitement le désordre qui éclaterait au cours de notre prochain repas de famille.

Nora repose sa fourchette. Elle n'a mangé que la moitié de son assiette. Enfin, elle a plus ou moins répondu à ma question.

— Parle-moi un peu plus de tes enfants, demande-t-elle.

C'est peut-être sa façon d'éviter une question qui lui a bien trop souvent été posée mais, comme la plupart des mères, je n'ai pas besoin d'encouragements.

— Jennifer et Heather sont jumelles. Elles ont presque quarante ans.

Je refuse d'être pudique quant à mon âge. Pourquoi le serais-je ?

— Jennifer travaille dans la technologie. Heather est mère au foyer. Elle a deux petits garçons. Lauren a trente-cinq ans, et elle est copropriétaire de *Silk,* sur Rodeo Drive. Avec son mari, Gus, ils ont une fille d'un an, Lily. Et tu as rencontré Austin. Tu as sûrement entendu bien plus de détails sordides que moi au sujet de son rendez-vous avec Juan.

Les lèvres serrées, Nora hoche la tête.

— Quelques informations qu'une mère ne devrait jamais entendre quand ça concerne son enfant, déclare-t-elle avant de lever une main. Je rigole. Juan a fait preuve d'une étonnante retenue quand il m'a parlé de leur rendez-vous. Peut-être parce que tu es ma patronne.

— Pour information, je ne me considère pas comme ta patronne.

— Oh.

Sa réaction me donne l'impression qu'elle a du mal à me croire.

— Jo est en charge, ajouté-je. C'est elle, la boss.

— Mais tu es *sa* patronne.

— Techniquement, peut-être, mais ça ne fonctionne pas vraiment comme ça.

— Je n'aurais pas cru.

— Comment ça ?

— Le nombre de fois où j'ai dû tourner à nouveau des scènes parce qu'un cadre du studio trouvait qu'elle ne passait pas bien auprès d'un public test…

— Ah, oui, bien sûr. Ça peut arriver.

— Enfin, tu n'es pas comme ça.

Nora rive son regard perçant sur moi.

— Je peux l'être, s'il le faut. Il n'y a pas de mal à protéger les investissements de son entreprise. Depuis les premiers jours de la commercialisation de l'art, il y a toujours eu un écart entre le côté créatif et le côté affaires. Mais je crois réellement que les meilleurs cadres peuvent créer l'équilibre nécessaire pour permettre à tout le monde de s'épanouir.

— Oui. La télévision est un jeu d'argent, comme n'importe quelle autre industrie. Ça ne changera jamais. Heureusement que beaucoup d'autres choses évoluent, tout de même.

J'acquiesce.

— Enfin, je n'ai pas l'impression d'être ta patronne, Nora. C'est ce que je voulais dire.

— C'est simplement que ton entrée dans la pièce l'autre jour, comme si tu avais quelque chose à prouver, et la façon dont tu nous as invitées à déjeuner, Stella et moi, ou plutôt convoquées parce que tu le pouvais... Après ça, j'ai du mal à me défaire de cette idée selon laquelle tu es la patronne.

— C'est pour cette raison que je t'ai invitée. Pour changer cette première impression de moi.

— C'est un peu amusant, de vouloir faire table rase d'une invitation à manger en la remplaçant par une autre.

Nora tend la main vers son verre de vin vide. Toutefois, elle m'arrête lorsque je tente de le remplir. Elle se sert un peu d'eau à la place.

— Je n'y avais pas pensé, avoué-je avant de me lever. Un dessert ?

— Bien sûr, répond-elle en se levant également. Laisse-moi te donner un coup de main.

Dire à mes enfants que Nora Levine m'a aidée à débarrasser la table sera le point d'orgue de ma semaine – sauf si je décide de ne pas leur parler du tout de la présence de Nora.

Avant de sortir le dessert du réfrigérateur, je m'accorde un instant pour observer Nora tandis qu'elle empile les assiettes dans l'évier. Je l'ai trouvée étonnamment ouverte, ce soir, tout du moins en comparaison avec notre premier repas, mais elle reste une énigme. Une image parfaitement réfléchie depuis qu'elle est devenue célèbre il y a trente ans.

Elle est vêtue d'un jean décontracté et d'un chemisier comme ceux que Lauren placerait en milieu de vitrine dans sa boutique.

— Je peux faire autre chose ? s'enquiert-elle en s'essuyant les mains sur un torchon.

— Tu veux du café ? Un thé ?

— Non, merci.

— Un digestif ?

Même si je ne bois pas énormément, mon bar est toujours bien rempli. J'en ouvre la porte afin de le montrer à Nora.

— Ce qui te dit.

— Tu sais quoi ? Tu as une bonne influence. Si tu ne bois pas, moi non plus.

Elle laisse échapper un soupir.

— Si seulement Juan et Imani n'aimaient pas tant le Dom Pérignon. J'en boirais moi-même beaucoup moins.

Ma cuisine est loin d'être petite, et pourtant Nora et moi nous retrouvons très proches l'une de l'autre. Je ne saurais dire ce qu'elle porte comme maquillage, si seulement elle en porte. Sa peau est étonnamment lisse pour une femme d'une cinquantaine d'années. Je reconnais toutefois la courbe typique des injections dans sa lèvre supérieure.

— Si tu es sûre de toi, commenté-je.

— Est-ce que tu as une autre drogue de prédilection ? Un peu de Marie-Jeanne ? Des petits nounours spéciaux ?

Je secoue la tête.

— Non. J'ai toujours préféré avoir l'esprit clair.

— Contrairement à la plupart des humains. Fascinant.

— Je crains de ne rien avoir de plus à te proposer.

— Oh, s'esclaffe Nora. Ce n'est pas ça. Je voulais dire que l'alcool est mon vice. J'ai essayé une chose ou deux dans ma vie ; comme tu as pu l'entendre, quelques-uns de mes collègues de *High Life* avaient une réserve constante de tout ce qui était à la mode à ce moment-là, mais rien ne me satisfait plus qu'un bon verre de vin. Ce que tu m'as servi, donc merci.

Nora retourne prendre place à la table de la salle à manger, et je la suis avec le dessert.

— C'est toi qui l'as préparé ? interroge Nora lorsque je lui en sers.

— Oh, non. Il faut parfois laisser faire les professionnels.

— Je suis bien d'accord.

Nora me sourit, apparemment sincèrement détendue. Ce n'est pas qu'elle me donnait l'impression de ne pas vouloir être là, mais elle avait eu besoin d'un peu de temps pour se relâcher, pour laisser un peu de chaleur passer dans son regard.

— Pour ton information, je ne cuisine pas, donc à ta place, je n'attendrais pas d'invitation en retour.

— Je ne retiendrai pas mon souffle.

Elle ne mâche vraiment pas ses mots et dit tout ce qu'elle pense.

— Mince, désolée. Encore une fois. C'est pour ça que je n'ai pas beaucoup d'amis.

Nora annonce ça comme s'il s'agissait des prévisions météo pour demain.

— Comment ça ?

— Le terrain miné des interactions sociales.

Elle contemple la ganache au chocolat sur sa fourchette.

— Quand tu es connue pour jouer le personnage de télévision pétillant préféré de l'Amérique, les gens ont toujours des attentes sur la personne que tu es dans la vraie vie. Je ne ressemble tellement pas à Emily, et pourtant les gens me confondent souvent avec ce personnage. Ne te méprends pas, j'étais ravie de jouer une fille comme elle pendant si longtemps. Foncièrement, là-dedans.

Elle tapote légèrement ses doigts sur sa poitrine.

— Ça m'a tellement appris, d'être capable de trouver ça en

moi, surtout si facilement. D'incarner cette femme qui me ressemblait parfaitement mais qui ne se comportait pas du tout comme moi. Faire ça pendant dix ans… ça te change. Mais je ne suis pas Emily, et je ne le serai jamais.

Cet épanchement m'apprend énormément sur Nora.

— Sache que tu es d'excellente compagnie, Nora. Je préfère largement dîner avec toi qu'avec Emily.

— Merci. Vraiment. Quatre-vingt-dix pour cent des personnes que je rencontre s'attendent à voir Emily ou ne veulent voir qu'elle. C'est toujours Nora-Levine-ceci et Nora-Levine-cela, mais la plupart des gens se fichent complètement de Nora. Ils veulent le personnage qu'ils pensent connaître et qu'ils aiment.

— Comme Austin.

— Oui. Enfin, je ne lui en veux pas. La télévision a ce pouvoir, mais, euh… ouais…

Nora semble soudain épuisée.

— Hey.

Sa vulnérabilité m'émeut. Elle est tout aussi belle qu'inattendue.

— Je comprends. Vraiment.

J'ai beau dire ça, évidemment que je ne peux pas réellement comprendre ce que ça fait d'être Nora Levine, de se retrouver confrontée à toutes ces attentes partout où elle va.

— Ce n'est rien. J'ai choisi ce métier. Je l'ai voulu. Depuis que des adultes ont commencé à me demander cette question agaçante de ce que je voulais être quand je serais grande, j'ai toujours répondu *actrice*.

Elle prend une inspiration à la fois subtile et profonde, résultat d'un entraînement certain.

— Que voulaient devenir tes enfants, quand ils étaient petits ?

— Nora, soufflé-je. Tu n'es pas obligée de reporter la conversation sur mes enfants chaque fois que tu ne veux plus parler d'un sujet. Tu peux simplement me le signaler.

— Oh, désolée. J'aurais dû te demander ce que tu voulais être quand tu étais petite. Non, tu me l'as déjà dit. Martin Scorsese au féminin.

— C'était bien plus tard. Je suis un peu plus vieille que toi.

— Donc ? Qu'est-ce que tu voulais devenir ?

— Personne ne m'a posé cette question depuis bien longtemps. Je ne m'en souviens pas. Tout ce que je sais, c'est que ma réponse n'est certainement pas productrice à la télévision.

— Ou PDG de Gloves Off Productions.

— Exactement.

— Tes parents sont encore, euh, avec nous ?

Je secoue la tête.

— Non, malheureusement. Ils sont tous les deux morts bien trop jeunes.

— Je suis désolée.

— Les tiens ?

— Toujours bien en vie mais, euh, on n'est pas vraiment proches.

C'est incontrôlable, mais en tant que mère, un frisson me parcourt toujours chaque fois qu'une personne me confie ne pas être proche de ses parents. À part la mort de mes enfants, mon pire cauchemar serait qu'ils s'éloignent à ce point. Toutefois, je sais qu'il existe toutes sortes de parents et que d'innombrables circonstances peuvent créer un fossé entre une mère et son enfant.

— Je ne vais pas creuser le sujet.

Nora m'annonce ça du même ton impassible avec lequel elle a proclamé ne pas avoir énormément d'amis. Elle repousse son assiette à dessert, laissant la moitié de sa part.

— En fait, je pense que je vais te laisser aller dormir.

— Je ne suis pas encore fatiguée.

J'aimerais bien que Nora reste un peu plus longtemps, mais je ne voudrais pas la garder contre son gré, évidemment.

— Merci pour ce délicieux dîner, Michelle.

— Mimi, je t'en prie. Et de rien.

— Oh, c'est vrai. Tu es très gentille, Mimi, et tes enfants et petits-enfants ont de la chance de t'avoir.

— J'espère que l'équipe d'*Unbreak My Heart* pensera la même chose.

Nora se lève. Je dois en faire de même afin de l'accompagner jusqu'à la sortie.

— Je ne retiendrai pas mon souffle pour un dîner chez toi, plaisanté-je.

— On se verra sur le plateau.

— En effet.

Je ne sais pas ce que j'attendais de cette soirée. Même si j'ai le sentiment que Nora s'est bien plus révélée qu'elle ne le voulait, j'ai également l'impression d'avoir à peine effleuré la surface.

— J'ai été ravie de t'accueillir, Nora. On pourrait recommencer, un de ces jours.

— Peut-être.

Ce simple mot ne m'a jamais autant paru signifier *non*.

— Encore merci.

Elle se penche vers moi et dépose sur ma joue un baiser si léger que je le sens à peine.

D'une profonde inspiration, j'inhale son parfum. Alors que j'ouvre la porte et l'observe rejoindre sa voiture, quelque chose me trotte dans la tête – un entêtement que je ne saurais ignorer et qui se fera une mission, malgré la réticence de Nora Levine, de la rendre impatiente à l'idée de dîner à nouveau avec moi.

CHAPITRE 7
NORA

— Je ne sais pas ce qui m'arrive.

Comme d'habitude, Juan en fait beaucoup trop.

— Imani, prends ma température, s'il te plaît. Je dois avoir de la fièvre.

J'échange un regard avec Imani. Nous nous retenons de peu de lever les yeux au ciel. Même si Juan pense, pour je ne sais quelle raison inexplicable, que c'est la première fois de sa vie qu'il éprouve de tels sentiments, Imani et moi savons parfaitement que ce n'est pas le cas.

— Ce garçon. Cet *homme*.

Juan fixe la piscine d'un regard intense.

— Il est trop bien pour moi. Je ne peux pas fréquenter un homme aussi adorable qu'Austin, et pourtant je ne souhaite rien de plus.

— Mon chéri.

Imani vient s'asseoir devant lui, les jambes dans la piscine. Elle claque ensuite plusieurs fois des doigts devant son visage.

— Écoute-moi. Tu craques pour lui. Ça arrive. Tu vas être troublé pendant quelques semaines, puis ça passera.

Elle n'ajoute pas que, s'il suit sa routine habituelle, Juan finira sûrement par larguer Austin lorsque ce cocktail d'hormones aura quitté son sang.

— Reprends-toi, je t'en prie. Juste un peu, histoire qu'on passe un bon dimanche ensemble.

— Aucune de vous ne comprend autant la romance que moi, soupire Juan. Quand avez-vous été amoureuses pour la dernière fois ?

Oh, il est donc amoureux, maintenant. Je me demande si Austin a confié quoi que ce soit à sa mère au sujet de Juan. J'hésite à lui envoyer un message, tant pour obtenir le point de vue d'Austin que pour savoir à quel point la réaction de Juan est exagérée.

— Il n'y a pas si longtemps, rétorque Imani d'un ton presque menaçant.

Juan se rapproche d'elle et pose les mains sur les genoux d'Imani.

— Je suis désolé. Dans toute cette effervescence, j'ai oublié la Garce l'espace d'une seconde.

— Lors de la soirée de Stella, Imani, Mimi m'a demandé si on était en couple, toi et moi.

— Mimi ? interroge Imani, les yeux plissés.

— Michelle St James, explique Juan. La mère d'Austin.

— On irait vraiment bien ensemble toutes les deux, commente Imani en papillonnant des cils. Je ne le prends pas mal.

Elle me lance un sourire malicieux.

— Tu es bien silencieuse concernant ton dîner chez *Mimi* hier soir, d'ailleurs. Tu comptes en parler à tes amis ?

— Ce n'était qu'un dîner entre une productrice et une actrice.

— Tu es Nora Levine, intervient Juan. Tu ne seras jamais seulement qu'une actrice, ma chérie.

— Ce qui est sûrement la raison pour laquelle Mimi voulait tellement m'inviter chez elle.

— Elle était comment ? Hautaine ? Elle a étalé… je ne sais pas, sa fortune ? Son influence ? Elle t'a fait comprendre que tu étais à sa merci ou quelque chose comme ça ?

Imani me paraît plus qu'un chouïa désabusée, aujourd'hui.

— Tu vas bien ? lui demandé-je.

— C'est Jay avec son engouement pour Austin, et tu es allée dîner chez Mimi hier soir alors que j'étais toute seule à manger de la glace directement dans le pot.

— Je précise que mon repas chez Mimi n'a rien à voir avec le rencard de Juan avec Austin.

— Clairement, commente Juan. J'ai eu mes lèvres partout sur…

— Non ! l'interrompt Imani en levant une main. Pas aujourd'hui.

— Comment oses-tu censurer ma liberté sexuelle, frangine ?

Juan éclabousse Imani, qui le chatouille avec ses pieds. Après quelques jeux aquatiques, ils finissent par se calmer. Juan sort de l'eau et s'installe à côté d'Imani.

— Bon, tu as besoin d'affection. Qu'est-ce qu'on peut faire ?

— Je n'aurais pas cru me retrouver aussi profondément célibataire à presque cinquante ans, tu sais ? J'ai l'impression d'avoir raté quelque chose.

— Et si au lieu de te dire célibataire, tu te considérais en couple avec toi-même ?

Suite à ma proposition, Juan lève les yeux au ciel. Il gère la situation. Je devrais savoir qu'il vaut mieux les laisser faire, pourtant.

— On est tous célibataires, ici, la rassure Juan.

— Oh, vraiment ? rétorque Imani. Tu n'as plus tellement l'air célibataire depuis ta rencontre avec Austin. Il est génial, ne te méprends pas, mais c'est tellement simple, pour toi. J'ai l'impression qu'il te suffit de sortir, et bam ! Tu attires un mec canon.

J'ignore leur discussion l'espace de quelques minutes. Je n'ai pas grand-chose à y apporter, et c'est la énième fois que je l'entends. De plus, personne ne sait mieux remonter le moral d'Imani que Juan.

Je m'allonge sur ma chaise longue et contemple le ciel bleu de L.A. Malgré moi, certains de mes propos d'hier soir s'imposent dans mon esprit – comme toujours. Des propos que je n'aurais peut-être pas dû tenir. Toutefois, avec l'âge, j'ai appris à lâcher prise. À ne pas me rejouer une conversation au point d'étouffer tout sentiment de joie que pourrait m'inspirer ce souvenir. De la déformer d'une façon ou d'une autre dans ma tête, de chercher la moindre petite erreur que j'ai pu commettre ou chacune de mes entorses aux normes sociales.

Ce n'était *vraiment* qu'un repas chez une productrice de la télévision. Et j'ai clairement exprimé qu'il n'y en aurait pas d'autre, même si Mimi n'a rien fait de ce qu'a suggéré Imani tout à l'heure. Au contraire, elle s'est montrée sympathique, chaleureuse et accueillante. Gentille, et étonnamment à l'écoute. Elle ne m'a pas donné l'impression de tirer des conclusions hâtives ou de me juger, même après tout ce que j'ai pu dire sans réfléchir. En fait, je l'ai plutôt bien appréciée. Ça ne me dérangerait pas de la croiser sur le plateau. Rien que pour ça, elle a eu le nez très fin de m'inviter à dîner chez elle afin d'apaiser toute tension entre nous. Contrairement à moi, elle a un excellent sens du contact.

La sonnerie de mon portable m'annonce la réception d'un message. Seuls quelques privilégiés peuvent me contacter directement, raison pour laquelle je vérifie toujours mes notifications.

— Qui c'est ? s'enquiert Juan depuis le bord de la piscine.

Je n'ai pas encore eu l'occasion de rediriger le numéro de Mimi vers mon assistante – mon mode opératoire ayant fait ses preuves après tout échange de numéros.

— La mère d'Austin.

Je lui souris en coin. Je me demande ce que Mimi a à me dire.

— N'oublie pas de la remercier pour le repas, ma chérie.

Juan aime me rappeler ce genre de choses, cette fois-ci à raison.

— Oh, et qu'est-ce qu'elle te dit ?

> Austin n'arrête pas de parler de Juan. Au secours ! ;-) Mimi

Il y a une demi-heure à peine, j'envisageais de lui envoyer un message semblable.

> Pareil ici. Juan est insupportable, mais c'est aussi plutôt mignon.

— Nora ?

Dressé à côté de moi, Juan dégouline sur mes jambes.

— On est de retour au lycée ou quoi ? plaisanté-je.

Mon téléphone sonne à nouveau.

> Selon Austin, ils sont déjà complètement amoureux. Est-ce que je devrais m'inquiéter de ces scénarios de fugue à Vegas pour se marier ?

Mon petit rire fait perdre la tête à Juan.

— Mimi veut savoir si Austin et toi avez prévu un mariage éclair à Las Vegas, annoncé-je avec un sourire moqueur.

— Je doute qu'un de nous se retrouve inopinément enceint, donc non.

Pince-sans-rire, Juan se perche sur le bord de ma chaise longue.

— Est-ce un quelconque signe étrange, d'avoir déjà

rencontré sa mère ? Est-ce que ça veut dire que c'est différent, cette fois ?

— Différent de quoi, mon chéri ?

Juan serre les lèvres.

— De tous les autres ? Et si on finissait vraiment par se marier ?

Il me lance un sourire éclatant.

— Comment te rappelleras-tu cet instant, si ça arrive ?

— Je ne te laisserai pas épouser un homme de vingt ans de moins que toi, déclaré-je. Inutile de t'en inquiéter.

— Correction : dix-huit ans, ce n'est pas vingt.

— Qu'est-ce qui se dit sur les sept ans, déjà ? intervient Imani depuis la piscine. Quand l'écart d'âge devient presque acceptable ?

Juan soupire bruyamment.

— La moitié de l'âge de Juan, plus sept ans. Vingt-deux plus sept, soit vingt-neuf. Cette relation est donc parfaitement inacceptable, Juan.

— Quelle surprise, ajoute Imani.

— Tu ne devrais pas répondre à ma future belle-mère ? riposte Juan. J'imagine que tu es au courant qu'elle aime les femmes.

Juan me dévisage, comme s'il savait quelque chose que je ne sais pas.

— Et ?

Mon regard rivé sur l'écran de mon téléphone, je réfléchis à une réponse pleine d'esprit.

— Cette invitation à dîner n'était peut-être pas sans arrière-pensée, mais tu étais trop naïve pour t'en rendre compte.

Juan incline la tête.

— Austin t'a dit ça ?

Si c'est le cas, j'arrête tout de suite cet échange de messages avec Mimi. Je ne voudrais pas qu'elle se fasse des idées.

Juan secoue la tête.

— Non. Honnêtement, pas du tout. Mais il adore sa mère, un vrai fils à maman. Il aimerait beaucoup qu'elle rencontre quelqu'un.

Je pouffe de rire.

— Tu me connais depuis suffisamment longtemps pour savoir que ça ne sera pas moi.

— Je sais, confirme-t-il en me tapotant le genou.

Je réponds, rassurée de ne pas passer à côté d'un quelconque sous-entendu.

> Juan m'affirme qu'aucune bague de fiançailles n'a été achetée.

Je jette un coup d'œil à Imani.

— Tu es prête à te lancer de nouveau ?

— Je ne sais pas. Peut-être pour une amourette. M'amuser un peu et recevoir de l'attention. Être chouchoutée le temps d'une nuit.

Juan se lève d'un bond, puis il saute dans la piscine, émergeant à côté d'Imani.

— C'est à ça que je sers.

— C'est adorable, mon chéri, mais il y a certains besoins auxquels tu ne peux pas répondre.

Juan passe un bras sur les épaules d'Imani. Ces deux-là. Je ne sais pas ce que je ferais sans eux.

— Austin connaît peut-être une femme qui pourrait remonter le moral d'Imani, proposé-je.

Juan écarquille les yeux, comme s'il venait d'avoir la meilleure des idées. Il reporte son attention sur Imani.

— Pourquoi pas Mimi ?

— Tu es fou ? proteste Imani en le repoussant doucement. Je n'aurai pas de rencard avec la mère de ton nouveau jouet. Pour qui est-ce que tu me prends ?

Juan lève un doigt.

— D'abord, Austin n'est pas seulement mon jouet. Mais oui, ça serait gênant. On va éviter. Je me suis laissé emporter. Pardon, ma chérie.

— Et si on dînait ensemble tous les quatre, bientôt ? demandé-je. Je vais devoir passer un peu de temps avec lui, si tu comptes l'épouser.

— Ce serait génial, Nora, même s'il risque de vouloir t'épouser, toi, à la place.

Juan se tourne ensuite vers Imani.

— En attendant, je vais écumer ses amis pour te trouver quelqu'un, ma chérie.

Toujours dans ma main, mon portable reste silencieux. Plus de message de Mimi. Elle est sûrement occupée avec tous ses enfants et petits-enfants. Cependant, j'ai ma famille de cœur auprès de moi, et mes trois chiens cachés à l'ombre. J'ai tout ce dont je pourrais bien rêver.

CHAPITRE 8
MIMI

Même si j'y suis en fait plutôt inutile, j'adore venir sur les plateaux, et surtout celui d'*Unbreak My Heart*, ma série préférée. J'ai inscrit le premier jour de tournage de la nouvelle saison dans mon agenda il y a des semaines. L'ambiance est électrique. Cette énergie environnante m'emballe. C'est là que la magie prend place. Tout le travail déjà effectué aboutit à cet instant à ce qui sera tourné aujourd'hui et servira de matière première pour la postproduction. C'est ici que se crée la série, son essence même.

Stella sort de sa loge, sa compagne sur les talons. Leur fils est dans un porte-bébé, tout contre la poitrine de Kate. Cette image me rappelle mon propre fils. Austin a beau avoir vingt-six ans de plus que celui de Stella et Kate, je le considère parfois encore comme mon bébé – et mon bébé sort avec un homme de presque vingt ans de plus que lui. Je me demande si je vais croiser Juan, aujourd'hui. Sinon, Austin a prévu de venir avec lui pour notre brunch dominical, le weekend prochain. Tout avance très vite – j'ai même entendu dire qu'Austin devait dîner avec Nora Levine dans les prochains jours.

Une annonce s'élève, appelant Nora sur le plateau. Stella et

Kate me rejoignent, puis nous observons toutes les trois l'arrivée de Nora, comme si elle attirait nos regards par la magie de son aura. Elle est vêtue comme son personnage, qui porte une tenue professionnelle pour sa première scène. Nora est sublime dans le tailleur-pantalon bleu marine de Jessie. Elle me remarque, ses yeux se posant un court instant sur moi, puis elle me salue d'un signe de tête presque imperceptible. Je sais qu'il vaut mieux éviter de parler avec des acteurs qui s'apprêtent à tourner une scène. Je lui souris donc chaleureusement. Le réalisateur fait venir Nora et Stella auprès de lui afin de discuter de la scène à venir.

— Il fallait que je sois là aujourd'hui, annonce Kate. Je voulais que Silas soit présent aussi, même s'il ne s'en souviendra pas.

Elle sort alors son portable de sa poche.

— Tu pourrais prendre une petite photo de moi, avec Stella en arrière-plan ? Afin d'avoir une preuve à montrer à mon fils quand il doutera d'avoir réellement été sur place.

Kate me sourit, radieuse. Je prends soudain conscience de ne toujours pas savoir comment elles se sont rencontrées, avec Stella. Je devrais peut-être poser la question à Nora – cette anecdote avait l'air de bien l'amuser, quand elle en a parlé lors de notre déjeuner.

— Bien sûr.

Je pourrais aussi demander à Kate. Je prends une photo d'elle et de Silas, avec Stella et Nora en arrière-plan.

— Merci beaucoup.

— Ce n'est rien.

Je lui lance mon sourire le plus éclatant. Elle est vraiment magnifique. Il ne serait sûrement que juste de les inviter à dîner chez moi également, Stella et elle, mais ça me semble étrangement moins nécessaire qu'avec Nora. Il n'y a aucune tension à apaiser entre nous, déjà. Je pourrais toutefois les inviter uniquement pour le divertissement que cela représenterait. Pour le plaisir de recevoir deux femmes adorables chez moi dans l'unique objectif de passer un bon moment. Kate pourrait me donner son avis professionnel sur la décoration de mon domicile, si elle parvient à quitter son fils des yeux. Elle me rappelle Heather, sur ce point : ma fille avait une excellente carrière d'avocate avant de consacrer toute son attention à son enfant, des mois avant la naissance de Wyatt. Ce dernier a désormais cinq ans, et Heather n'a pas une seule fois mentionné un retour au travail.

Mes genoux faiblissent légèrement à la vue de Kate et Silas. Au regard qu'elle pose sur lui, comme s'il n'existait rien d'autre au monde que son fils alors même qu'elle se trouve sur un plateau de tournage télévisé fourmillant d'activité, et que sa compagne est sur le point de tourner sa première scène de la saison. Mon cadet a beau avoir la vingtaine, je peux encore si facilement éprouver ce sentiment grisant, ne serait-ce que quelques instants.

— Si seulement il dormait comme ça la nuit, commente Kate. Je lui ai dit que sa maman avait besoin de son sommeil réparateur, qu'elle avait une grosse journée aujourd'hui, mais ce petit gars n'en a rien à faire.

Je lui souris avec compassion.

— Ça vous dirait, à Stella et toi, de venir dîner chez moi, un de ces jours ? Vous pourrez amener Silas, évidemment.

— Oh.

Kate me dévisage comme si je lui avais demandé de l'épouser au lieu de les inviter à dîner, Stella et elle.

— Ouais. Bien sûr. Pourquoi pas ?

— Aucune pression. Je sais qu'il peut être compliqué de sortir avec un bébé. J'aime apprendre à connaître les gens avec lesquels je travaille, et j'ai reçu Nora, donc…

— Tu as reçu Nora ? répète Kate, apparemment intriguée.

Je hoche la tête.

— Comment as-tu réussi ça ?

— Je l'ai invitée, et elle a accepté.

Son expression indéchiffrable, Kate me toise.

— Ouah. Elle doit vraiment t'apprécier.

— Elle m'a dit de ne pas attendre d'invitation en retour.

— Ça lui ressemble déjà plus.

— Tu la connais bien ?

C'est *moi* qui suis intriguée, maintenant.

— J'aimerais, mais… enfin, on essaye. Le nombre de fois où Stella a tenté d'organiser quelque chose, ou même de convaincre Nora de venir boire un café ou un cocktail. Elle accepte, parfois, parce que je crois vraiment qu'elle apprécie Stella. Elles s'entendent bien, mais il y a cette chose… Je ne sais pas comment l'expliquer. Ce mur. Ce…

— Silence, s'il vous plaît, déclare le réalisateur. En place.

Même après un unique dîner en compagnie de Nora, je comprends ce que veut dire Kate. Je ne pense pas qu'il s'agisse d'une réticence de la part de Nora, mais plutôt d'un certain instinct de conservation. Ou bien est-elle tout simplement ainsi.

Kate et moi observons Stella et Nora jouer leur scène. Leurs approches sont remarquablement différentes. Le personnage de Stella donne presque l'impression d'être un prolongement d'elle-même. Jessie, le personnage de Nora, est complètement distincte d'elle. Je suis presque choquée par le changement de Nora, comme en un claquement de doigts, même si les apparences sont trompeuses. Si le destin de certaines personnes est de jouer le rôle d'autres personnes, Nora en fait partie. Quand elle est dans la peau de son personnage, détourner le regard est impossible.

Même moi, qui ai travaillé dans l'industrie de la télévision pendant la majeure partie de ma vie, je ne comprends pas comment il est possible que les étagères de Nora ne soient pas remplies de trophées de Emmy Awards. Bien que cette énigme soit assez simple à résoudre : elle n'a pas endossé de rôle majeur depuis la fin de *High Life*, il y a vingt ans. Comme s'il lui avait fallu deux décennies pour se remettre de tout ce qu'elle a vécu en jouant le rôle d'Emily Brooks, l'un des personnages les plus aimés de l'histoire de la télévision. Elle y a fait allusion lors de notre dîner. Une telle célébrité est un fardeau assez lourd, et certains acteurs savent le gérer plus aisément que d'autres.

Nora bouge à peine entre deux prises. Stella bavarde avec les personnes autour d'elles, mais Nora reste parfaitement concentrée. Kate et moi restons silencieuses, toutes deux fascinées à notre façon par Stella et Nora dans les rôles de Megan et Jessie.

— Je t'enverrai un message pour ce dîner, me dit Kate une fois que le réalisateur a annoncé la fin de la scène. Stella sera sans aucun doute partante.

Cette dernière se dirige justement vers nous.

— Qu'en a pensé le petit gars ? interroge-t-elle avant de feindre un soupir. Ne me dis pas qu'il a dormi tout du long.

Kate caresse délicatement l'épaule de sa compagne.

— Désolée, bébé. Mais on a adoré, Michelle et moi. Beau travail.

— Incroyable, confirmé-je en me rabattant sur l'hyperbole typique des cadres de l'audiovisuel.

Kate garde la main sur l'épaule de Stella, comme si elle avait besoin de ce contact avec la femme qu'elle aime, ce qui m'inspire un élan inconnu. Peut-être suis-je célibataire depuis trop longtemps. Peut-être est-il temps pour moi de me remettre dans le bain, de trouver une personne incapable de se retenir de me toucher ainsi chaque fois qu'elle pose les yeux sur moi. Ça fait presque deux ans que Cathy et moi nous sommes séparées.

Du coin de l'œil, je vois Nora approcher. J'ai d'abord l'impression qu'elle va simplement nous passer devant, puis elle a l'air de changer d'avis.

— Hey.

Elle hoche sèchement la tête, comme si nous n'étions rien de plus que de lointaines connaissances. Je ne nous considèrerais pas amies, mais je trouve que nous avons passé une agréable soirée ensemble.

L'espace de quelques secondes, alors qu'elle pose les yeux sur Silas, son expression s'adoucit.

— Quarante-cinq minutes avant la prochaine scène, clame quelqu'un.

— On peut revoir cette scène, Stella ? interroge Nora.

Elle nous porte à peine la moindre attention, à Kate et moi. Toutefois, elle est en train de travailler, tandis que nous ne sommes que des visiteuses. Il serait stupide de lui en vouloir pour ça, mais j'avoue être quelque peu heurtée par le manque d'importance qu'accorde Nora Levine à ma présence.

— Bien sûr. J'arrive tout de suite.

Stella et Kate disparaissent momentanément dans leur petite bulle familiale.

Sans laisser le temps à Nora de s'en aller, je lui rappelle que je suis là, et que je suis une personne également.

— Tu es sûrement concentrée, mais, euh, bon travail.

Qu'est-ce que c'était que ça ? On croirait que j'ai moi aussi oublié qui je suis. C'est l'effet déconcertant qu'a Nora sur moi.

— Hmm, se contente-t-elle de répondre avant de décamper.

— Ne le prends pas mal, me conseille Kate lorsque Stella est partie rejoindre Nora pour répéter leur prochaine scène. Nora est comme ça avec tout le monde. Enfin, sauf avec son fabuleux duo gay, Juan et Imani. Ce sont les seules personnes spéciales dans sa vie.

Comme s'il percevait le départ de sa mère, Silas commence à pleurnicher.

— Quelqu'un a faim, commente Kate. Je ferais mieux d'aller m'en occuper. À plus tard, Michelle.

Je survole le plateau du regard, cogitant quelques instants sur Nora Levine. Le weekend dernier, alors qu'Austin chantait sans relâche les louanges de Juan, j'ai pris le risque d'envoyer un message à Nora. Je ne m'attendais pas à recevoir la moindre réponse de sa part, et pourtant nous avons tenu un échange aussi court qu'amusant. Cependant, Kate a raison. Je ne devrais pas le prendre mal. De toute façon, il est temps pour moi de faire taire toute pensée au sujet de Nora Levine, et pourquoi pas de reporter mon attention sur la quête d'une personne qui se réjouit de ma présence.

CHAPITRE 9

NORA

Austin doit vraiment tenir de son père, parce qu'il ne ressemble pas du tout à Mimi, avec ses boucles blondes et ses yeux d'un bleu cristallin. Ses joues donneraient presque envie de les pincer, tandis que les pommettes de Mimi sont saillantes et définies. Toutefois, il exsude la même chaleur et le même enthousiasme que sa mère. Je comprends pourquoi quelqu'un tomberait amoureux de lui, même si mes doutes au sujet de Juan persistent. D'accord, il craque pour lui pour le moment, mais combien de temps est-ce que ça va durer ?

— Ma mère te passe le bonjour, me dit Austin. Mes sœurs, elles, n'ont jamais été plus vertes d'envie.

Il jette ensuite un œil à la robe d'Imani.

— En fait, presque aussi vertes que cette sublime teinte émeraude que tu portes, ma chérie.

Il s'adresse à Imani comme s'il la connaissait depuis toujours.

— Tu es sûre de ne pas vouloir m'accompagner au brunch chez les St James demain, Nora ? me demande Juan. Ça leur ferait incroyablement plaisir.

— J'en suis certaine, je réponds d'un air pince-sans-rire. Emmène Imani, si tu as besoin d'une compagne de séduction.

— Plus besoin d'aide pour séduire, intervient Austin en passant un bras sur les épaules de Juan avant de l'embrasser sur la joue. L'affaire est déjà dans le sac.

Je l'admets, ils sont mignons ensemble, mais quelqu'un doit bien rester un minimum réaliste – et c'est généralement moi.

— Ta sœur en couple avec elle-même est attirée par les hommes ou les femmes ? s'enquiert Juan en se laissant aller contre Austin. Parce que cette belle demoiselle est en chasse.

Il pointe Imani du doigt.

— Jen ne cherche personne, annonce tranquillement Austin.

— Un peu comme Nora, alors. Je comprends, et je respecte.

— Tu dois avoir tellement de prétendants, Nora.

Austin ne me côtoie pas depuis suffisamment longtemps, pour dire de telles choses. Juan me laisse me débrouiller toute seule. Puisque son petit ami et moi apprenons à nous connaître, je ne lui en veux pas pour cette fois. Austin incline la tête.

— Je respecte totalement la décision de ma sœur de rester seule, même si je n'ai pas le droit de dire qu'elle est célibataire en sa présence. Je n'essayerais jamais de la pousser à faire quelque chose contre son gré. Mais mince, c'est tellement génial d'être amoureux.

— Ooh, se pâme Imani.

— Ça veut dire que tu es en couple avec toi-même, toi aussi ? m'interroge Austin.

Sa sœur l'a vraiment bien éduqué.

Je m'esclaffe.

— Je suis juste… ouais, j'imagine. Si ça veut dire que je suis parfaitement heureuse toute seule, alors oui, je me proclame en couple avec moi-même.

— Jennifer va t'adorer.

Le commentaire d'Austin donne l'impression que pour lui, il va de soi que je vais rencontrer sa sœur uniquement parce qu'il fréquente mon meilleur ami. Au moins, il ne me pose pas la même question que la plupart des gens : mais pour l'amour du ciel, Nora, pourquoi ? Juan l'a peut-être mis en garde là-dessus.

— Et ta mère ? continue Juan.

— Quoi, ma mère ?

Austin paraît instantanément sur la défensive à la mention de sa mère.

— Elle est célibataire et cherche à rencontrer quelqu'un.

— Jay, le réprimande Imani. S'il te plaît.

— Oh, je plaisante. J'ai hâte de rencontrer ta famille, bébé… surtout ta mère.

— Tu vas d'abord devoir survivre à mes sœurs, rétorque Austin avec un sourire en coin. Elles ne vont pas te lâcher. Prépare-toi pour vingt mille questions au sujet de Nora.

— C'est l'histoire de ma vie, se résigne Juan avec un haussement d'épaules. Mais sans Nora, je ne t'aurais peut-être jamais rencontré.

Il se blottit contre Austin, son sourire si doux que je reconnais à peine mon meilleur ami.

Austin rive son regard sur Imani.

— Alors, quelle est ton histoire ? Pourquoi une femme aussi sympathique, charmante, intelligente et sublime que toi est-elle encore célibataire ?

— Parce que la Garce l'a quittée et lui a brisé le cœur en mille morceaux, répond Juan.

Austin secoue la tête.

— Ça doit vraiment être une garce, si elle a quitté quelqu'un comme toi.

— Et encore, reprend Imani. Tu ne vois pas tout, mon chéri.

Elle éclate d'un rire démoniaque – un rire qu'elle ne laisse sortir que rarement.

— Je n'en doute pas une seconde.

Austin n'est aucunement intimidé par mon amie, un trait qu'il tient peut-être de sa mère également.

Ignorant leur bavardage, je me demande ce que Mimi fait ce soir. Est-ce qu'elle travaille ? Garde-t-elle l'un de ses petits-enfants ? Ou peut-être a-t-elle un rencard. Juan a-t-il bien sous-entendu qu'elle cherchait à rencontrer quelqu'un ? Au cours de notre dîner, Mimi m'a interrogée sur ma situation amoureuse, mais je ne lui ai pas posé la question en retour, même si je sais qu'elle est célibataire. Pourquoi aurais-je besoin d'en savoir plus ? Il me suffit de me pencher sur ma propre vie pour prendre conscience de l'étrangeté et de l'imprévisibilité du monde, et peut-être Imani et Mimi finiront-elles ensemble, qui sait, mais je n'ai pour le moment aucune raison de m'intéresser à la vie amoureuse de la mère d'Austin. Et de m'inquiéter de la mienne non plus, d'ailleurs.

— J'aimerais que ma mère trouve quelqu'un, nous confie Austin.

Mes oreilles se tendent, et je reporte mon attention sur la conversation.

— On dit sûrement tous la même chose au sujet de nos mères, mais c'est vraiment la meilleure qui soit.

Notre trio ricane doucement.

— Ouais, commente Juan. C'est ça. Tu as juste de la chance.

— Je sais. Désolé, bébé, je n'ai pas réfléchi.

Austin pose brièvement la tête sur l'épaule de Juan. La famille de mon meilleur ami a coupé les ponts avec lui lorsqu'il a révélé son homosexualité.

— Et ton père ?

Je suis intriguée par cet homme qui a épousé Mimi tout en sachant qu'elle ne l'aimerait jamais comme il en aurait besoin.

— Mon père est génial. Enfin, c'était parfois compliqué, et j'ai toujours plus ou moins su qu'ils n'étaient pas vraiment faits l'un pour l'autre. Tu sais, au plus profond d'eux-mêmes. Mais je n'aurais sincèrement pas pu rêver meilleurs parents.

Il marque une courte pause.

— J'ai presque l'impression que, comme ils étaient conscients de ne pas avoir un mariage parfait, ils ont fourni encore plus d'efforts pour nous. Ou alors c'est simplement parce que j'étais le plus jeune.

— Tu savais, quand tu étais petit, que…

Pour une fois, je me rends compte que je m'apprête à me montrer invasive.

— Que ma mère était une bonne vieille lesbienne ?

Austin est tellement déconcertant. Il n'a pas l'air le moins du monde gêné par ce sujet.

Plongée dans son regard bleu, je hoche la tête. Je commence moi aussi à vraiment bien l'apprécier.

— Ils ont divorcé quand j'avais dix ans, et ils m'en ont expliqué la raison, donc oui, j'ai presque toujours su.

— Qu'est-ce qu'ils t'ont dit ?

— Nora, murmure Imani.

Je me tourne vers elle, et elle secoue légèrement la tête. J'ai posé la question de trop. Je vais sûrement devoir interroger directement Mimi si je veux connaître la réponse.

— C'est bon, me rassure Austin. Mes parents ont toujours été très ouverts avec moi, donc ça ne me dérange pas d'en parler. Je sais que cette situation n'était pas classique, mais pas comme on pourrait s'y attendre. C'était peu commun parce que ma mère a toujours été franche concernant qui elle était, mais aussi ce qu'elle voulait. Ce n'est pas le cas, dans la plupart des couples.

Si je me fie à la gravité de son expression, il éprouve énormément de respect pour ses parents et leurs choix.

— La communication et les compromis, déclare Austin. Ils m'ont enseigné que ce sont les deux choses les plus importantes, dans la vie, et personne n'a pu me convaincre du contraire.

— Ton père est célibataire ? s'enquiert Imani.

— Il s'est remarié il y a bien longtemps, nous apprend-il avec un sourire. Abby est adorable. Elles s'entendent étrangement bien, avec ma mère, mais pourquoi en serait-il autrement ?

— Ouah.

Imani paraît sincèrement stupéfaite par ce récit de bonheur familial.

— Tu m'imagines à la même table que cette famille ? plaisante Juan.

— Ne t'en fais pas, bébé. Après le dernier homme que je leur ai présenté, ma famille va t'accueillir à bras ouverts.

Mimi a en effet mentionné le penchant d'Austin pour les hommes plus âgés.

— En tant que famille de cœur de Juan, proclame Imani, nous en faisons de même avec toi, mon chéri.

Une lueur amusée s'installe dans les yeux d'Austin.

— Merci, merci. J'aime énormément ma famille, mais j'échangerais volontiers une de mes sœurs avec toi, Nora.

Il lève les mains en signe défensif.

— Je rigole. Quoique, maintenant que j'y pense, elles n'hésiteraient pas à m'échanger pour t'avoir comme sœur. Je n'en doute pas.

— Et dire que je pensais que tu sortais avec moi pour moi, intervient Juan. En fait, tu ne veux que te rapprocher de Nora.

— Je peux avoir les deux.

Austin plante un baiser sur la joue de Juan.

Nous avons beau être installés autour de la même table, songé-je, nous ne sommes pas proches pour autant. Mais je reviens sur cette pensée lorsque mon regard se pose sur Austin. Je rencontre très peu de gens dont l'aura me donne envie de passer du temps avec eux, mais d'ici la fin de la soirée, je risque d'encourager cette relation entre Austin et Juan. Une chose me saute aux yeux : peu importe la situation entre eux, ses parents ont élevé un très bon garçon.

CHAPITRE 10
MIMI

J'ai installé une place supplémentaire à table pour le nouveau petit ami d'Austin – le titre de Juan dans notre famille, désormais.

— On a essayé, affirme Austin à ses sœurs. Mais impossible de convaincre Nora de nous accompagner pour le brunch. Peut-être la prochaine fois.

Il jette un regard rempli d'espoir à Juan.

— Je ne voudrais pas briser vos cœurs de fans de Nora Levine, intervient Juan, mais je ne retiendrais pas mon souffle. Nora n'est tout simplement pas comme ça.

J'ai entendu ce même refrain tellement de fois depuis ma rencontre avec Nora. Et c'est totalement vrai, je le sais d'ex-périence.

— Mais ce petit con a passé toute la soirée d'hier avec elle, s'indigne Heather.

Souffrant d'un rhume, Bobby et les garçons sont restés chez eux, raison pour laquelle ma fille insulte un peu plus librement son frère.

— Plus si petit, proteste Austin en surplombant sa sœur.

Je jette un œil au bouquet de fleurs élaboré que m'a offert Juan.

— Ce n'est pas épuisant ? lui demandé-je. Où que tu ailles, tout le monde parle toujours de Nora.

— Ce n'est pas tout le temps comme ça, nie Juan. Tes enfants sont particulièrement intenses en ce qui concerne Nora.

— Comment va-t-elle ?

Je l'invite à me rejoindre dans la cuisine tandis que les enfants se chamaillent.

— Bien, répond-il en posant son regard brun foncé sur moi. Elle m'a demandé de te passer le bonjour.

— Vraiment ?

— Oui. Je pense que tu l'as impressionnée, avec ce dîner. Elle t'apprécie, maintenant.

— Tu veux dire qu'elle me supporte de meilleure grâce, maintenant.

Je lui tends un mimosa, et Juan pouffe de rire.

— C'est Nora. Elle est comme elle est, et elle ne va plus changer, désormais.

Il survole la cuisine du regard.

— Cette cuisine est magnifique, et la maison sublime, Mimi.

Juan se penche légèrement vers moi.

— Et pour ton information, je n'ai jamais rencontré un homme qui avait tant de bonnes choses à dire au sujet de sa propre mère. C'est tout à ton honneur, qu'il parle ainsi de toi.

— Oh, tu sais, un fils gay et sa mère. C'est un lien spécial.

— Pas du tout, répond Juan avec nostalgie. Crois-moi.

— Juan ! s'écrie Lauren.

Mes enfants sont tous un peu plus agités que d'habitude, aujourd'hui.

— Raconte-nous, avec tes propres mots, comment tu as rencontré Nora.

— J'ai fait de mon mieux avec eux, déclaré-je assez fort pour être entendue de tous. Mais ils n'ont plus aucune manière quand il s'agit de certaines célébrités.

Je rejoins Juan à table, moi aussi intriguée par cette histoire.

— Écoutez bien, les enfants.

Juan aime manifestement être au centre de l'attention, et n'a aucun scrupule à parler de Nora.

— J'étais bénévole au Centre LGBT, je vaquais à mes occupations, aussi fabuleux qu'à mon habitude, quand tout le monde s'est soudain mis à perdre la tête. Bien entendu, j'avais entendu parler de Nora Levine. Même si j'ai passé une grande partie de ma jeunesse dans des endroits où il ne fait pas bon vivre, il était impossible de ne pas connaître *High Life*.

Il pose le menton sur ses doigts tendus.

— Je savais qui était Nora Levine quand elle est arrivée, mais je n'en faisais pas tout un drame, contrairement aux autres. Disons que j'avais d'autres chats à fouetter, et plus important à faire que me pâmer devant une actrice surpayée. Payer mon loyer et garder la tête hors de l'eau, par exemple.

Austin m'a partagé quelques informations au sujet du passé de Juan, mais je n'en connais pas tous les détails. Les filles sont pendues aux lèvres de Juan.

— Et rester en vie tout en gardant un semblant de dignité. Enfin, c'était une scène digne d'un film, je vous jure. La plus grande star de la télévision au summum de sa gloire entre. Nos yeux se croisent. Elle me regarde ; je la regarde. Et bam, quelque chose de magique se passe entre nous. Je ne saurais pas le décrire autrement. Comme un coup de foudre, mais purement platonique, bien évidemment.

Les sourcils haussés, il hoche la tête.

— Nora a fait son truc au Centre, puis elle a laissé un énorme chèque, merci beaucoup. Pendant tout ce temps, j'étais comme attiré par elle. Je n'étais pas le seul, sans grande surprise. On était absolument tous fascinés par Nora. Elle donnait toujours généreusement au Centre, mais c'était tout. Je ne la connaissais pas vraiment, à l'époque, et elle a tellement changé depuis, mais c'était comme si l'air changeait quand elle entrait dans une pièce. Comme si tous les atomes se réorganisaient dans l'atmosphère pour la satisfaire, pour laisser la place à son existence.

Juan aurait dû se tourner vers le théâtre, vu sa capacité à captiver un public.

— Je n'étais pas du tout aussi génial que je le suis maintenant, mais j'ai dû faire quelque chose puisque Nora s'est retrouvée aussi attirée qu'un papillon par la lumière. On s'est bien entendus, et ma vie n'a plus jamais été la même. Elle m'a pris sous son aile, et on est meilleurs amis, depuis.

— Si tu as réussi à séduire Nora Levine comme ça, notre petit frère n'avait pas la moindre chance, commente Jennifer.

— Je n'ai jamais arrêté mon volontariat auprès du Centre LGBT, continue Juan. Je travaille encore là-bas, la plupart des jours. Je dois quasiment ma vie à cet endroit, et Nora s'est montrée plus que généreuse.

— Elle est queer ? interroge Heather.

— Qui sait ce qu'est Nora ?

Juan fait de son mieux pour préserver la vie privée de Nora.

— Elle me l'a plus ou moins dit hier soir, intervient Austin. Elle est comme toi, Jen.

— Célibataire ? s'enquiert Heather.

— *En couple avec elle-même*, la reprennent Jennifer et Lauren à l'unisson.

— Elle n'a fréquenté personne depuis votre rencontre ? insiste Heather. Ça remonte à quand ?

— Il y a vingt ans. Pendant la dernière saison de *High Life*.

Juan souffle doucement.

— Si vous avez d'autres questions, ce n'est pas à moi d'y répondre. Désolé, les filles.

———

Lauren et Gus sont partis tôt avec Lily, et Jennifer et Heather sont en pleine discussion. Austin cherche une vieille lampe dans le garage, ce qui me laisse seule en compagnie de Juan.

— Assieds-toi, Mimi, je t'en prie. Je vais m'occuper de la vaisselle. Dieu sait que j'ai suffisamment fait la plonge dans ma vie.

Il contourne gracieusement l'îlot de cuisine.

— Est-ce que tu as une méthode spécifique pour remplir le lave-vaisselle ?

Je secoue la tête.

— Fais comme tu veux, Juan. Merci.

Cet homme n'a pas l'air d'accorder la moindre importance au placement des couverts dans un lave-vaisselle, mais les apparences peuvent être trompeuses.

— Comme je veux ? Tu es sûre de toi ?

Il me lance un sourire malicieux. J'ai du mal à décider qui a eu le plus de chance dans la rencontre de Juan et Nora. Peut-être les deux. Cependant, je ne dois pas trop m'attacher à lui. Il risque de sortir assez vite de nos vies, et je n'ai pas le moindre contrôle là-dessus.

Toutefois, je peux me délecter de la joie d'apprécier le nouveau petit ami de mon fils, ce qui n'a pas toujours été facile. Avec Juan, c'est pourtant très simple.

— Tu nous a raconté une sacrée histoire, tout à l'heure, sur ta rencontre avec Nora.

Il a forcément exagéré un peu, voire romancé l'anecdote pour avoir plus d'effet.

— Chaque mot était vrai, m'assure-t-il comme s'il pouvait lire dans mes pensées. L'autre jour, on parlait de la différence entre une famille de cœur et une famille de sang. Même si je n'existe plus pour ma famille de sang, j'ai eu beaucoup de chance de trouver ma famille de cœur. Nora a été tellement géniale. Au départ, elle donnait presque l'impression de vouloir me materner. Comme si elle percevait ce besoin en moi dont je n'avais même pas conscience, ou que je ne voulais pas voir, après avoir été mis à la porte de chez moi par ma propre mère.

Il arrête ce qu'il fait et pose les mains sur le plan de travail.

— Tu n'imagines pas ce que ton accueil signifie pour moi, Mimi.

Sa voix s'est-elle vraiment un peu brisée ?

— Ta famille… On dirait une famille parfaite qui n'existe qu'en rêve.

Austin n'a peut-être pas confié à son petit ami la singularité du mariage de ses parents.

— Aucune famille n'est parfaite.

— C'est vrai. Parfait, ce n'est pas le bon mot. Mais il y a énormément d'amour, d'acceptation et de chaleur, ici. C'est le plus important.

Il prend une vive inspiration.

— Nora, Imani et moi, on est tous les trois les moutons noirs de notre famille. On n'a jamais eu notre place nulle part, sauf ensemble.

Je me demande comment Imani est entrée dans leur petit trio, mais c'est une question pour un autre jour.

— Mais ça montre simplement qu'il n'est pas nécessaire d'avoir vécu une enfance de rêve pour avoir une vie fabuleuse quand on est plus vieux, conclut-il avant de se racler la gorge. Enfin, adulte. Pas *vieux*, évidemment.

Il me fait un clin d'œil.

— Évidemment.

Au moins, Juan est un peu plus jeune que moi ou que le père d'Austin. Est-ce que je préférerais que mon fils nous présente un homme d'une vingtaine d'années, de temps à autre ? Bien sûr. Mais encore une fois, ça ne me regarde pas. Et qui suis-je pour avoir mon mot à dire sur la vie amoureuse de mes enfants, ou de n'importe qui d'autre, d'ailleurs ? Nous avons tous nos propres raisons de prendre les décisions que nous prenons.

— Je suis désolée, pour ta famille.

Cela me rappelle que Nora m'a confié ne pas être proche de sa famille, elle non plus.

— Tout le monde n'est pas fait pour supporter tant d'extravagance.

Juan paraît croire chacun de ses mots. Comme s'il s'était blindé contre toute mention de sa famille au fil des ans.

— Moi si, je te le promets.

Je le regarde, incapable de retenir mon sourire.

— Tu es toujours le bienvenu, ici.

— Je vais attendre un peu avant de commencer à t'appeler maman.

Le rire de Juan est communicatif. Lorsqu'Austin revient dans la cuisine, son petit ami et moi gloussons comme des petites filles.

CHAPITRE 11

NORA

Quand mon téléphone sonne, je me morigène d'avoir négligé de rediriger les appels de Michelle St James. Pense-t-elle réellement avoir une ligne directe pour me contacter jusqu'à la fin de sa vie ? J'hésite à décrocher. Sur le plateau, j'aime rester aussi concentrée que possible, et je n'ai pas vraiment parlé à Mimi. Je me rappelle que je l'apprécie, et que Juan est apparemment désormais aussi épris d'elle que de son nouveau petit ami. Eh merde. Je décroche.

— Bonjour, Nora, me salue Mimi. Je suis ravie d'avoir réussi à te joindre. C'est rare, de pouvoir contacter directement quelqu'un comme toi. Je dois d'habitude passer par une pléthore d'agents, de managers et d'assistants.

— Oui.

Notre dîner remonte à quelques semaines. Comment ai-je pu oublier de rediriger son numéro ? Ça ne me ressemble pas. Peut-être est-ce inconscient.

— J'invite Stella et Kate à dîner samedi, et je me demandais si tu voudrais te joindre à nous.

Comme toujours, dès que je reçois une invitation à un évènement social, tout en moi hurle non, non, non. Je n'ai pas envie d'y aller. Toutefois, mon côté plus rationnel sait qu'il est nécessaire d'interagir avec mes collègues en dehors du travail. Je ne peux pas complètement m'isoler. Il m'arrive même de m'amuser. J'irais jusqu'à ranger mon dîner chez Mimi dans la catégorie des soirées agréables.

— Tu es libre d'amener ta clique, ajoute Mimi puisque je ne réponds pas.

— Juan n'est plus libre le samedi, maintenant.

— Austin et lui partent en weekend. La famille de Stella possède une cabine à Topanga.

— Je sais. Tu imagines Juan et Austin randonner dans le canyon ensemble ?

— C'est ce que je préfère imaginer, quand je pense à eux deux en weekend.

Je m'esclaffe doucement.

— Oui, je comprends. Je vais voir avec Imani.

Peut-être ce repas la sauverait-il d'une autre longue soirée en solitaire sur son canapé avec un pot de glace, bien qu'elle ait sûrement exagéré cette description. Imani n'est pas du genre à rester chez elle pour se morfondre ainsi.

— Je prends ça pour un oui. Génial.

Est-ce que je viens d'accepter ?

— Euh, oui, balbutié-je. D'accord. C'est en petit comité, n'est-ce pas ?

Je préfère poser la question pour m'en assurer.

— Seulement les personnes que j'ai mentionnées. Promis.

Je ne perçois pas la moindre ironie dans le ton de Mimi, ce que j'apprécie.

— D'accord. Je te donne vite la réponse d'Imani.

— J'ai hâte de te revoir, Nora.

La voix de Michelle est si chaleureuse que ça me donne envie de l'entendre à nouveau. C'est sûrement la raison pour laquelle j'ai accepté son invitation avant même d'y réfléchir.

—————

— Je ne voudrais pas jouer les curieuses, commence Mimi tout en servant du vin pour tout le monde sauf elle-même. Mais ça fait des semaines que le récit de votre rencontre m'a été promis.

Elle fixe Stella du regard, puis Kate.

— Il est temps que quelqu'un me le raconte.

— C'est la raison de ton invitation ? s'enquiert Kate. Pour savoir comment on s'est rencontrées ?

Kate remue sur sa chaise. Cela remonte à des années, avant le début du tournage d'*Unbreak My Heart*, mais je suppose que cette histoire ne cessera jamais de la rendre mal à l'aise.

— Bien sûr que non.

Mimi s'assoit, puis elle croise gracieusement une jambe par-dessus l'autre. Je ne porterais jamais une jupe aussi moulante de mon plein gré, mais pour je ne sais quelle raison, les person-nages que je joue ont tendance à se vêtir ainsi.

— Je voulais simplement profiter de votre compagnie.

— Kate était mariée à mon frère, annonce Stella.

Imani et moi connaissons cette anecdote, bien entendu, mais la réaction des autres à cette information croustillante est toujours cocasse.

— Pardon ?

Mimi avance légèrement la tête, comme si elle n'avait pas bien entendu.

— Ce n'est pas aussi salace que ça en a l'air, intervient Kate. Mon mariage avec Kevin était pratiquement mort, mais oui. Inutile de tourner autour du pot. On est tombées amoureuses l'une de l'autre alors que j'étais encore mariée au frère de Stella.

Pour la première fois depuis que je la connais, Mimi a l'air de ne pas trouver ses mots. Peut-être essaye-t-elle d'imaginer ce qu'une situation comme celle-ci entraînerait parmi ses propres enfants.

— Ouah.

Une telle découverte repousserait les limites de l'ouverture d'esprit de n'importe qui.

— Tu as demandé, Mimi, commenté-je afin de détourner un peu l'attention de Stella.

Kate et Stella sont capables de le supporter, bien évidemment. Elles sont un couple parfait, presque une publicité vivante pour l'amour, pour ceux que ça intéresse.

— Je sais. Ma curiosité a pris le dessus. Je, euh… je ne m'attendais pas à ça, c'est tout. Je n'insisterai pas, mais si vous me le permettez, je peux demander comment ça se passe avec la famille de Stella ? Comment tes parents ont-ils pris la nouvelle ?

J'ai rencontré la mère de Stella, l'architecte de renom Mary Flack, à plusieurs reprises. Elle n'a pas l'air d'en vouloir à sa fille de s'être mise en couple avec la femme de son fils.

— Il n'y a que ma mère et mon frère, qui s'est remarié et a désormais plusieurs enfants, répond Stella. Kevin habite à Washington DC. Quant à ma mère…

Stella déglutit.

— C'est la meilleure, une vraie star.

— Mary Flack. Bien sûr.

Mimi a l'air sincèrement troublée.

— J'adore son travail.

— Stella était connue comme la fille de Mary Flack, avant, mais Mary est désormais plus connue comme la mère de Stella, précise Kate avec fierté.

J'échange un regard avec Imani. Je ne sais pas trop ce qui lui passe par la tête, mais je ne m'attarde pas trop sur les souvenirs de ma propre mère, même si elle est une bien meilleure personne que celle d'Imani, et de loin.

— À la famille, alors.

Mimi lève son verre d'eau. Je jette un autre coup d'œil à Imani dans l'attente de sa réaction. Je ne demanderais absolument jamais à mes amis de trinquer à la famille, mais c'est le problème quand on passe du temps avec des personnes que l'on ne connaît pas bien. C'est un terrain miné, tant émotionnel que psychologique. Toutefois, si quelqu'un peut tenir le coup, c'est bien ma sublime amie. Elle lève à moitié son verre et fait bonne figure. Dans tous les cas, un toast porté à Mary Flack est toujours mérité. J'apprécie la compagnie de Mary, quand je la vois.

— Et maman a Nathan, maintenant, reprend Stella avec un sourire. Quand ils ont commencé à se fréquenter, j'ai d'abord cru que ce n'était qu'un gigolo croqueur de diamant, mais les gens nous réservent parfois des surprises. Il est un peu trop jeune pour que je l'appelle beau-papa, mais je me tourne vers lui pour tout ce dont je ne peux pas parler avec ma mère.

— Il est beaucoup plus jeune qu'elle ? interroge Mimi.

— Il a à peine un an de plus que moi. Je me comportais vraiment comme une sale gosse, à cause de ça. Je ne supportais pas que ma mère fasse venir ce type tellement plus jeune qu'elle à la maison. J'ai ensuite appris à le connaître, et il a été d'un grand soutien pour tout le monde quand tout a tourné au vinaigre. C'est un mec vraiment bien. J'aurais dû faire confiance à ma mère pour faire le bon choix. Mais tout va bien, maintenant. Étonnamment, on est une belle et grande famille. Et Nathan adore jouer les baby-sitters.

— C'est un gros avantage, confirme Kate en passant un bras sur les épaules de Stella.

— Vous avez peut-être remarqué lors de votre soirée que mon fils est incapable de résister à un bel homme aux cheveux poivre et sel, déclare Mimi.

Aux cheveux poivre et sel ? S'il était là ce soir, Juan serait outré par cette description.

Imani éclate de rire.

— Pitié, fais en sorte que je sois là quand tu diras à Juan qu'il est un bel homme aux cheveux poivre et sel.

— Oh, je sais qu'il n'a que la quarantaine. Mais Austin…

Mimi secoue la tête.

— Ce n'est pas comme si son père était absent. Je m'en suis assurée. Je ne comprends pas pourquoi il aime tant les hommes plus âgés.

— Ce n'est peut-être pas seulement une question d'âge avec Juan, suggère Imani comme s'il s'agissait de la seule conclusion possible. C'est un être humain tellement incroyable.

Mimi acquiesce, apparemment d'accord avec elle. Selon moi, et en toute subjectivité, ne pas apprécier Juan est impossible. Mimi est manifestement tombée sous son charme.

— Les filles se sont elles aussi prises d'affection pour lui.

Cette précision confirme mes soupçons. Même absent, Juan reste un sujet de conversation important, ce qui m'amuse.

— Crois-moi, affirme Stella. Un écart d'âge fait partie des situations les plus faciles à accepter, dans un contexte familial.

— Tu peux dire ça, se moque Kate. Maintenant que tu adores Nathan.

— C'est le parrain de Silas, rétorque Stella.

— On ne pouvait pas vraiment demander à Kevin, contre Kate en s'efforçant de rester impassible.

— J'imagine qu'on peut finir par presque tout accepter, commente Mimi. Je suis la plus âgée, ici, donc je devrais le savoir.

Imani pouffe de rire. C'est parfois plus fort qu'elle, surtout lors de conversations sur les liens solides de la famille, ce dont elle n'a pas à s'inquiéter avec Juan et moi.

— Peut-être dans un monde parfait.

Stella reporte son attention sur Imani. Elles sont amies, donc elle connaît son histoire.

— Désolée, ma chérie.

— Ce n'est pas grave. Je m'y suis faite. Mes parents sont d'une autre époque.

Quand même, songé-je. Mais je comprends. Les différences

générationnelles ne représentent qu'un seul des problèmes m'éloignant de mes propres parents.

— Ils ont quel âge ? s'enquiert Mimi.

— Ils sont morts, lui répond Imani. Mais ils sont sortis de ma vie des dizaines d'années avant leur décès.

— J'en suis navrée. Vraiment.

— Ils m'ont eue sur le tard. Ma mère avait quarante-et-un an, mon père presque cinquante. Il approchait des soixante-dix ans quand je lui ai annoncé être une fille, et non le garçon qu'il a toujours cru que j'étais. C'était il y a plus de trente ans. Heureusement, les temps ont changé.

Mimi dissimule assez bien sa surprise, mais elle n'échappe pas à mon observation. Imani est habituée à cette réaction, depuis le temps, et ça ne la dérangerait de toute façon pas de choquer quelqu'un ainsi.

— Dommage pour eux, ils n'ont pas eu l'occasion de connaître leur sublime fille. Tant pis pour eux.

Imani hausse un sourcil parfaitement dessiné.

— On pourrait peut-être trouver un autre sujet de conversation, maintenant.

CHAPITRE 12
MIMI

Lorsque nous prenons place pour le dîner, je suis quelque peu étourdie par toutes ces révélations. Et je n'ai bu que de l'eau. J'essaye de m'imaginer Heather se mettre en couple avec le mari de Lauren ou inversement. Plus dramatique encore : un de mes gendres tomber amoureux de mon fils. La tête m'en tourne, et je dois prendre une profonde inspiration avant de servir le repas.

— Je suis de retour sur les applications, entends-je Imani dire alors que je m'assieds. Mais je n'ai pas eu beaucoup de chance, pour l'instant.

Tandis qu'elles s'extasient toutes devant le plat que j'ai préparé, je jette un rapide coup d'œil à Nora, qui a l'air de s'amuser. Je me demande ce qui a bien pu se passer avec sa famille pour qu'elle se retrouve aussi attirée par les personnes rejetées par la leur simplement à cause de leur identité – parce qu'ils sont tels que leurs parents les ont créés et ne sont toujours pas à la hauteur de leurs attentes.

— Et toi, Mimi ? me demande Imani.

— De quoi ?

J'ai perdu le fil de la conversation.

— Tu es sur des applications de rencontre ? Je peux t'en recommander quelques-unes sur lesquelles une femme comme toi conclurait bien.

— Conclurait bien ? m'esclaffé-je. C'est ce que disent les jeunes, maintenant ?

Imani me fixe du regard.

— Je ne suis pas vraiment jeune. Tu es accomplie, belle, manifestement aimable, et tu es très bonne cuisinière.

— Arrête, protesté-je en m'éventant le visage de la main. Tu vas me faire rougir.

Est-ce qu'elle me drague ? Ou n'était-ce qu'un compliment ?

— Jay ne cesse de chanter tes louanges depuis le brunch du weekend dernier.

— C'est adorable de sa part.

— Je comprends pourquoi, ajoute Imani en plongeant son regard dans le mien. Enfin, si jamais tu as besoin d'aide avec ces applications, n'hésite pas.

— Austin a dit que tu « cherchais à rencontrer quelqu'un ».

L'intervention de Nora, qui mime des guillemets dans le vide, m'étonne grandement.

— C'est un peu fort, nié-je en dévisageant Nora. Je n'ai encore rien tenté, mais je ne vais pas mentir, j'aimerais bien rencontrer quelqu'un. Je suis prête, et je n'ai pas l'impression d'avoir déjà atteint ma date de péremption.

Elles protestent toutes les quatre en chœur, s'indignant contre le patriarcat et le capitalisme qui rejettent les femmes dès qu'elles dépassent un certain âge – Nora étant la plus insistante du groupe. Son verre de vin est vide, encore.

— Quel est ton type ? m'interroge Imani une fois le brouhaha retombé.

J'ai tellement perdu la main que je ne sais pas si elle me demande par intérêt personnel ou par simple curiosité.

— Je pourrais connaître quelqu'un.

Je peux jouer à ce jeu. Je dois toutefois admettre que c'est déconcertant, avec trois paires d'yeux rivées sur moi.

— Sexy, je réponds avec malice.

Je soutiens son regard, et elle incline légèrement la tête avant de me sourire.

— Depuis mon arrivée, je t'imagine avec mon amie, Simone.

— Oh, pitié, proteste Nora. Pas Simi, elle est pénible.

— Pas du tout, s'indigne vivement Imani.

— Un peu, insiste Nora. Désolée. Personnellement, je ne l'imagine pas.

— Discutons-en en privé, un de ces jours, Mimi, me dit Imani avec un nouveau sourire. Loin des oreilles indiscrètes.

— Je ne suis pas indiscrète, râle Nora en levant les mains. Enfin, sortez avec qui vous voulez, toutes les deux, ça ne me regarde pas.

Je ne suis pas sûre de comprendre ce qu'il se passe.

— Maman a rencontré Nathan sur une application, nous informe Stella. Ça peut fonctionner.

Si Nora avait l'intention de me décourager de rencontrer cette Simone, elle a réussi. Mais pourquoi se donnerait-elle cette peine ? Je me renfonce dans mon siège et me tourne vers elle. Je surprends son regard posé sur moi. Peut-être a-t-elle un peu trop bu.

———

Stella et Kate sont parties il y a une heure – les jeunes mamans ont tendance à ne pas sortir trop tard. Imani vient de monter dans un taxi après avoir tenté en vain de convaincre Nora de l'accompagner. Apparemment, Nora n'a pas envie de rentrer pour le moment, et elle se montre inflexible sur la question. La dernière fois qu'elle est venue, pourtant, elle m'a donné l'impression d'éprouver le soudain besoin de s'en aller au plus vite. Elle n'avait pas bu autant de vin, cependant.

Imani n'a accepté de partir qu'après m'avoir fait promettre, sur la tête de mes enfants et petits-enfants, que j'installerais Nora dans ma chambre d'amis.

— C'est mon rôle de m'occuper d'elle quand elle est dans cet état, m'a confié Imani. Elle est rarement aussi soûle.

— Je gère, la rassuré-je.

Au fond de moi, je me réjouissais à la perspective d'avoir Nora Levine chez moi, ivre.

— Accorde-toi cette fin de soirée.

— Appelle-moi si tu as besoin de quoi que ce soit. N'importe quoi.

La réticence d'Imani à laisser Nora me laisse penser qu'elle risque de revenir un peu plus tard pour prendre de ses nouvelles.

— Imani, a bredouillé Nora. Vas-y, je t'en prie. Je suis grande. Je peux m'occuper de moi-même.

— Elle ne changera pas d'avis avant un moment, m'informe Imani tout en appelant une voiture. Elle est incroyablement bornée.

— Je vais lui faire boire quelques litres d'eau, et tout ira bien. Promis.

— Et voilà, annonce Nora après le départ de son amie. Mon chaperon m'a enfin laissée seule.

Je nous sers deux grands verres d'eau avant de lui montrer l'exemple en buvant presque entièrement le mien.

Nora boit quelques gorgées du sien.

— Tu n'as rien de plus fort ? s'enquiert-elle.

Elle survole ma cuisine du regard.

— Dans lequel de ces placards étaient rangées tes bouteilles, déjà ? Je peux me servir. Repose-toi. Tu as été une hôtesse tellement géniale. Tu dois être épuisée.

Elle porte les mains à sa bouche.

— Oh, non. Je suis le stéréotype de ces célébrités trop

égocentriques pour comprendre les sous-entendus et je m'impose, non ?

— Tu es la bienvenue, mais je pose la limite à un autre verre. Je peux te préparer du thé ou du café, si tu veux.

Elle rejette ma proposition d'un geste et boit une autre gorgée d'eau.

— Je sais que j'ai trop bu. J'ai du mal à m'arrêter, parfois. Imani me jetait des regards noirs depuis deux heures, mais quand on connaît quelqu'un depuis aussi longtemps que je la connais, on apprend à ignorer ce qu'on ne veut pas voir.

— Ce n'est pas grave. Je ne te juge pas. C'est assez amusant, même.

Je ne l'ai assurément jamais vue aussi détendue.

— Je sais que tu n'en profiteras pas pour me poser des questions indiscrètes.

Elle n'est pas ivre au point d'en oublier qui elle est – une femme avec un secret ou deux.

— Je vais faire de mon mieux.

— Je t'aime bien, Mimi. Je... me sens en sécurité avec toi, étrangement. À l'exception de notre première rencontre, où tu m'as vraiment agacée, tu n'exsudes rien d'autre que de la gentillesse et de l'assurance. Ça me plaît beaucoup.

Nora a clairement bu trop de vin, mais elle n'a malgré tout pas l'air soûle au point d'avoir tout oublié demain matin. Elle regrettera sûrement ses confessions, mais elle devrait s'en souvenir – sûrement à son grand désespoir.

Nora est échevelée, les yeux larmoyants.

— Merci. On pourrait être amies, après tout.

Elle me parlera peut-être, la prochaine fois que je viendrai sur le plateau d'*Unbreak My Heart*.

— On est déjà amies, me reprend Nora en laissant tomber sa tête en arrière. Je ne serais pas là, sinon. Tout ce délicieux vin est en train de me monter à la tête.

Avec un soupir, elle tente de se relever.

— Je suis désolée. Je devrais appeler une voiture.

— J'ai promis à Imani de t'installer dans ma chambre d'amis.

— Oh, non, non, non. Je ne veux pas t'embêter. Je ne vais pas dormir ici. Je dois rentrer chez moi.

— Dans ce cas, laisse-moi te ramener. Mon taux d'alcool est de zéro pointé.

— Tu me reconduirais chez moi ? Après m'avoir invitée à dîner et supporté mon ivresse ?

— Je ne te supporte pas, Nora. J'apprécie ta compagnie.

J'aime bien la voir ainsi, moins coincée qu'à son habitude.

— Vraiment.

— Oh.

— Ça ne doit pas vraiment te surprendre.

— Un peu. Assez peu de gens m'apprécient quand ils apprennent à me connaître.

Je secoue la tête.

— Eh bien, moi, si.

— Hmm, souffle-t-elle avant de se mordre la lèvre inférieure. J'ai peut-être envie de passer la nuit ici, finalement.

Elle déglutit lentement.

— Peut-être que… ouais.

Elle se lève de sa chaise et me rejoint, son visage à quelques centimètres du mien, son souffle chaud effleurant ma peau.

— Tu penses que je devrais rester ?

— Ma chambre d'amis est tout à toi.

— Non. Je veux dire, est-ce que tu as envie que je reste ?

Nos bouches sont désormais presque en contact.

— Nora, murmuré-je. Tu n'as pas les idées claires.

— Ça ne change pas de d'habitude.

Un léger sourire s'épanouit sur ses lèvres. Elle rive sur moi son intense regard bleu. Elle sent le vin et un parfum haut de gamme. Et elle a manifestement envie de m'embrasser. J'aimerais qu'elle m'embrasse, mais je ne peux pas la laisser faire. Pas dans cet état.

J'instaure un peu de distance entre nous.

— Et si je te ramenais chez toi ?

— Je ne veux pas rentrer, refuse Nora.

— Alors tu vas dormir dans la chambre d'amis, annoncé-je en reculant un peu plus.

— Oh. Je…

Elle porte ses doigts à ses lèvres que je n'ai pas embrassées.

— Désolée. Je croyais, euh, ouais… Rien.

— Tu n'es pas toi-même, Nora.

Je me retiens de poser une main sur son épaule.

— Si tu n'es pas en possession de tous tes moyens, ça ne m'intéresse pas.

Elle expire par le nez.

— Ouah. De toute ma vie, jamais…

Elle s'interrompt et se laisse tomber sur une chaise.

— D'accord. Mais je te préviens, je ne fais jamais rien de tel quand je suis sobre. Jamais.

— Raison de plus pour t'arrêter maintenant.

— Tu n'es même pas tentée ?

Nora n'a sûrement pas l'habitude que les autres ne cèdent pas au moindre de ses désirs.

— Ce n'est pas ça. Tu as trop bu. Tu es incapable de consentir.

— Pas même à un baiser ? insiste-t-elle.

— Pas même à un baiser.

— Tu as raison, mais… tu as aussi un peu tort, tu sais.

— Chambre d'amis ? demandé-je en haussant les sourcils.

Nora secoue la tête.

— Non. Je dois rentrer chez moi. Imani va venir me chercher.

Sa pauvre amie.

— Imani ? Elle vient de partir. Je vais te ramener. Ce n'est rien.

— J'ai un service de chauffeur. Je ne suis pas une marchandise délicate qui doit être délivrée en mains propres.

Je pousse le verre d'eau vers elle.

Elle en boit quelques goulées, puis elle enfouit la tête dans ses mains.

— Oh, mince, marmonne-t-elle. Je suis déjà mortifiée, je n'imagine pas demain.

— Je peux te promettre, ici et maintenant, que tu n'as aucune raison d'être mortifiée. Tout va bien. Ce genre de choses arrive, et il ne s'est rien passé. Ne t'en fais pas.

— Si seulement ça fonctionnait comme ça, mais tu ne peux pas m'absoudre en avance de ce que je vais regretter plus tard.

— Mais si. C'est ce que je suis en train de faire. Si tu éprouves le besoin de t'excuser demain, c'est inutile.

Je cherche mon portable.

— Je vais t'envoyer un message. Ne l'ouvre pas avant demain matin, histoire qu'il te serve de rappel.

Je tape le message en question et le lui montre avant de l'envoyer.

> Inutile de t'excuser. Ton amie, Mimi.

Nora pouffe de rire.

— Tu es quelque chose. *Mon amie.*

— À ce qu'il paraît.

Je me sens enfin suffisamment à l'aise pour lui lancer un sourire éclatant.

— Allez. On va te ramener chez toi.

— Merci, Mimi. Sérieusement. D'avoir été décente et de ne pas avoir profité de moi.

— C'est à ça que servent les amis.

CHAPITRE 13
NORA

Mimi me ramène chez moi en silence. J'ai l'habitude de me faire conduire partout, mais jamais ainsi. Cette place à l'avant, à côté d'elle, est intime, surtout après ce que je viens de tenter. J'ai essayé de l'embrasser. Pourquoi, mais pourquoi ?

Je ne comprends pas. Je ne suis pas certaine de pouvoir en discuter avec Juan avant d'avoir moi-même compris ce qui m'a pris, étant donné que Mimi est la mère de son petit ami. Et pauvre Imani. Je me suis comportée comme une telle diva. J'ai vraiment fait n'importe quoi, ce soir, raison pour laquelle je décline la plupart des invitations.

Aussi tard, la circulation est heureusement assez légère. Nous tournons dans ma rue. J'ouvre le portail grâce à l'application de reconnaissance faciale installée sur mon portable.

— J'imagine que tu ne veux pas entrer ?

J'aimerais sortir de cette voiture au plus vite afin de pouvoir commencer à faire semblant qu'il ne s'est rien passé.

— Merci, mais je pense qu'on va remettre ça à plus tard.

— Bien. Je suis tellement désolée. Ce que tu dois penser de…

— Nora. Arrête. Tu n'es pas descendue dans mon estime. Passe à autre chose.

— D'accord.

Je me retiens de planter un baiser sur sa joue pour lui dire au revoir.

— Merci de m'avoir ramenée à la maison. Je t'en dois une.

— De rien, répond Mimi avec un sublime sourire.

Je pourrais me délecter de ce doux sourire pendant un bon moment, puisqu'il m'apaise instantanément. Cependant, je sors rapidement et claque la portière dans mon dos. Chad, mon dog-sitter, ouvre la porte, trois bêtes excitées derrière lui.

Princesse effectue cette petite danse avec ses pattes avant, comme à chaque fois qu'elle me voit. Izzy jappe jusqu'à ce que je la prenne dans mes bras. Quant à Rogue, il reste un peu à l'écart de l'agitation causée par les deux autres.

Je remercie Chad pour l'amour et l'attention qu'il prodigue à mes précieux bébés, puis je m'affale dans le canapé. Princesse et Rogue s'installent à mes pieds, tandis qu'Izzy prend place sur mes genoux. J'envoie à mon assistante l'adresse de Mimi pour qu'elle lui envoie des fleurs. Je contacte ensuite ma coach sportive privée afin de lui demander une session aussi éreintante que punitive demain, même si le dimanche est généralement le seul jour où je ne fais pas de sport.

— Maman a merdé ce soir, mes bébés.

Trois paires d'oreilles se redressent, même s'ils ne me comprennent pas. C'est l'avantage de parler à des animaux. Ils vous écoutent toujours mais ne vous jugeront jamais.

— Maman a essayé d'embrasser une autre femme.

Izzy me dévisage comme si je venais de lui annoncer que je comptais la vendre au plus offrant.

— Je sais. Je n'aurais pas dû, mais j'ai bu trop de vin. C'est l'histoire de ma vie, non ?

Je laisse ma tête retomber en arrière, réconfortée par la chaleur corporelle d'Izzy. Mon système encore noyé par le vin que j'ai bu ce soir et incroyablement épuisée par ma propre stupidité, je m'endors aussitôt.

————

Je me réveille allongée sur le canapé, Izzy et Rogue tous deux étalés sur moi. Pourquoi utiliser une couverture quand mes chiens peuvent tout aussi bien me tenir chaud ? Dès que je remue, Princesse m'apporte l'un de ses jouets. Par instinct, je cherche mon portable. J'y trouve des messages de mon assistante et de ma coach sportive, mais aussi celui que Mimi m'a envoyé hier soir pour que je le lise aujourd'hui.

Inutile de t'excuser. Ton amie, Mimi.

J'ai mal à la tête et la bouche sèche, mais également les idées plus claires. Ce message est la raison même pour laquelle je suis si attirée par Michelle. Je ne saurais l'expliquer mieux que ça pour le moment, mais je le ressens au plus profond de moi. J'éprouve quelque chose. Je suis toutefois redevenue moi-même : une Nora Levine sobre et raisonnable qui ne s'amuse pas à essayer d'embrasser des gens. Ai-je été trop lourde ? À quel point me suis-je montrée infecte ? Je reporte mon attention sur le message de Mimi, qui fait taire mes pensées. Et si elle avait raison ? Et si des excuses étaient inutiles, aussi simple que ça paraisse ? Un beau bouquet de fleurs devrait bientôt lui être livré. Mon téléphone sonne soudain, l'écran m'annonçant qu'il s'agit d'Imani.

— Bonjour, ma belle. Comment va ta tête ?

— Oh, mince, Imani. Je suis tellement désolée pour hier soir.

— C'est bon, Nora. Tes souvenirs sont sûrement bien pires que la réalité, mais, euh… pourquoi voulais-tu tellement que je m'en aille ?

— Ah, je gémis. Ne me demande pas ça.

— Si, je te le demande.

— J'ai essayé de l'embrasser. J'ai essayé d'embrasser Mimi.

— Essayé ?

Malgré sa question, Imani pourrait sans peine deviner ce qu'il s'est passé... ou bien elle le sait déjà.

— Elle m'a arrêtée.

— Cette Mimi est vraiment remarquable, commente Imani.

— Parce qu'elle m'a empêchée de l'embrasser ?

— Parce qu'elle m'a envoyé un message après t'avoir ramenée chez toi hier soir. Et, oui, aussi parce qu'elle n'a pas profité de la présence d'une Nora Levine ivre chez elle.

Imani s'esclaffe brièvement.

— Bon, tu veux me dire pourquoi tu as ressenti une envie soudaine d'embrasser cette femme, si ce n'est parce que tu as bu trop de vin ?

— Oh, je ne sais pas. Elle est, euh...

Je suis incapable de l'expliquer à Imani.

— Elle me plaît. Quelque chose en elle me touche.

— Hmm. C'est une femme séduisante, en effet.

Imani donne l'impression de mieux me comprendre que moi-même.

— Tu voulais vraiment lui présenter Simone ?

— Pourquoi pas ? demande-t-elle avant de s'éclaircir la gorge. C'était avant de savoir qu'elle t'attirait.

Ai-je vraiment avoué être attirée par Mimi ? J'espère que cette conversation ne va pas révéler des secrets que je préfèrerais garder enterrés à tout jamais.

— Ça peut rester entre nous, s'il te plaît ? Ne mêlons pas Jay à tout ça.

— Vraiment ? s'étonne Imani. Tu veux cacher à Juan ta tentative d'embrasser une autre femme ? Bonne chance.

— Ce n'est pas comme s'il pouvait lire dans mes pensées.

— Peut-être pas dans tes pensées, mais il sait te lire, toi. De plus, Mimi pourrait en parler à Austin.

Étrangement, je suis persuadée qu'elle n'en fera rien – bien que je ne sache pas sur quoi se base cet instinct, et je pourrais me tromper. Cependant, Imani a raison. Il me suffira d'un regard prolongé de Juan pour me trahir.

— Bon, d'accord. J'en parlerai à Jay à son retour. Tu as eu de ses nouvelles ?

— Il m'a envoyé quelques photos de la vue. Ça a l'air magnifique.

— Hey, euh, je n'ai rien dit de trop scandaleux ou déplacé ?

Ce que je veux demander, c'est si je n'ai rien dit dont je devrais avoir honte, mais je ne le formule jamais ainsi.

Imani rit doucement.

— Tu étais très bien, Nora, même si personne ne pourra nier que tu as bien profité du vin.

— Roh. Je sais.

— Mais on était entre amis, donc tu n'as aucune raison de t'inquiéter. D'accord ?

— Oui. Même si Mimi n'est pas vraiment une amie.

Un message dans mon portable réfute clairement cette déclaration, une pensée qui fait remonter un courant indescriptible dans mes veines.

— Mais elle te plaît.

— Oui, mais j'étais soûle, donc ça ne compte pas.

— Es-tu en train de dire que si elle se pointait chez toi un de ces jours et tentait de t'embrasser, tu l'arrêterais ?

— Quoi ?

Cette perspective est pour le moins troublante.

— Non. Enfin, oui. Je reste moi. Je n'ai pas changé par magie ou je ne sais quoi.

— Bien. Je voulais simplement vérifier. Mais pour ton information, Nora, tu as le droit de changer. Tu as le droit de faire ce que tu veux, quand tu veux.

— Tu sais ce que je veux.

— Bien sûr. Est-ce que ça inclut le plaisir de ma compagnie cet après-midi ?

— Oui, s'il te plaît.

Quelques instants après la fin de notre appel, je reçois un message.

> Merci pour les fleurs, chère amie. Ce n'était vraiment pas nécessaire, mais j'apprécie quand même. J'espère que tu te sens bien.
> M. xo

Quelque chose me dit que je ne redirigerai pas de sitôt le numéro de Mimi à quelqu'un d'autre.

CHAPITRE 14
MIMI

— Nora Levine est venue dîner ici ? m'interroge Heather, manifestement dépitée. Il t'a suffi de l'appeler pour qu'elle vienne ?

Elle a fait tellement plus, songé-je, mais je ne voudrais pas faire exploser le cerveau de ma fille.

— Elle, son amie Imani, ainsi que Stella Flack et sa femme, Kate.

— Allez, maman. Tu ne peux pas nous narguer comme ça.

— Nous narguer ? répète Jennifer pour soutenir sa sœur. Elle garde tout pour elle, oui.

— Je ne suis pas obligée de présenter tous mes collègues de travail à ma famille. Est-ce que je connais tous vos collègues ?

— Il se trouve que oui, répond Jennifer.

Elle a raison, mais sa start-up est encore petite, et ses collègues sont aussi ses meilleures amies.

— Oui, mais la situation n'est pas du tout la même.

— Ce n'est pas grave, Jen. Notre heure viendra. On doit seulement rester patientes. On attend de rencontrer Nora Levine depuis plus de vingt ans, et on n'a jamais été aussi proches d'atteindre notre objectif.

— J'espère que tu ne crains pas qu'on te fasse honte devant Nora, déclare Jennifer. On sait se tenir, contrairement à Austin.

— D'ailleurs. Tu as vu les photos que ton frère a envoyées ?

— Ne change pas de sujet, intervient Heather.

Elle fixe du regard l'énorme bouquet de lys posé au centre de la table.

— Qu'as-tu préparé pour Nora ? Ça devait être un excellent repas, si elle t'a envoyé ça en remerciement.

La tentative de baiser de Nora, hier soir, était complètement inattendue. La dernière fois que je l'ai vue, elle m'a à peine accordé la moindre attention. Je ne peux reporter la faute que sur le vin que je lui ai servi.

— Voilà un changement de sujet, annonce Jennifer. Devine qui j'ai croisé, l'autre jour ?

— De tous les habitants de Los Angeles ? rétorque Heather, la tête inclinée. Tu peux être un peu plus précise ?

— Cathy, l'informe sa sœur, déjà lassée de ces devinettes. Je suis allée à *Palmetto's* et elle était là, en train de déjeuner avec sa petite amie.

— Tu lui as parlé ? s'enquiert Heather.

— Bien sûr. Je ne pouvais pas vraiment l'ignorer.

— Qu'est-ce qu'elle a dit ?

Quand les jumelles sont lancées, c'est toujours un peu compliqué de placer un mot. Il est bien plus simple de les laisser discuter et de les écouter pour obtenir les informations qui m'intéressent.

— Elle a demandé comment on allait tous, répond Jennifer en se tournant vers moi. Comment allait maman. Si tu voyais quelqu'un.

— Elle va bien ? demandé-je.

— Elle en avait l'air. Sa nouvelle petite amie est plus jeune qu'elle d'au moins dix ans, si ce n'est plus.

— Tant mieux pour elle.

Cathy et moi nous sommes séparées il y a presque deux ans. Je peux sincèrement affirmer ne lui souhaiter que le meilleur.

— Quand vas-tu essayer de rencontrer quelqu'un d'autre, maman ?

Je devrais peut-être m'inscrire sur une de ces applications mentionnées par Imani. Toutefois, j'ai bien du mal à m'y résoudre le lendemain du soir où Nora Levine a tenté de m'embrasser. S'il s'agissait réellement d'une pulsion alcoolisée, je suis parfaitement disposée à refouler ce souvenir à tout jamais, mais une petite partie de moi aimerait interroger Nora à la lueur du jour, alors qu'elle est sobre. Je devrais peut-être contacter Imani et lui demander ce qu'elle aurait à me conseiller.

— On ne peut pas forcer ce genre de choses.

Je m'efforce d'apaiser les filles, dans l'espoir d'éviter de quelconques nouvelles tentatives pour me faire rencontrer les mères *curieuses* de leurs amis.

— Bien sûr que si, proteste Heather. Je n'aurais pas deux enfants, aujourd'hui, si je n'avais pas forcé les choses il y a dix ans.

— Mais je vous ai déjà, vous.

Je contemple mes deux sublimes filles. Ce temps passé avec elles me réchauffe le cœur. La plupart du temps, je n'ai pas besoin de plus. Cependant, je dois bien admettre qu'il m'arrive de désirer un peu de romance dans ma vie. Une personne qui me donne l'impression d'être spéciale. Mon regard se porte sur les fleurs envoyées par Nora. Je l'appellerai peut-être après le départ des filles, simplement pour savoir comment elle va. Pour m'assurer qu'elle ne se fustige pas à cause de moi.

— Alors, oui, on est les meilleurs enfants du monde, plaisante Heather. Mais quand même…

— Mais elle refuse quand même de nous présenter Nora Levine, termine Jennifer.

— Vos désirs ne sont pas les seuls à prendre en compte.

Pensez un peu à Nora, à ce qu'elle doit ressentir quand je lui demande de venir rencontrer mes enfants.

— Elle a rencontré Austin, contre Heather. Ce gosse pourri gâté obtient toujours ce qu'il veut simplement parce que c'est le plus jeune.

— Et parce que c'est un homme, ajoute Jennifer avec un sourire en coin.

Je secoue la tête.

— J'aimerais pouvoir, mais je ne peux rien vous promettre en ce qui concerne Nora. Vous allez devoir trouver un moyen de vivre avec cette énorme injustice.

Jennifer serre les lèvres.

— On va te laisser tranquille pour le moment, mais, euh, est-ce que Nora t'a confié quoi que ce soit sur sa vie ? Elle a bien dû révéler quelque chose pendant la soirée ?

— Disons seulement qu'elle aime vraiment bien boire du vin.

Le regard que je leur lance devrait leur indiquer que le sujet est clos, mais elles ne sont plus des enfants, et mon autorité n'est plus la même qu'avant.

— Oh, mon dieu, maman. Est-ce que Nora Levine s'est soûlée chez toi ?

Je secoue la tête.

— On a tous un peu trop bu, je mens. C'était ce genre de soirée.

— Mais pas toi.

Je suis sauvée par l'arrivée du reste de la famille, y compris mes très distrayants petits-enfants.

―――――

Après le départ de tout le monde, mon regard rivé sur les fleurs qu'elle m'a envoyées, j'appelle Nora. Heather avait raison : je peux contacter Nora Levine quand je veux. Et elle s'est en effet soûlée chez moi.

Quelques sonneries retentissent avant qu'elle décroche.

— Bonjour, c'est Imani sur le portable de Nora.

— Oh. Bonjour.

— Mimi. Hey, euh, Nora ne peut pas répondre pour le moment.

— D'accord. Je voulais seulement prendre des nouvelles. Savoir comment elle va.

— Elle va bien. Elle s'est défoulée avec l'impitoyable Marcy.

— Pardon ?

— Sa coach sportive, Marcy, lui a infligé un entraînement d'enfer pour la punir de tous ses péchés.

Est-ce la voix de Nora que j'entends en arrière-plan ? Et des aboiements de chien ?

— Ça m'a l'air très amusant.

— Merci d'avoir ramené Nora chez elle, hier soir. On t'est toutes les deux reconnaissantes.

— Je sais. J'ai les fleurs sous les yeux en ce moment même.

Un long silence plane à l'autre bout du fil.

— Imani ?

— Oui. Désolée. Nora est… Nora. Une seconde.

Des bruissements ainsi que des chuchotis me parviennent, suivis d'un bruit sourd. Alors que je pense que l'appel s'est coupé, la voix de Nora s'élève dans mon oreille.

— Salut, Mimi. Désolée pour ça.

— Merci pour les fleurs. Elles sont magnifiques.

J'aimerais en fait lui demander quel était son état d'ébriété exact et si son irrésistible envie de m'embrasser s'est complètement évanouie. Si ses paroles étaient sincères : qu'elle ne ferait jamais, au grand jamais, quoi que ce soit du genre en étant sobre.

— Merci pour hier soir. J'ai passé une si bonne soirée.

Ce n'est pas la Nora qui était chez moi hier soir, mais celle dont les murs sont érigés et les fenêtres bien fermées. Cependant, hier soir, j'ai aperçu une fissure dans cette armure qu'elle porte. Ivre ou non, elle m'a draguée. C'est peut-être mon tour, maintenant.

— Ça te dirait d'aller boire un café, dans la semaine ? Peut-être à la fin d'une journée de tournage ?

— Oh, murmure Nora. Tu veux aller boire un café.

— Accepte, l'encourage Imani en arrière-plan.

Tant pis pour une conversation privée.

— Imani me dit d'accepter.

— Imani est une bonne amie qui ne veut que ton bien. Tu devrais peut-être l'écouter.

Je la pousse un peu, ce dont je pense avoir obtenu le droit. Nora s'esclaffe.

— Peut-être, mais je ne suis pas vraiment du genre à aller boire des cafés. Et si tu venais chez moi ?

— Ça me plairait beaucoup.

— Demain, après le travail ? demande Nora comme si nous étions collègues de bureau.

— Je connais la route.

— Je t'enverrai un message quand je serai rentrée.

— À demain, Nora. Prends soin de toi.

Nous raccrochons et, une fois de plus, rien ne s'est passé comme prévu. Nora est une experte en signaux contradictoires : c'est son amie qui répond à mon appel à sa place, mais elle accepte plutôt facilement de me voir, tout en me donnant l'impression que c'est le cadet de ses soucis. Mais bon, je vais chez Nora demain. Et elle a quand même tenté de m'embrasser. Nous avançons, même si je ne sais pas dans quelle direction.

CHAPITRE 15

NORA

— Les filles.

Juan soupire, plus dramatique que jamais.

— Je suis tellement amoureux. Que vais-je faire ? Pourquoi ne m'avez-vous pas dit que c'était aussi puissant ?

Il vient d'arriver chez moi, son retour de weekend avec Austin m'accordant un répit bienvenu de tout ce qui tourne dans ma tête depuis l'appel de Mimi.

— On n'est pas vraiment des expertes, rétorque Imani.

Juan plonge le regard dans celui de notre amie.

— Toi, si. Nora est une cause perdue.

— Une cause perdue qui…

— Je n'en serais pas si sûre, m'interrompt Imani.

— Comment ça ? s'enquiert Juan en se redressant. Il s'est passé quelque chose pendant le weekend ?

Il fronce les sourcils.

— Vous ne deviez pas aller dîner chez la mère d'Austin ?

— Avec Stella et Kate, confirmé-je.

Même si je tente de gagner un peu de temps, je dois tout dire à Juan. J'en ai envie, mais sa relation avec Austin rend la situation perturbante, ce dont je n'ai pas l'habitude.

Imani me jette un regard en coin.

— Qu'est-ce que j'ai raté ?

Juan repousse une mèche de cheveux tombée sur son visage. Il a l'air à la fois épuisé et radieux.

— J'ai un peu trop bu, chez Mimi, et je suis restée après le départ de tout le monde.

— Même Imani ?

Il plisse les yeux, tirant déjà des conclusions.

— Oh que oui, répond Imani. J'ai été prestement mise à la porte par notre chère Nora.

— Quoiiiii ? s'exclame Juan, manifestement intrigué.

— Je me suis un peu laissée emporter, et j'ai, euh… j'ai essayé d'embrasser Mimi. Elle m'a très gentiment rejetée.

— D'accord. Une seconde. Il y a trop de choses à mettre à plat.

Juan inspire profondément avant d'expirer lentement. Il commence ensuite à compter sur ses doigts.

— Un : tu as tenté d'embrasser une autre femme. Deux : cette femme est la mère de mon petit ami. Trois : elle t'a rejetée ? Pardon ? Je m'en vais pendant un weekend et le monde tel que je le connaissais s'effondre.

J'éclate de rire, en partie par nervosité, mais également grâce au don de Juan pour faire retomber la tension. Sa présence suffit à désamorcer n'importe quelle situation.

— Quatre, ajoute Imani. Mimi vient ici demain.

Elle me lance un sourire victorieux. Sans elle et ses encouragements, je n'aurais sûrement pas accepté.

Juan s'évente le visage d'une main.

— Oh, mon Dieu, Nora. Vas-tu devenir ma belle-mère ?

Imani lui donne un petit coup de hanche, puis elle prend place à côté de lui.

— Reprends-toi, Jay. Tout a commencé quand j'ai suggéré de présenter Mimi à Simone, et Nora a protesté un peu trop vivement.

— Tu apprécies Mimi ? me demande-t-il avant de se tourner vers Imani. On a vu ça venir ?

— Non, Jay, mais comment aurait-on pu ? C'était complètement inattendu. Nora nous a pris de court, alors qu'on est ses deux meilleurs amis. Sa famille.

C'est précisément pour cette tendance à tout rapporter à eux que j'aime tant Juan et Imani.

— Parle-moi de ce baiser, s'exalte Juan.

— Il n'y en a pas eu.

Je ne sais pas trop si j'en suis soulagée ou non. Je dirais qu'au fond de moi, je le regrette, mais je ne suis pas encore prête à me l'admettre.

— J'ai peut-être effacé un peu de distance entre nos lèvres, mais Mimi s'est montrée reculée avec respect. Parce que j'avais trop bu pour être en état de consentir.

— Vraiment ? interroge Juan. Quelle femme. Dans un monde parfait, n'importe quel être humain décent réagirait comme ça, mais bordel que ce monde est imparfait, n'est-ce pas ?

— Ce n'est pas seulement qu'elle n'a pas profité de la situation, précisé-je. Elle s'est montrée tellement gentille. Tellement... compréhensive, attentionnée et inquiète. Alors même que je me comportais comme une garce, elle m'a fait passer en priorité. Elle a fait passer *mes* sentiments en priorité.

— Tu joues dans une de ses séries, commente Juan.

— Non. Enfin, oui, c'est vrai, mais ce n'est pas la raison de sa courtoisie à mon égard. Elle n'était pas gentille avec moi parce que je suis Nora Levine. Elle était gentille malgré... à cause de qui je suis vraiment. J'avais l'air de l'amuser plus que de l'agacer.

— Oh, Nora.

Imani appuie son pied contre le mien.

— Crois-moi, ma chérie, intervient Juan. Nora Levine ou

pas, si tu étais vraiment une garce aussi pénible, je ne serais plus là au bout de tant d'années.

— Pareil, approuve Imani.

— Je suis différente, avec vous.

Je ne vais pas leur expliquer pour la énième fois que, depuis *High Life*, tant de gens ont été déçus après m'avoir rencontrée, uniquement parce que je n'étais pas telle qu'ils s'y attendaient – parce que je suis simplement moi.

— Enfin, reprend Juan. Passons à autre chose. Je n'ai pas encore digéré tout ça. Tu as eu toute la journée pour te remettre de ce retournement de situation dans la vie amoureuse de Nora, mais ce n'est pas mon cas. Pourquoi vous ne m'avez pas appelé ?

— Tu étais trop occupé à tomber amoureux, répond Imani.

— Il semblerait que je ne sois pas le seul, plaisante Juan en me lançant un coup d'œil.

— On se calme.

J'apprécie Mimi, mais je ne vais pas tomber amoureuse d'elle de sitôt.

Très sage, Juan préfère changer la direction de la conversation, son regard perçant posé sur moi.

— La vraie question, c'est : est-ce que tu veux encore embrasser Mimi maintenant ?

— C'est la question à un million, corrobore Imani.

— Je ne sais pas.

— N'importe quoi, conteste Juan. Bien sûr que si, tu le sais.

— Tu dois avoir envie de le savoir, ajoute Imani.

— Qu'est-ce que tu racontes ? demandé-je.

Imani serre les lèvres, son expression me disant claire-ment : *Tu sais bien*.

— J'ai assez hâte de la voir, demain, avoué-je. Mais ce n'est qu'un café. En fait, sur le trajet de retour après le dîner, on a plus ou moins décidé qu'on peut être amies, Mimi et moi. Qu'on est amies. Et les amis se retrouvent pour discuter, comme nous en ce moment. C'est plutôt comme ça. Ça n'a plus rien à voir avec mon envie de l'embrasser.

Penché vers moi, Juan pose les mains sur mes genoux.

— Ma chérie, je ne vais te le dire qu'une seule fois.

J'ai beau ne pas savoir ce qui va sortir de sa bouche, impossible qu'il ne le dise qu'une seule fois. Il ne fonctionne tout simplement pas comme ça.

— Accorde-toi ça. Profites-en, quoi que ce soit. Ne… n'arrête rien avant que ça puisse devenir quelque chose.

— Promis. Peut-être qu'une amie comme Mimi, c'est ce qui me manquait.

Juan prend une vive inspiration.

— Tu ne peux pas intégrer la mère de mon petit ami à notre cercle comme ça.

— Je peux l'embrasser, mais je ne peux pas être amie avec elle ?

Je le dévisage à mon tour.

— C'est compliqué. Laisse un peu de temps à mon pauvre cerveau pour absorber tout ça. C'est un miracle qu'il soit encore fonctionnel, après le weekend que j'ai passé. Si Mimi ressemble un tant soit peu à son fils, je te dirais de t'accrocher à elle et de ne pas la laisser partir de sitôt.

Il éclate soudain de rire.

— Écoutez-moi. C'est terrible.

Imani lui serre doucement le genou.

— Allez. Raconte-nous ton weekend coquin.

— Ce n'était pas seulement coquin, même si ça l'était clairement. Austin est tellement gentil et adorable, comme s'il n'avait pas une once de méchanceté en lui. Comme s'il n'avait jamais la moindre pensée négative. Il est si optimiste et formidable, c'est communicatif. Je supporte à peine de rester loin de lui, mais on n'est pas des lesbiennes, vous voyez.

Il fait un clin d'œil à Imani.

— Ne le prends pas mal, ma chérie.

— Pas de problème, s'esclaffe-t-elle. On dirait que je suis la seule du groupe sans intrigue amoureuse dans ma vie. Je n'y aurais jamais cru.

— Les gars, protesté-je. Mimi n'est *pas* mon amoureuse.

Aux regards qu'ils me lancent tous les deux, j'aurais tout aussi bien pu dire que je n'étais pas vraiment Nora Levine.

Je suis épuisée après une longue journée de tournage, surtout un lundi, jour où je ne verrais en temps normal personne dans la soirée, pas même mes deux plus proches amis. Étonnamment, au cours du weekend, j'ai suffisamment perdu la tête pour accepter de recevoir Mimi pour *boire un café*, quoi que ça veuille réellement dire. *Juste amies*, me rappelé-je. Nous sommes juste amies.

Mimi n'est peut-être pas aussi impressionnante qu'une star de cinéma, ce que personne n'est dans la vraie vie, mais elle a du style et de la grâce à revendre. Elle est de nouveau vêtue d'une jupe moulante, si moulante qu'elle se déhanche comme sur un podium de défilé. Elle est chargée d'un bouquet de fleurs, qui pend de l'une de ses mains tandis qu'elle pose délicatement l'autre sur mon épaule.

Ses lèvres effleurent ma joue, puis elle me tend les fleurs.

— Je me suis dit qu'il ne serait que poli de te rendre la pareille.

— Merci beaucoup.

Je ne saurais dire si les effluves floraux qui m'envahissent les narines n'émanent que du bouquet. Lorsqu'elle se rapproche de moi, le parfum divin de Mimi me parvient, comme un bouquet printanier fraîchement cueilli.

Je l'invite à entrer, mais elle prend son temps, s'émerveillant sur le salon depuis la porte.

— Putain, Nora.

Ah, non, je ne suis pas vénale, ai-je envie de plaisanter. Toutefois, je ne suis pas sûre d'en être à ce niveau dans notre relation.

— Il me faut une minute pour contempler tout ça.

Je suis fière de ma maison, mais je ne peux pas me vanter de l'avoir construite moi-même, et la plupart des choix de décoration ne sont pas les miens non plus. Cependant, c'est mon petit cocon, l'endroit où je passe la majorité de mon temps, celui où je me ressource après une longue journée sur le plateau. C'est également mon repaire privé, et très peu de gens y mettent les pieds.

Princesse, toujours la plus curieuse et la plus hardie, accueille Mimi. Plus prudents, Izzy et Rogue gardent leur distance.

— J'ai oublié de m'assurer que tu n'avais pas de problème avec les chiens.

— Aucun souci, répond Mimi en caressant Princesse entre les oreilles.

Elle tente de s'accroupir pour saluer les deux autres animaux, ce qui s'avère plutôt compliqué dans une jupe comme la sienne.

— Je rencontrerai ces deux petits cœurs plus tard.

Elle avance lentement, son regard s'attardant sur quelques objets avant d'être irrésistiblement attiré là où il est censé l'être : l'énorme patio derrière le salon. Les fenêtres sont grandes ouvertes de chaque côté, offrant une vue sur les lumières de Los Angeles au crépuscule.

Mimi se tourne vers moi, un sourire aux lèvres.

— Je comprends pourquoi tu es casanière, en vivant ici. N'allons plus jamais chez moi.

Elle se dirige tout droit vers la rambarde vitrée au fond du patio.

— Ce n'est que la maison achetée grâce à *High Life*.

— *Tu* l'as achetée, et *tu* l'as méritée, Nora.

Elle reporte son attention sur la vue spectaculaire.

— Merci de m'avoir invitée.

— Ça me fait plaisir.

Je suis sincère. J'ai beau adorer m'écrouler dans mon canapé avec mes chiens le lundi soir, j'apprécie sa compagnie et l'énergie qu'elle apporte chez moi.

— Tu as discuté avec Austin ?

Elle hoche la tête.

— Je ne lui ai pas raconté ce qu'il s'est passé.

— J'en ai parlé à Juan, et je trouvais injuste de lui demander de garder mon comportement scandaleux pour lui, étant donné que tu es sa mère.

— D'accord, acquiesce-t-elle d'un air pensif. Je l'appellerai plus tard. Il vaut mieux qu'Austin ne dise rien à ses sœurs. Leurs pauvres cœurs de groupies ne s'en remettraient pas.

— Mais comme on en a convenu, il ne s'est rien passé. Pas vrai ?

— Exactement.

Mimi rive son regard sur moi. Son sourire disparaît bien vite alors qu'elle tente, sûrement, de déchiffrer mon expression.

Je m'efforce moi-même de sourire deux fois plus.

— Qu'est-ce que je peux te servir ? Un café quelconque ou autre chose ?

— Je pourrais te demander un café compliqué uniquement pour le plaisir de te voir le préparer, mais je vais seulement boire de l'eau, s'il te plaît.

Mimi doit être la personne la plus hydratée de L.A. Peut-être s'agit-il du secret de sa peau lisse – une hydratation constante de l'intérieur.

— Ça arrive tout de suite. Mets-toi à l'aise.

— J'adorerais jeter un œil à ta cuisine.

— Bien sûr. Suis-moi.

Les chiens nous suivent jusque dans la cuisine.

— Je ne voudrais pas me répéter, mais putain.

Elle pose deux doigts sur ses lèvres – celles que j'ai essayé d'embrasser samedi dernier.

— Excuse-moi ce langage.

— Ce n'est rien. Les petits chiens survivront.

Je lui lance un sourire éclatant.

— Moi aussi, d'ailleurs.

Je nous sers ensuite deux verres d'eau au citron et à la menthe que j'ai toujours dans mon frigo.

CHAPITRE 16
MIMI

Nous sommes installées sur le sublime patio de Nora, la vue magnifique devant nous et une grande piscine à notre droite. À côté du pavillon de piscine, je repère une salle de sport dotée de nombreux équipements. Ça doit être là que Nora sculpte ce corps presque impossible à obtenir pour une femme de plus de cinquante ans.

— Austin va perdre la tête si jamais tu l'invites ici.

Même l'eau a meilleur goût, bue dans un tel environnement. J'ai visité quelques manoirs hollywoodiens exceptionnels, au fil des ans, mais la maison de Nora me paraît bien plus éblouissante – peut-être parce qu'il s'agit de son repaire le plus intime. Ou peut-être simplement parce qu'elle vit ici, et qu'elle m'a invitée à passer du temps avec elle, bien qu'on pourrait techniquement dire que je me suis invitée toute seule.

— J'imagine que c'est la prochaine étape dans sa relation avec Juan, commente Nora en repliant une jambe sous son corps. J'aime vraiment bien Austin, et pas seulement parce que mon meilleur ami est fou de lui. Il est tellement sympathique.

Un compliment sur l'un de mes enfants ne manquera jamais de me remonter le moral.

— Austin est mon bébé. Il y avait de fortes chances qu'il se transforme en monstre pourri gâté, mais ça n'est jamais arrivé.

Les jumelles avaient treize ans à la naissance de leur petit frère, mais même à l'aube de la puberté et malgré les hormones en folie dans leurs corps, elles ne pouvaient s'empêcher de le dorloter. Lauren avait onze ans et, tout du moins pendant quelques années, elle ne se lassait pas de ce poupon vivant qui était soudain arrivé chez elle.

— Le mérite en revient sûrement à tes talents de mère.

— J'accepte le compliment.

Nora a l'air divine et détendue, ce soir. Son carlin, Izzy si je ne me trompe pas, ronfle sur ses genoux. Nora caresse sa petite tête.

— J'ai beau avoir toujours adoré mon travail, ces trente-neuf dernières années, j'ai toujours été une mère avant tout. Quand on a un premier enfant, ou dans mon cas plusieurs, tout change en un clin d'œil, et pour toujours.

— Des jumelles, oui. Ça devait être une expérience.

— Tu n'as pas de frères et sœurs, si ?

Nora secoue la tête.

— Seulement des parents à qui je ne parle pas vraiment.

Sa déclaration laisse penser qu'elle s'est résignée à cette situation il y a bien longtemps.

— Je peux te demander pourquoi ? Dis-moi si je suis trop curieuse.

— J'ai essayé de t'embrasser, je ne peux plus vraiment jouer la carte de la discrétion.

— Je suis contente de voir que tu as cessé de te fustiger.

— Quelqu'un m'a envoyé un message pour me dire que c'était inutile, rétorque Nora avec un sourire malicieux.

Ses magnifiques bras scintillent dans la lumière du soleil couchant.

— Cette personne me paraît bien avisée.

— Tu as peut-être raison, acquiesce Nora.

— Donc ? insisté-je avant de perdre le fil de la conversation. Tes parents ?

— Mes parents… Ils… En comparaison avec Juan et Imani, j'ai eu beaucoup de chance avec mes parents. Ils ont fait de leur mieux et ils m'aiment, je n'en doute pas, mais, euh…

Elle boit une gorgée d'eau. Malgré tous les avantages accordés à l'alcool, j'ai toujours trouvé bien plus fascinant de parler avec une personne sobre. Nora me paraît bien plus sincère que lorsqu'elle était ivre chez moi.

— J'imagine que le problème, entre mes parents et moi, c'est qu'on se ressemble trop. Aucun de nous n'est très doué pour communiquer. On ne sait pas vraiment se parler, donc on a plus ou moins arrêté, avec le temps.

En tant que mère, cette perspective m'horrifie.

— Vous ne prenez pas de nouvelles les uns des autres de temps en temps ?

— Peut-être un message par-ci, par-là.

Mon cœur se serre, et je compatis avec les parents de Nora, ce qui doit se voir sur mon visage.

— Quoi ? m'interroge Nora.

— Je ne te juge pas, mais je suis une mère, et…

— Être la mère de quelqu'un ne t'accorde pas le moindre droit. Regarde les mères de Juan et d'Imani. Quelle importance la mère de Juan accorde-t-elle à cet homme incroyable qu'est son fils ? Elle ne sait même pas qu'il est extraordinaire.

J'ai apparemment touché une corde sensible.

— Bien sûr. Tu as raison.

— Certaines femmes ne devraient pas être mères, clame Nora.

— Je suis d'accord.

Cet avis est un peu dur, mais il n'en est pas moins vrai.

— Et tant le deviennent quand même.

— La plupart des gens font de leur mieux, j'en suis convaincue.

— Pas la mère de Juan. Celle d'Imani non plus.

— Tout va bien, Nora ?

La chienne remue sur ses genoux, sûrement consciente de l'agitation de sa maîtresse. Nora calme l'animal.

— Oui. Je suis consciente de ma chance. Les histoires que j'ai pu entendre des personnes du Centre LGBT…

Elle secoue la tête. Je ne peux qu'imaginer.

— Oui.

— Et l'âge n'est pas vraiment une excuse. Tu as quoi ? La cinquantaine ?

— Une dame ne donne jamais son âge, plaisanté-je. En réalité, je ne suis pas de ces femmes qui s'inquiètent de leur âge simplement parce que le patriarcat me le dit.

— Tu n'as pas encore dépassé ta date de péremption, comme on l'a établi samedi.

Le sourire de Nora allège aussi l'atmosphère.

— Exactement. J'ai soixante-cinq ans, d'ailleurs.

Nora hoche la tête sans perdre son sourire.

— Je ne vais pas mentir, c'était la première fois que j'essayais d'embrasser une femme dans la soixantaine.

— Et un homme dans la soixantaine ?

Je suis sans doute troublée par les évocations de ce non-baiser.

Nora écarquille les yeux avant de se reprendre.

— Je dois bien avouer que non.

— Désolée. Les enfants ont interrogé Juan sans merci quand il est venu pour le brunch. Il n'a presque rien révélé, pour ton information.

— Je suis bisexuelle, mais je n'ai pas été en couple depuis des années, par choix.

— D'accord.

J'étais déjà flattée par sa tentative de baiser, bien qu'alcoolisée, mais découvrir la rareté d'un tel évènement me donne l'impression que des ailes me sont poussées dans le dos.

— Austin a dit que tu pourrais être un peu comme Jennifer.

Si c'est bien le cas, je saurai qu'il est inutile de m'attendre à ce qu'elle essaye de m'embrasser à nouveau.

— Oh, oui, acquiesce Nora. Ta fille en couple avec elle-même. Je t'en ai parlé, non ? L'autre soir ? Le célibat est tellement sous-estimé.

— Hm. Je ne peux pas dire que je suis totalement d'accord.

— Oh, oui. Tu *cherches à rencontrer quelqu'un*. Tu as discuté avec Imani de ces applications ?

Nora est-elle consciente de me faire perdre un peu la tête ? Une minute, elle évoque ce baiser manqué, pour faire allusion à son choix de rester célibataire la suivante. Peut-être n'a-t-elle plus l'habitude de flirter et ne s'en rend-elle même pas compte.

— Pas encore.

Izzy soupire sur les genoux de Nora, exprimant parfaitement ce que je ressens à l'heure actuelle. Toutefois, il serait stupide d'attendre quoi que ce soit de la part de Nora. Peut-être est-ce moi qui aimerais que ses signaux soient contradictoires. Mais si je ne l'avais pas empêchée de m'embrasser ? Que se passerait-il entre nous, à cet instant ?

— Je le lui rappellerai demain, annonce Nora.

— Non, merci. Ne te donne pas cette peine.

— Oh, tu ne cherches plus à rencontrer quelqu'un ?

Soudain bien réveillée de sa sieste, Izzy bondit des genoux de Nora et rejoint le golden retriever installé par terre, aux pieds de Nora.

— Une des raisons pour lesquelles je t'ai proposé de boire un café ensemble, c'est que je pensais qu'on devrait parler de l'autre soir. Je ne veux pas que tu t'en veuilles, pas du tout. Je voudrais seulement… savoir, je suppose, si c'était uniquement à cause du vin ou s'il y avait plus que ça.

Nora détourne brièvement le regard. Même s'il commence à faire sombre, je distingue la rougeur qui envahit ses joues.

— Je ne suis pas douée pour tout ça, chuchote-t-elle si bas

que je l'entends à peine. C'est pour cette raison que je préfère tout simplement éviter la romance. Je ne suis vraiment pas douée pour ça. Heureusement, j'apprécie ma propre compagnie. Je ne cherche pas à rencontrer qui que ce soit, contrairement à toi. Je, euh… Ouais.

Elle ne sait manifestement pas comment s'expliquer.

— Tout à l'heure, quand je t'ai dit que ma famille ne savait pas communiquer, c'est exactement ce que je voulais dire.

Ayant élevé quatre enfants et traversé tous les drames, aussi gros qu'insignifiants, de l'adolescence, je connais une chose ou deux sur le manque de communication, sur les mots qui sortent mal ou sur l'expression du contraire de ses pensées.

— Je ne pense pas que tu sois mauvaise en communication, Nora. Tu m'as plutôt bien fait comprendre que ce presque baiser était une erreur.

— Non, proteste Nora. Tu tires des conclusions hâtives.

— D'accord, désolée. Donc tu voulais vraiment m'embrasser ?

J'ai toujours eu un don pour tirer les vers du nez à mes enfants, et j'ai eu le temps de m'entraîner. Toutefois, je ne voudrais pas comparer Nora Levine à mes enfants, encore moins quand ils étaient adolescents et que leurs cerveaux n'étaient pas encore complètement développés.

— Oui, admet-elle. Parce que je t'aime bien. Beaucoup, même. Mais je ne ferais jamais ça sans avoir bu. Maintenant, par exemple, complètement sobre, je ne tenterais rien de tel, à cause de qui je suis et de ce que je veux dans la vie. Mais je comprends que ce soit perturbant pour toi, Mimi. Vraiment. J'en suis vraiment navrée, même si tu vas sûrement me dire qu'il est inutile de m'excuser.

— Que veux-tu dans la vie, exactement ?

Chaque fois que je l'encourage à se répéter, j'espère qu'elle me confiera des informations plus intimes.

— Je ne veux pas d'une relation, répond-elle en secouant vivement la tête. Mais… tu me plais.

D'accord. Ma stratégie concernant cette conversation se retrouve brusquement sabordée. Je plais à Nora Levine. Mon corps réagit malgré moi et s'embrase. En effet, elle me plaît énormément, elle aussi. Je ne peux toutefois rien y faire, à l'heure actuelle. Je ne sais pas non plus comment répondre.

— Oh, Nora, soupiré-je. Soyons claires, tu me plais aussi. Il n'est que juste de t'en informer.

— Je ne fais pas dans les coups d'un soir, non plus, m'apprend-elle. Mince, désolée. Je ne dis pas que tu… Ah. Bordel.

Cette situation n'a rien à voir avec l'effort fourni pour pousser un enfant à confesser ses péchés à son parent. Ça ne pourrait pas être plus différent. Je pourrais y laisser des plumes, cette fois-ci. De plus, Nora est une femme adulte manifestement troublée.

— Ce n'est pas grave. Tout va bien.

J'aurais dû aborder le sujet de manière un peu moins directe, peut-être. Cependant, je pensais réellement pouvoir me montrer franche avec Nora, et qu'elle apprécierait cette candeur.

— Je ne suis pas très douée pour les émotions non plus. Tu comprends désormais pourquoi tu ne rencontreras jamais personne moins susceptible de se mettre en couple.

Pauvre Nora. Est-ce vraiment ce qu'elle pense d'elle-même ? Je dois me retenir de la rejoindre, de la prendre dans mes bras et de lui assurer qu'elle ne me doit rien, que son amitié est largement suffisante – si c'est la limite qu'elle souhaite fixer.

— C'est la raison pour laquelle je suis devenue actrice. Tout ce que je dois dire est écrit pour moi, tout comme les émotions de mon personnage. C'est le métier parfait pour moi.

— Et tu fais un travail incroyable.

Il est temps pour moi de refouler mes propres émotions. Même si je cherche à rencontrer quelqu'un, je n'ai aucune intention d'inciter qui que ce soit à renier ses propres envies. Peu importe les raisons pour lesquelles Nora ne souhaite pas de relation, je dois les respecter.

— Oui.

Sa voix se brise, et elle baisse les yeux sur ses chiens blottis à ses pieds. Mon cœur se brise un peu pour elle. Même si c'est tentant, je ne dois pas tirer de conclusions hâtives. Je ne peux que laisser Nora être telle qu'elle veut l'être. Ce n'est pas mon rôle d'essayer de la changer, ou de changer le regard qu'elle pose sur elle-même.

— Comme je l'ai dit, on peut être amies.

Je m'efforce de garder un ton neutre. Je n'éprouve pas tant de tristesse pour moi-même que pour Nora, même si une partie de moi espérait que cette conversation prendrait une tournure bien différente.

— J'aimerais bien.

Elle se penche afin de soulever Izzy et la serrer contre sa poitrine.

— Même si Juan a dit qu'on ne pouvait pas intégrer la mère de son petit ami à notre suite comme ça.

— Votre suite, hein ?

Je lui lance mon sourire le plus chaleureux.

— Je comprendrais si tu veux partir, maintenant que la situation est devenue gênante.

— Quelle amie je serais ?

Je tente de croiser son regard, mais Nora ne cesse de détourner le sien.

— Sauf si tu veux que je m'en aille.

Elle secoue la tête.

— J'aimerais beaucoup que tu restes un moment.

CHAPITRE 17
NORA

Je suis en train de royalement tout foutre en l'air, comme je sais si bien le faire. Je n'aurais jamais dû laisser Mimi me déstabiliser à ce point, mais comment empêcher ça ? Je n'ai pas éprouvé autant d'émotions grâce à quelqu'un d'autre depuis si longtemps, j'ai l'impression d'en avoir oublié comment me protéger. Nous voilà installées dans un atroce silence qui me fait douter de tout, autant sur moi-même que sur ma vie. Cependant, je lui ai demandé de rester. J'ai beau n'avoir bu que de l'eau, je ne suis pas certaine d'être en possession de tous mes moyens. Mimi est tellement adorable et bonne joueuse – pas étonnant qu'elle me plaise autant.

— Je peux rester, évidemment, annonce Mimi. Et je ne me considèrerai pas encore comme un membre de ta suite.

Je pouffe de rire, le visage enfoui dans la fourrure d'Izzy. Je la repose ensuite par terre, à côté de sa sœur.

— D'ailleurs, continue Mimi. Juan nous a régalées, les filles et moi, de l'histoire de votre rencontre.

— Au Centre LGBT ? m'enquiers-je avec un sourire. Tu aurais dû voir Jay, à cette époque. Malgré ses antécédents, il était déjà plein d'assurance. Il a changé ma vie, tu sais. Il est ce qui se rapproche le plus d'un mari dans ma vie.

Quelle étrange admission, quand je parle à la mère de l'homme que Juan fréquente.

— Enfin, euh, il ne s'est jamais rien passé entre nous, bien entendu. Il ne me voit pas comme ça, et vice versa.

— Je comprends, m'assure Mimi. Et Imani ?

Malgré tous mes lapsus, Mimi ne m'a jamais donné l'impression de me juger. Elle continue simplement la conversation comme si de rien n'était, comme si je m'exprimais avec autant de fluidité que n'importe qui d'autre.

— Juan a rencontré Imani au Centre, peu après notre rencontre. Je crois qu'il s'est reconnu en elle, s'est identifié à son histoire. Leur rejet parental commun a créé un lien fort entre eux. Il nous a présentées, et notre trio perdure depuis.

J'étends les jambes et me détends un peu. Je trouve toujours plus simple de parler des autres que de moi-même.

— Tout n'a pas toujours été tout rose. On a fait beaucoup de chemin, tous les trois, mais on s'en est sortis. On a surmonté beaucoup d'obstacles, et on est prêts à affronter ce que la vie peut bien mettre sur notre chemin. Je sais, sans le moindre doute, qu'ils seront toujours là pour moi. On s'apportera toujours du soutien, tous les trois, quoi qu'il arrive. Leur amitié est essentielle, dans ma vie. Je n'ai rien de plus précieux.

Les larmes me montent aux yeux. Juan et Imani comptent énormément pour moi.

— C'est génial, que vous vous soyez trouvés.

— Oui, je conviens en refoulant mes larmes. J'espère vraiment que ça va marcher, entre Jay et Austin. Ce n'est peut-être pas ton premier choix de petit ami pour ton fils. Il est extravagant, mais il a un cœur en or.

Et la capacité de concentration d'un poisson rouge excité, pensé-je sans le dire à voix haute.

— Austin est assez intelligent pour prendre de bonnes décisions, commente Mimi.

J'ai déjà entendu bien plus de conviction dans sa voix.

— Il en a pris quelques-unes que je qualifierais d'erreurs, mais est-ce vraiment une erreur si ça le rendait heureux, sur le moment ? Qu'est-ce qu'une erreur, en fait ?

Elle lève les mains.

— Pour information, je ne vois pas Juan comme une erreur. Je me suis pris d'affection pour lui, et les filles aussi. Elles n'arrêtent pas de me demander quand est-ce qu'elles vont te rencontrer, mais ne t'inquiète pas, je ne t'infligerai pas ça.

— Tu pourrais, tu sais ? Je veux bien rencontrer tes filles. Si on veut être amies, je devrais peut-être les rencontrer.

— Tu n'es pas obligée de faire quoi que ce soit si ça te met mal à l'aise. Pas pour moi. Vraiment.

— Tu es une cadre invraisemblable. Tu as l'air bien trop gentille pour ta profession.

— Il faut de tout pour faire un monde.

— Tu as le physique du rôle, ce qui est en grande partie la cause de ma première réaction quand tu as interrompu notre lecture de scénario. Tu es éclatante, avec des tenues luxueuses qui te vont vraiment bien, si je puis dire. Mais maintenant que j'apprends à te connaître, tu n'as rien à voir avec l'image que tu renvoies.

Mimi remue sur place, un sourire aux lèvres.

— Je vais prendre ça comme un compliment.

— Oh, et comment une femme comme toi peut *chercher à rencontrer quelqu'un* ?

Mimi pouffe de rire.

— Tu es très aguicheuse, pour une amie, Nora.

— Oh. Désolée. Ce n'est pas ce que je voulais dire. J'essayais simplement de comprendre.

Ma quête interminable d'explications sur absolument tout

entrave une fois de plus mes facultés d'expression. Je ne l'ai pas délibérément draguée. Je suis juste bien trop curieuse.

— J'étais dans une relation longue, qui a pris fin il y a deux ans. Il faut un peu de temps pour s'en remettre. Pour se retrouver soi-même.

— Tu es restée combien de temps avec cette personne ?

— Presque huit ans.

— Ça fait longtemps.

Je ne peux même pas imaginer ce que ça peut donner.

— Étant donné que je suis restée mariée bien plus long-temps que ça avec un homme, avec qui j'ai eu quatre enfants, ce n'est pas si long, mais oui…

Elle carre les épaules.

— Ce que je veux dire, je crois, c'est que s'il n'en avait tenu qu'à moi, ça aurait duré encore plus longtemps.

— Elle t'a larguée ? demandé-je en supposant que son ex est une femme.

— Larguée ? s'esclaffe Mimi. Je déteste ce mot. Comme si j'étais une amarre de bateau ou je ne sais quoi.

Elle s'éclaircit la gorge avant de continuer.

— Techniquement, Cathy a rompu avec moi, oui.

Personnellement, je ne comprends pas pourquoi une personne saine d'esprit romprait avec une femme telle que Mimi St James. À l'heure actuelle, je la vois comme une sorte de déesse inaccessible que n'importe qui devrait se considérer chanceux de côtoyer. Mais je devrais me ressaisir. Je ne vais pas renier mon désir de rester célibataire, pas même pour Mimi, même si elle est incroyable, intéressante et sympathique. Je la laisse s'exprimer – la laisse décider de ce qu'elle veut bien me confier.

— Les gens changent, avec le temps. Je ne suis pas toujours très agréable, non plus. Personne ne l'est.

— Vous avez gardé contact ?

Mimi secoue la tête.

— J'aimerais rencontrer tes filles.

Si je ne peux rien offrir à Mimi, en-dehors de mon amitié, je peux au moins lui accorder ça.

— J'ai rencontré Austin, et je suis impatiente de rencontrer tes autres enfants. Vraiment.

— Je vais obtenir le titre de mère de l'année, plaisante Mimi avec un grand sourire. Merci beaucoup. Elles en seront plus qu'heureuses.

Elle lève une main.

— Je ne rigole pas. Elles ne seront pas seulement contentes, mais folles de joie. Leur adoration à ton égard n'a aucune limite. Si tu trouvais Austin déchaîné, ce n'était rien par rapport à la réaction qu'auront les filles.

— Dans ce cas, tu es sûre de vouloir que je les rencontre ?

Si elles m'idolâtrent autant, la réalité ne peut que les décevoir.

— Tout à fait.

— Viens avec elles, ce weekend. Je demanderai à Ricky, mon chef cuisinier, d'allumer le barbecue à côté de la piscine. On profitera de l'après-midi.

— Tu es sûre ?

Mimi paraît tout aussi incrédule qu'après le récit de la rencontre entre Stella et Kate.

— Oui. Juan et Imani seront là. Une vraie fête autour de la piscine pour la famille St James.

Je peux paraître détendue pour l'instant. Le jour même, je vais peut-être devoir boire un verre de vin ou deux pour survivre à l'évènement, mais tout ira bien, tant que je n'essaye pas encore une fois d'embrasser Mimi.

— Quoi que mes enfants aient prévu pour ce weekend, considère ces plans annulés, déclare Mimi avec un regard pétillant. Merci. Rien ne me rend plus heureuse que le bonheur de mes enfants, même s'ils peuvent faire les pitres.

———

— Qu'est-ce que je fais ? râlé-je auprès de Juan. Est-ce que j'ai perdu la tête ?

— Possible, répond-il en me toisant du regard. Ça ne te ressemble pas du tout, Nora. D'abord, tu essayes d'embrasser Mimi, et maintenant tu invites toute sa famille pour un après-midi piscine. Chez toi.

Il plonge ses yeux dans les miens.

— La vraie Nora Levine a-t-elle été enlevée par des aliens, et es-tu un imposteur ?

— C'est une possibilité. Je ne sais plus qui je suis.

Quoique j'étais parfaitement moi-même lors de ma conversation avec Mimi, hier soir, lui expliquant à ma façon que les relations, ce n'est pas pour moi.

— Tu sais que je suis toujours partant pour une petite fête, et ça me donne presque l'impression que ma famille va traîner avec celle de mon petit ami, me confie Juan en me tendant la main. Mais revoyons un peu tout ça. Je vais analyser la situation pour toi.

Je pose la main dans la sienne.

— Tu as dit à Mimi qu'elle te plaisait, mais que tu n'étais pas intéressée, suite à quoi tu as invité sa famille à venir passer l'après-midi chez toi. On peut dire que les signaux sont sacrément contradictoires.

— Aah, je sais.

Du pouce, Juan caresse délicatement mon poignet.

— Serait-il possible que tu aies tout simplement peur ? Que tu aies envie de tenter quelque chose avec Mimi, mais que tu aies l'impression que ça ne soit pas fidèle à toi-même. À la personne que tu es devenue.

— Jay.

Je tente de libérer ma main, mais il la retient dans la sienne.

— Elle pense m'apprécier, mais... mais ce n'est pas vraiment possible. Elle est encore éblouie par mon nom et tout ce qui va avec.

— Je me sens insulté quand tu clames qu'il est impossible de t'aimer, alors que je suis ton meilleur ami depuis vingt ans. S'il est réellement impossible de t'aimer, comme tu aimes tant le prétendre, qu'est-ce que ça fait de moi ? Une groupie ?

— Tu es une exception. Imani aussi.

— Donc, tu es en train de me dire qu'Imani et moi sommes les deux seules personnes au monde capables d'aimer la vraie Nora Levine ? Je sais que tu ne crois pas en la psychothérapie, ma chérie, mais tu devrais vraiment revoir ta position.

— Ce n'est pas ce que je voulais dire.

Juan tambourine ses doigts sur la paume de ma main.

— Hmm hmm. Tout à fait, ma chérie.

— Ce que je veux dire, c'est que les raisons pour lesquelles je veux rester célibataire n'ont pas changé.

— J'ai comme l'impression que si, et ce n'est pas grave, tu sais. Je te l'ai déjà répété mille fois, mais tu as le droit de changer d'avis. Tu as le droit d'être attirée par un autre être humain. C'est même très humain, d'ailleurs, et au cas où tu l'aurais oublié, tu es humaine, Nora.

— Pourquoi aurais-je besoin d'un psychologue alors que je t'ai, toi ?

J'aimerais vraiment que cette conversation prenne fin, maintenant.

— C'est vrai. Au fait, j'ai décidé de ne pas dire à Austin que tu avais tenté d'embrasser sa mère.

— Tu ne lui as pas dit ?

Juan secoue la tête.

— Je ne lui dirai rien jusqu'à ce qu'il se passe… plus. Jusqu'à ce qu'il y ait réellement quelque chose à dire.

— Merci, Jay. J'apprécie.

— C'est surtout pour Austin. Imagine s'il apprenait que sa

mère fricote avec Nora Levine, plaisante-t-il en gonflant les joues. Il en serait trop ahuri.

Ai-je bien entendu *jusqu'à ce qu'il se passe plus* ? Après ma rencontre avec Juan, j'ai essayé plusieurs fois de me mettre en couple, mais ça n'a jamais mené nulle part. *High Life* m'avait déjà complètement fichue en l'air. Vingt ans plus tard, des années passées à vivre en recluse et à tenter de me retrouver, peu de choses ont changé. Cependant, tel qu'il me présente la situation, j'aurais presque envie de découvrir ce que pourrait être ce *plus*. S'il pourrait être délectable plutôt que mortifiant. Palpitant plutôt qu'effrayant. Merveilleux plutôt que voué à l'échec.

CHAPITRE 18
MIMI

Jennifer, plus que les autres, ne lâche pas Nora d'une semelle. Elle n'a pas de compagne ou compagnon à qui accorder son attention, ni d'enfants à surveiller – bien que Heather et Lauren n'hésitent pas à ignorer leurs maris en faveur de Nora.

Bobby et Gus se sont postés près du barbecue, où le chef cuisinier de Nora prépare de délicieux canapés, ainsi qu'un buffet ininterrompu de petits hamburgers pour les enfants.

Imani se trouve dans la piscine en compagnie de Wyatt et Lucas, leur enseignant un plongeon compliqué incluant un salto.

— Je n'oublierai jamais que tu as fait ça pour nous, maman.

M'ayant désormais rejoint, Heather me prend même dans ses bras. Je m'attendais à toute cette gratitude après avoir gardé ses enfants le temps d'un weekend afin de lui permettre de se reposer un peu. Toutefois, à leurs yeux, Nora est tellement incroyable que cette rencontre est le point d'orgue de leur année.

Apparemment, Juan n'a pas dit à Austin que Nora a tenté de

m'embrasser le weekend dernier, il n'est donc au courant de rien, ce qui n'est pas plus mal.

— Ne me remercie pas, chérie. Remercie Nora.

— Tu as vu cet endroit ? Cette vue est incroyable.

Son regard se pose sur le paysage urbain au loin.

— Est-ce que ça veut dire que Nora et toi, vous êtes le genre d'amies qui traînez constamment l'une chez l'autre ?

— On verra bien.

Je jette un coup d'œil à Nora. Jennifer est lancée dans une diatribe sur je ne sais quel sujet, mais ça n'a pas l'air de la perturber. Elles ont l'air absorbées dans une agréable discussion. Je me remémore mon propre échange avec Nora, il y a quelques jours sur ce même patio.

— Elle est tellement sympa. Tellement… pragmatique.

Mes filles ont toutes l'air d'avoir un très gros faible pour Nora, aujourd'hui.

— Je pourrais m'habituer à tout ça, déclare Austin en nous rejoignant. Nora est ce qui se rapproche le plus d'une famille pour Juan, donc je pense que je vais m'y habituer, merci beaucoup.

— Oh, ouii ! s'exclame Lauren depuis le bord de la piscine. Montez le son, s'il vous plaît. C'est la nouvelle chanson d'Other Women.

Je devrais la garder à l'œil. Quelqu'un a eu la main un peu lourde sur le service du champagne – je suspecte Juan.

— Dansons !

Quelqu'un a dû l'entendre, puisque le volume de la musique augmente soudain. Lauren bondit sur place et se met à danser.

— Je savais que Lauren se ridiculiserait, commente Austin. Je m'en occupe.

Au lieu d'aller baisser le volume et de convaincre sa sœur de s'asseoir un peu, il se joint à elle. Ils dansent devant la piscine, une image qui me remplit de bonheur. Juan ondule des hanches également.

Je lance un regard à Nora afin de jauger sa réaction à ce chahut. Nos regards se croisent l'espace d'une fraction de seconde. Elle a l'air d'aller bien. Jennifer se lève afin de rejoindre son frère et sa sœur sur la piste de danse au bord de la piscine.

— Je vais aller voir comment va Nora, annoncé-je à Heather.

— Je vais aller danser.

Jennifer la traîne déjà vers les autres, de toute façon.

Je vais m'installer auprès de Nora, sur une chaise longue située non loin de la piste de danse improvisée.

— J'espère que ce n'est pas trop déchaîné pour toi.

— C'est super, répond-elle en saisissant sa flûte de champagne. Je vais peut-être me joindre à eux, d'ailleurs. Tes enfants sont vraiment adorables, Mimi. Comme toi.

Elle pouffe de rire.

— Et ils savent danser.

Je reconnais la version de Nora qui est venue dîner chez moi, celle qui a essayé de m'embrasser. Elle n'est pas la seule à avoir bu trop de champagne cet après-midi – l'évènement s'y prête bien.

— Tu veux danser avec moi ? me demande-t-elle avec un regard implorant et larmoyant.

— Non, je laisse ce plaisir à mes enfants.

Je me penche sur elle.

— Tu es sûre que ça va ?

— Oh, oui. Je ne peux pas tenir tout un après-midi comme celle-ci sans un peu de courage liquide. Mais je vais bien. Parfaitement bien. Je viens d'avoir une conversation très intéressante avec Jennifer sur les joies du célibat. Je l'aime bien, et ce qu'elle a à dire aussi. Vraiment.

— Je pense que c'est mutuel.

— Excuse-moi, je t'en prie, mais je suis vraiment fan de The Other Women. Je dois aller danser sur cette chanson.

Nora se lève d'un bond. Elle ne porte qu'un bikini, et j'ai bien du mal à me retenir de lorgner son corps parfaitement musclé. J'en ai eu quelques aperçus, surtout de ses bras et de ses épaules impressionnantes, mais Nora en bikini… c'est autre chose.

Lorsque Nora vient danser avec eux, les enfants perdent la tête. Leurs sourires sont les mêmes qu'au matin de Noël quand ils étaient petits.

— Allez, maman.

Juan vient vers moi en dansant et m'incite à le rejoindre.

— Viens danser avec nous.

Lorsque Nora m'a parlé de fête au bord de la piscine, ce n'est pas ce que je me suis imaginé. Cependant, les enfants sont sur un petit nuage, le champagne coule à flots, et tout le monde passe un excellent moment. Avec l'aide d'Imani, les garçons sont sortis de la piscine, et même mes petits-fils remuent, ce qui ressemble presque à de la danse. Bobby et Gus ne se sont toujours pas lassés du barbecue dernier cri – le stéréotype de l'homme hétérosexuel dans toute sa splendeur.

Les filles et Austin encerclent Nora, qui a l'air d'apprécier se retrouver au centre de l'attention, pour une fois. Je laisse Juan me relever, parce que pourquoi pas, après tout ? Je peux me lâcher un peu. J'ai réalisé le souhait de mes enfants.

Juan me fait tournoyer. Danser avec lui, mes enfants et Nora est aussi facile que captivant. Je ne sais pas du tout qui a pris le contrôle de la musique, tout comme je ne saurais dire combien de personnes ont travaillé en coulisses de cet après-midi, mais tout le monde continue de danser sur la chanson suivante. Je me laisse emporter par l'ambiance, par cette fête dansante impromptue, par ma présence chez Nora, entourée des personnes que j'aime le plus au monde.

———

— Et elle sait danser, en plus, plaisante Nora en passant un bras sur mes épaules. Tu as de nombreuses cordes à ton arc, Mimi.

Elle lève un verre d'eau.

— Ne t'en fais pas, j'ai arrêté l'alcool.

— Nora, l'interpelle Jennifer en nous rejoignant.

Même à la fin de cet après-midi, aucune de mes filles ne s'est encore lassée de Nora.

— Si jamais tu as besoin de quelqu'un pour garder ta maison en ton absence, je me porte volontaire. Et j'adore les chiens, aussi, donc je pourrais m'occuper des loulous ?

— J'y penserai, répond Nora.

Lauren arrive, Gus sur les talons.

— Ne la laisse pas te convaincre de quoi que ce soit. J'aimerais rester plus longtemps, mais on doit libérer la baby-sitter.

— On pourrait recommencer, un de ces quatre, propose Nora à ma grande surprise. J'ai adoré vous recevoir.

— Un téléphone n'arrête pas de sonner par ici, prévient le cuisinier depuis le barbecue.

Cet après-midi était de ceux où personne n'hésite à abandonner son téléphone, ce qui n'est pas une mince affaire avec mes enfants.

— Ce doit être le mien.

Jennifer embrasse sa sœur ainsi que son beau-frère avant d'aller chercher son portable.

Bobby se poste à mes côtés.

— Si on ne ramène pas ces garçons à la maison, je crains qu'Imani ne leur survive pas.

— Je veux pas rentrer ! hurle Wyatt depuis la piscine.

Imani lui murmure quelque chose à l'oreille. Elle est infatigable, ou alors très douée pour le cacher. Je jette un regard à Nora du coin de l'œil, histoire de voir l'épuisement qu'a causé chez elle un après-midi mouvementé avec ma progéniture. Elle ne paraît plus aussi fraîche et dispose qu'il y a quelques heures, c'est le moins qu'on puisse dire. Juan et Austin, eux, se bécotent au fond du patio.

Jennifer nous rejoint, affolée.

— Oh, merde. Je suis vraiment désolée. Il y a un problème avec notre serveur. Je dois aller régler la situation. Mince.

Elle regarde Nora comme si elle n'allait jamais la revoir.

— Cet après-midi était magique, Nora. Sérieusement. Tu n'imagines même pas.

Elle joint ses mains contre sa poitrine.

— Je sais que je ne pourrai jamais te rendre la pareille, mais si je peux faire quoi que ce soit pour toi, n'hésite pas.

Tout le monde se dit au revoir, les uns après les autres. Rencontre avec leur idole de jeunesse ou non, mes filles restent des femmes d'une trentaine d'années à la vie bien remplie et, dans le cas de Heather, avec des enfants éreintés.

Juan et Austin nous annoncent leur départ également, ne laissant plus qu'Imani, Nora et moi. Et quelques autres personnes qui nettoient derrière nous.

— Que diriez-vous d'une dernière flûte de champagne ? suggère Nora. Rien que toutes les trois.

— Honnêtement, Nora, je crois que j'ai besoin de m'allonger, admet Imani. Ces enfants m'ont épuisée.

— Tu veux rester ici ? s'enquiert Nora.

— Je vais rentrer, si ça ne te dérange pas. Je commence tôt, demain, mais je passerai dans l'après-midi.

Nora et Imani s'étreignent. Lorsqu'Imani s'en va, le patio semble complètement dépourvu de toute trace de la fête qui vient de s'y dérouler.

— Je sais qu'il ne sert à rien de te proposer du champagne.

Nora s'est enroulée dans un paréo coloré afin de lutter contre la fraîcheur de la soirée. Elle recule les coudes et appuie les doigts sur son omoplate avec une grimace.

— J'ai dû me froisser quelque chose en dansant avec tes enfants. Je ne danse pas souvent, à vrai dire. Est-ce que le contrat d'assurance d'*Unbreak My Heart* couvre les blessures subies en divertissant une des productrices ?

— Je vais devoir me renseigner, mais tu as toute la journée de demain pour te remettre.

— J'irai me faire masser, et je devrais être comme neuve. Issa, ma masseuse, a des mains en or.

— Mon ex était masseuse. Elle m'a enseigné quelques techniques. Tu voudrais que je…

Je désigne son épaule du menton.

— Que je jette un œil ?

— Euh, si tu veux.

Je me lève, puis je prends une profonde inspiration. N'est-ce pas ce que ferait une amie ?

CHAPITRE 19
NORA

— Mince, Nora, commente Mimi alors que ses pouces glissent sur mes épaules. À quand remonte ton dernier massage ? Tes épaules sont incroyablement crispées.

— Il y a quelques jours.

— Tu es tellement tendue.

Peut-être parce que les mains de Mimi sont sur ma peau.

— Au cas où tu ne t'en serais pas rendu compte, je ne suis pas vraiment sociable.

Les pouces de Mimi s'enfoncent dans les muscles, la douleur incroyablement agréable.

— Ça ne se voyait pas, cet après-midi.

— Je suis une actrice très bien rémunérée, rétorqué-je en me laissant aller sous ses mains. Ne te méprends pas, je ne faisais pas semblant, j'apprécie vraiment ta famille, mais cette petite fête était éreintante.

Les pouces de Mimi remontent sur ma nuque et jusque dans mes cheveux. J'en ai la chair de poule.

— Des épaules crispées sont le prix à payer pour prétendre être sociable le temps de quelques heures, marmonné-je. Mince, que c'est bon.

— J'en suis ravie.

— Ton ex ne t'a pas laissé qu'un cœur brisé, alors.

Je n'ai plus de filtre. J'ai épuisé tout mon bon sens et mes capacités de conversation, cet après-midi.

— Elle m'a permis d'accroître certaines compétences, en effet.

Le pouce de Mimi appuie sur un point particulièrement douloureux à la base de ma nuque.

— Des compétences que je n'ai pas mis en pratique depuis bien trop longtemps.

— Serais-tu une femme universelle, capable de tout faire ?

Discuter avec Mimi est bien plus simple quand je ne vois pas son visage.

— Je suis complètement incapable de jouer la comédie, donc je ne dirais pas ça.

La joie de Mimi est perceptible dans sa voix. La sensation de ses mains sur mon corps est de plus en plus délicieuse.

— On a tous nos points forts, mais selon moi, tu l'emportes si on compte les qualités personnelles.

— Ce n'est pas une compétition.

Mimi se contente désormais d'effleurer ma peau du bout des doigts, ses caresses absolument divines.

— Et puis, je pense que tu as gagné tout ce qu'il était possible de remporter, aujourd'hui. Je t'avais dit que mes enfants ne t'adoreraient pas moins après t'avoir rencontrée.

— Eh bien.

J'ai presque envie de laisser ma tête retomber contre son ventre et de la laisser étendre ses caresses où elle veut.

— Le format de cette fête était incroyablement bien pensé. Une fête au bord de la piscine n'a rien à voir avec un dîner, où la conversation est bien plus formelle. C'est bien plus facile de se retirer quand le besoin s'en fait ressentir.

Sauf que je n'aurais pu me rendre où que ce soit sans me

faire remarquer, cet après-midi. Un membre de la famille St James avait constamment les yeux posés sur moi.

— Et quand il y a de la danse, on peut simplement laisser la musique parler pour soi.

— Malin, commente-t-elle avant d'enfoncer de nouveau ses pouces dans les muscles. Ça a fonctionné à merveille.

Pendant un moment, elle masse mes épaules en silence.

— Je suppose que tu n'as pas de rencard ce soir ? demandé-je après quelques instants de béatitude.

— Pas après une fête au bord de la piscine chez Nora Levine.

— Qu'as-tu prévu de faire ce soir ?

— Il est presque 21 h. C'est déjà le soir. Voilà comment je passe ma soirée.

Ses doigts descendent le long de ma colonne vertébrale.

— J'ai dû perdre la notion du temps.

Cela m'arrive pourtant très rarement.

— En ce qui me concerne, tu peux continuer comme ça toute la nuit.

Le rire de Mimi est un vrai bonheur pour mes oreilles.

— Ton épaule va mieux ?

— Non, je mens. Elle est encore douloureuse. N'arrête pas, s'il te plaît.

— Très bien.

Mimi baisse les bretelles de mon bikini. Heureusement que je suis assise.

— Je vais me servir de la crème solaire pour que ça glisse mieux. Ça me permettra de te faire un vrai massage.

— Ce n'était pas un vrai massage, jusque-là ?

— Pas un vrai massage selon Mimi St James.

Je l'entends verser de la crème dans sa paume, puis elle l'étale sur mes épaules.

Un lourd soupir m'échappe. Quelle journée. J'ai passé un bon moment, je ne peux le nier, mais divertir ainsi un tel groupe nécessite beaucoup d'énergie mentale – même si c'est bien plus aisé quand chaque personne vous aime déjà, bien que sans réelle raison. Je suis heureuse d'avoir pu accomplir ça pour Mimi – et elle me rend la pareille, voire plus, en nature.

Mimi ne blaguait pas. J'ai l'impression que ses doigts sont partout, maintenant. Même quand elle s'attaque au nœud le plus crispé de mon épaule, ce qui devrait me faire mal, la sensation est exquise – comme si ses mains étaient parfaitement à leur place. Cette ex lui a bien enseigné une technique ou deux.

— Je crois que je vais devoir renvoyer Issa, grommelé-je quand son massage se fait plus léger. Tu serais disponible pour me faire ça deux fois par semaine ?

— Je vais d'abord devoir renégocier ton contrat pour *Unbreak My Heart*. Les massages effectués par des producteurs ne sont assurément pas inclus dedans. C'est même plutôt le contraire.

— Je te donne mon consentement.

Une vague de fatigue s'abat sur moi – un effet secondaire habituel d'un bon massage.

— Je peux te le donner par écrit, aussi.

Mimi serre une dernière fois mes épaules. Ses doigts se sont-ils attardés sur ma peau ? Je n'éprouve pas seulement de la fatigue, mais je ne saurais en dire plus pour le moment. L'espace d'un court instant, je me laisse aller à imaginer ces mains magiques caresser mon corps entier au lieu de se confiner à mes épaules.

— Je vais me laver les mains. Je reviens.

— Merci beaucoup, crié-je dans son dos.

———

Je suis tellement épuisée que je parviens à peine à formuler des phrases complètes, mais je n'ai aucune envie de voir Mimi rentrer chez elle. Heureusement pour moi, elle a l'air parfaitement à son aise à mes côtés, dans le silence, les yeux posés sur les lumières de la ville en contrebas.

— C'est tellement paisible, murmure Mimi. Je n'ai pas du tout l'impression d'être à L.A.

— Oui. C'est assez magique. Je trouve ça revigorant, après une longue journée.

— J'imagine.

Ses yeux scintillent dans l'éclairage tamisé du patio.

— Tu as faim ? Soif ? Je peux t'apporter quelque chose ?

— Tout va bien, Nora. Je comprends pourquoi tu ne cuisines jamais toi-même, avec un chef cuisinier comme lui.

À mes pieds, un des chiens soupire. Ils ont tous les trois l'air aussi éreintés que moi – une fatigue accompagnée d'un bonheur inexplicable.

— Je te proposerais bien de te masser les épaules, mais j'arrive à peine à bouger les bras.

Pour appuyer mes propos, je fais semblant d'être incapable de lever les bras.

— Tu as déjà beaucoup donné, aujourd'hui. Je ne pourrais vraiment pas te remercier assez.

— Tu m'as déjà bien assez remerciée, affirmé-je.

— J'ai sûrement abusé de ton hospitalité. Je vais appeler une voiture et te laisser te reposer.

— Tu n'es pas obligée de partir. Reste aussi longtemps que tu veux. J'aime ce temps passé avec toi. Tu es d'excellente compagnie, Mimi, et ce n'est pas un compliment que je prodigue facilement.

Sa présence me paraît apaisante, réconfortante.

— Je ne le prendrai pas à la légère, alors.

Elle se mord la lèvre inférieure, puis nous sursautons toutes les deux, surprises par la sonnerie bruyante d'un téléphone.

— Désolée. C'est moi.

Mimi fouille dans son sac. Après avoir jeté un coup d'œil à l'écran, elle fronce les sourcils.

— N'hésite pas à répondre, l'encouragé-je.

— Je ne crois pas, répond-elle avant de rejeter l'appel. C'est mon ex. Celle qui m'a enseigné quelques techniques de massage. C'était sûrement une erreur. On ne s'est pas parlé depuis longtemps.

Quelques secondes plus tard, une notification lui annonce la réception d'un message.

— Ça te dérange, si je l'écoute rapidement ? Sinon, je ne cesserai de me demander s'il s'agissait bien d'une erreur.

— Je t'en prie.

Je tente de ne pas observer Mimi alors qu'elle écoute le message vocal de son ex. Je suis suffisamment curieuse pour essayer de découvrir le nom complet de cette personne afin d'effectuer une recherche internet sur elle, afin de voir avec quel genre de femme Mimi a passé huit ans de sa vie. J'ai bien du mal à me détourner des expressions intrigantes qui passent sur le visage de Mimi.

— C'était un appel causé par l'ivresse, et non une erreur, m'annonce Mimi avant de ranger son portable. Apparemment, sa compagne et elle se sont séparées, et elle devait m'en informer.

Mimi souffle doucement, les traits crispés.

— Je suis ravie de ne pas avoir décroché, mais je m'inquiète quand même un peu. Je me demande si quelqu'un est là pour elle. Enfin, ça ne me regarde plus depuis quelques années, quand elle m'a dit qu'elle ne ressentait plus cette étincelle.

Le téléphone sonne une fois de plus.

— C'est encore elle. Qu'est-ce que…

Mimi contemple l'appareil, hésitant manifestement à répondre. Il y a trop de bonté, de pure gentillesse dans son cœur pour ignorer cet appel, même si la personne à l'autre bout de la ligne lui a brisé ce même cœur il y a quelques années.

— Je suis désolée, Nora. Je dois décrocher.

Elle emporte son portable de l'autre côté du patio. Elle s'exprime à voix basse, et je ne perçois que quelques mots.

— Je suis vraiment navrée, déclare Mimi en me rejoignant. Elle va vraiment mal. Je vais… euh… aller la voir.

— Bien sûr. D'accord.

— Merci encore pour cette belle journée. Navrée de l'écourter si brusquement.

Elle ouvre les bras.

— Je peux te faire un câlin ?

Pitié, oui. J'acquiesce, puis j'entre dans son étreinte. Elle me serre dans ses bras, sa peau douce contre la mienne. Alors qu'elle s'écarte, je me rends compte que Mimi n'a aucune envie de s'en aller – et encore moins pour aller sauver son ex de je ne sais quoi, ce qui est peut-être la sensation la plus irrationnelle de toutes.

CHAPITRE 20
MIMI

Je trouve Cathy dans un bar louche non loin de Sunset Boulevard. Le barman paraît soulagé de me voir, mais pas autant que mon ex-compagne, qui m'accueille comme si nous n'avions pas pris nos distances au cours de ces deux dernières années. Cathy a de nombreux amis. Je ne comprends vraiment pas pourquoi c'est moi qu'elle a appelée, ruinant ainsi ma soirée avec Nora.

— Mimi, tu es venue. Je n'y crois pas.

Je n'en reviens pas non plus, et pourtant. Aimer quelqu'un aussi longtemps que j'ai aimé Cathy me laissera toujours une certaine impression de responsabilité à son égard.

— Que se passe-t-il ? demandé-je en prenant place sur le tabouret voisin du sien.

Le barman pousse deux verres d'eau vers nous.

— Ça n'a pas fonctionné. J'ai dû rompre avec Ravi, et tu veux savoir pourquoi ?

Elle s'exprime plus clairement que tout à l'heure, au téléphone. Elle est loin de paraître aussi débraillée que je m'y attendais, également.

— Explique-moi, je t'en prie.

Je suis déjà venue jusqu'ici – du point de vue alcoolisé de Cathy, sûrement dans l'unique but d'écouter ce qu'elle est sur le point de me dire.

— Parce qu'elle n'est pas toi, Mimi.

— Pardon ?

Elle est bien bonne, celle-là.

— Elle n'était pas toi, Mimi. Pendant deux ans, j'ai essayé de trouver quelqu'un comme toi. Une personne aussi classe et chaleureuse à la fois, aussi aimante et attentionnée. Aussi sexy et gentille que toi, mais tu sais ce que j'ai appris ? C'est très rare, de trouver cette combinaison de qualités chez quelqu'un.

— D'accord.

Je ne cache pas le désarroi causé par ce petit discours. Je ne vais certainement pas le prendre au sérieux, puisqu'il m'indique seulement que Cathy a dû boire toute la journée, désormais tellement ivre qu'elle en devient incroyablement nostalgique et pense que tout était bien mieux avant.

— On va rentrer, d'accord ?

Je demande au barman si elle a réglé sa note. Il me tend le ticket, et elle pose une main sur mon genou alors que je paye.

— Ça veut dire que tu me ramènes à la maison ? Parce que rien ne me ferait plus plaisir.

— Merci, me dit le barman. Et bon courage.

Je passe ensuite un bras autour des épaules de mon ex et la guide dehors.

— Je sais que tu penses que ce n'est pas sincère, marmonne Cathy. Que je suis juste une femme bourrée qui raconte n'importe quoi, mais ce n'est pas du tout ça.

L'Uber se gare, le chauffeur manifestement méfiant de l'ivresse de ma comparse, mais je lui assure que tout va bien se passer, même si je ne peux pas en être certaine. Je n'ai pas fréquenté cette femme depuis deux ans. Il m'est pourtant très simple de laisser le temps refluer, de laisser les années disparaître entre nous et de retourner dans le temps, jusqu'à cette époque où nous étions un heureux couple qui prenait souvent un Uber pour rentrer en fin de soirée.

— J'ai commis une grave erreur, il y a deux ans, déclare Cathy. Et je sais. Je sais ! C'est ma faute, si j'ai mis deux ans pour m'en rendre compte. Mais il n'existe aucune autre femme comme toi, Mimi. Crois-moi, j'ai cherché, encore et encore. J'ai matché sur les applications jusqu'à en avoir mal au pouce. Et puis j'ai trouvé Ravi, et je me suis dit que c'était bon, tu vois ? Je peux faire avec. Je peux tomber amoureuse à nouveau. Et j'ai cru que c'était le cas, jusqu'à ce que je n'en sois plus si sûre.

J'aimerais pouvoir refermer mes oreilles afin de ne rien entendre de tout ça. Cette femme m'a larguée, pour reprendre le terme utilisé par Nora, qui paraît parfois approprié à la situation. Cette femme m'a dit ne plus rien éprouver pour moi, avoir besoin d'une vie plus excitante que celle qu'elle menait avec moi. Elle avait tant besoin de changement qu'elle en a sacrifié ce qui comptait le plus à mes yeux : notre amour et notre relation. Son monologue représente donc bien plus qu'une simple nuisance pour moi. Enfin, il est inutile de s'attendre à ce qu'une femme soûle me montre le moindre respect, ex-compagne ou non.

— J'ai croisé Jen, l'autre jour. Elle te l'a dit ?

Je hoche sèchement la tête.

— C'est ce qui a tout déclenché. Enfin, j'ai dû aller à *Palmetto's* pour une raison. Mon inconscient a dû me guider là-bas à cause de la possibilité de t'y croiser, ou d'y croiser un de tes enfants, parce qu'on y allait tout le temps. Ça m'a tellement fait penser à toi, à la vie qu'on menait ensemble. Je ne pouvais pas rester plus longtemps avec Ravi. Ça aurait été tellement malhonnête.

Elle saisit ma main et la serre très fort dans la sienne.

— Merci d'être venue me chercher.

Cathy ne vit pas loin du bar où je l'ai récupérée, heureusement, et la voiture s'arrête. Je demande au chauffeur de patienter avant de traîner Cathy à l'intérieur.

— Qui puis-je appeler ? je m'enquiers après l'avoir installée sur le canapé de son salon.

— Personne.

Le sourire que tente de me lancer Cathy ressemble plus à une grimace.

— Tu es la seule personne dont j'ai besoin.

— Je ne reste pas.

— Oh, Mimi. Reste un moment, s'il te plaît. Tu m'as tellement manqué. Tu ne peux pas imaginer à quel point.

Je m'assieds à côté d'elle.

— Cathy. Écoute-moi. Tu es ivre. Tu te sens vulnérable. Tu ne penses rien de tout ça, et même si c'était le cas, ça ne changerait rien. D'accord ? On s'est séparées il y a bien longtemps, toutes les deux. J'ai tourné la page.

— Mais tu ne fréquentes personne. Jen me l'a dit. Je lui ai posé la question parce que j'avais besoin de savoir.

— Ce n'est pas le sujet.

— Mais si. Écoute, je ne te demande pas de reprendre notre relation comme si de rien n'était. Je ne suis pas aussi délirante. Mais juste… je ne sais pas. Tu pourrais peut-être envisager un rencard avec moi ? Où est le mal, si on est toutes les deux célibataires ?

— Cathy, je reprends avant de me lever. Je n'accepterai pas de rendez-vous avec toi. Je suis venue ce soir simplement parce que tu avais l'air en détresse. Mais tu n'aurais pas dû m'appeler. Tu partageras sûrement mon avis demain matin.

Cathy secoue la tête.

— Non. Je sais ce que je ressens.

— Ressens ce que tu veux, mais laisse-moi en-dehors de ça.

Je souffle longuement. Dans quoi me suis-je embarquée ?

— Une voiture m'attend dehors. Je vais y aller. Tu es chez

toi, en sécurité. J'appellerai Monique sur le trajet pour lui demander de venir prendre de tes nouvelles.

— Monique ? On ne se parle plus, avec Monique.

— Dis-moi qui appeler, alors. S'il te plaît, Cathy.

— Je suis désolée. Inutile d'appeler qui que ce soit, affirme-t-elle en désignant la porte. Vas-y. Ça va aller. Et merci, Mimi. Je sais que tu n'étais pas obligée de venir me chercher. Tu n'étais pas obligée de répondre à mon appel. Mais je savais que tu le ferais, parce que tu es comme ça.

Elle se relève alors.

— Je peux te faire un câlin, au moins ?

Sa question me remémore mes propres mots à l'intention de Nora, il y a moins d'une heure. Comment deux requêtes d'étreinte peuvent-elle être si différentes.

— Non. Désolée. Je vais y aller, maintenant. D'accord ?

— Ouais. D'accord. Au revoir, Mimi.

———

Je n'ai toujours pas digéré tout ce qu'il s'est passé hier quand Austin arrive.

— Arrête tout ce que tu es en train de faire, déclare mon fils. Je t'emmène déjeuner.

— Je ne fais pas grand-chose.

Après la fête improvisée au bord de la piscine, hier, la plupart de mes enfants ont prévu autre chose aujourd'hui qu'un brunch chez leur mère. Ce n'est pas le cas d'Austin, cependant.

— Juan fait du bénévolat, et je ne sais pas quoi faire de moi-même après la journée d'hier.

Austin fait semblant de se secouer. Je comprends plus ou moins ce qu'il ressent.

— Tu es restée longtemps, après notre départ ?

— Un peu, jusqu'à ce que je reçoive un appel de Cathy.

Les yeux de mon fils manquent sortir de sa jolie tête.

— Comment ?

— Elles se sont séparées, avec sa petite amie, soupiré-je. Elle s'est soûlée et n'a trouvé personne d'autre que moi à appeler. Je l'ai rejointe et l'ai ramenée chez elle.

— Oh, mon Dieu, maman. Après ce qu'elle t'a infligé ? Tu as fait ça pour elle ? Après tout ce temps ?

Il secoue la tête.

— Je devrais t'apprendre à te montrer plus égoïste. Tu ne dois rien à Cathy, d'accord ? Pas après la façon dont elle t'a traitée.

J'ai eu beau m'efforcer de préserver mes enfants de la situation, ma séparation avec Cathy était douloureuse et contrariante – et les enfants s'en rendent toujours compte, surtout Austin.

— Pourquoi tu ne lui as pas dit d'aller se faire voir ? C'est ce qu'elle mérite.

— Du calme, chéri. Tout va bien. Je lui ai bien fait comprendre ce que je pensais de tout ça.

— Mais tu l'as rejointe ? Ça en dit tellement plus que n'importe quelles paroles.

— Je devais y aller. Je ne pouvais pas la laisser seule dans un bar louche d'Hollywood. Tu sais que je ne pourrais pas faire ça.

— Tu es tellement maternelle, maman, commente-t-il avec un sourire. Et tu étais encore chez Nora quand elle t'a appelée ? Tu as laissé le sublime palace de Nora pour aller chercher ton ex bourrée ?

Il claque sa langue, désapprobateur.

— Oui. Tant pis pour moi, vraiment.

Nora et moi passions un moment très agréable, relaxant et amical. Et ce massage des épaules ? Une fois remise de l'extrême tension dans les épaules de Nora, sa peau sous la mienne m'avait autant ravie que torturée alors que j'enfonçais sans relâche les doigts dans sa chair. Et la ligne de ses épaules, mince. La contempler est une chose, mais la sentir sous mes mains en est une tout autre. Au cours de ce massage, ce que j'éprouvais à l'égard de Nora était bien plus qu'amical, mais ça restera un secret. Je ne l'avouerai à personne. Pas à mon fils, et certainement pas à Nora.

— Tu en reviens de la journée d'hier, maman ? Que Nora organise un après-midi pour nous comme ça. Vous devez être assez proches, toutes les deux ?

Il lève une main.

— Et avant que tu me parles de Juan, je sais qu'il n'avait rien à voir là-dedans. Il est bien trop protecteur envers Nora pour ça.

— Leur relation est intéressante, c'est le moins qu'on puisse dire.

La tête inclinée, Austin me dévisage un instant.

— Est-ce que tu viens d'éviter ma question ?

— Quelle question, chéri ?

Étonnamment, faire l'innocente fonctionne très souvent avec mes enfants.

— Nora et toi ? Vous êtes amies ? Ce ne serait pas tellement étrange, s'il s'agissait de n'importe qui d'autre, mais je sais de source sûre que Nora ne se fait pas si facilement des amis.

— Oui, je pense qu'on est amies. On est sur la bonne voie, en tout cas.

— Tu as conscience de ta chance ? Elle doit vraiment t'apprécier.

— Qu'est-ce qu'il y a de si spécial à ce que quelqu'un m'apprécie ? Je suis très aimable, je te ferais dire.

D'humeur taquine, je papillonne des cils.

— Tu ne m'apprends rien. Tu es ma personne préférée dans le monde entier.

— Merci, chéri. Où m'emmènes-tu, alors ?

— Au *Tasting Room*, annonce Austin en plantant les mains sur ses hanches.

— Comment as-tu réussi cet exploit ?

— Cadeau de mon petit ami. Il m'a dit de t'emmener dans un endroit sympa, aujourd'hui.

— Il faut le garder, celui-là.

— J'en ai bien l'intention, maman.

Il pivote afin de me laisser passer un bras sous le sien.

— Je t'ai déjà dit à quel point je l'apprécie ?

CHAPITRE 21
NORA

— Je suis désolée, s'exclame Stella. Oh, mince. Je suis tellement désolée, Nora. Merde. Je n'y arrive pas, aujourd'hui.

— Prenez cinq minutes, annonce le réalisateur. Ce n'est pas grave. Ça arrive même aux meilleurs.

— Qu'est-ce qu'il se passe ? lui demandé-je.

— Silas n'a pas dormi une seule seconde, la nuit dernière, et personne n'a réussi à le calmer. Ni moi, ni Kate, ni la nounou. Ça a été comme ça toute la semaine. Pendant la journée, il ne fait que dormir, dormir, dormir. Et puis quand on va se coucher, il décide que c'est le moment de se réveiller et de faire la fête dans son berceau.

Elle appuie doucement les paumes de ses mains sur ses yeux, évitant de ruiner son maquillage.

— Je vais aller essayer quelques exercices de respiration dans ma loge.

Stella sort du plateau, levant une main en signe d'excuse pour l'attente qu'elle impose à tout le monde.

Pendant de courtes pauses, je préfère rester le plus concentrée possible, m'imprégner de l'ambiance de la scène que nous tournons. Je travaille avec la majorité des employés sur ce plateau depuis presque trois ans, raison pour laquelle ils savent qu'il ne faut pas venir me voir entre deux prises. Toutefois, du coin de l'œil, je remarque l'approche d'une personne qui n'est pas tout à fait à sa place ici. Dès que je la vois, je sors de mon état de presque transe. Je me demande comment ça s'est passé, avec son ex – et quel pouvoir cette femme exerce-t-elle encore sur Mimi après toutes ces années pour qu'elle lâche tout après son appel.

Ma concentration envolée, je me dirige vers Mimi.

— Salut, Nora.

Son sourire éblouissant réveille quelque chose au plus profond de moi. Stella ne sera peut-être pas la seule à se tromper, aujourd'hui. Cependant, impossible de prendre une journée de repos pendant le tournage d'une série. Cette production entière repose sur notre présence quotidienne, à Stella et moi. Si nous ne sommes pas là, l'entreprise de production perd de l'argent.

— Comment vas-tu ?

J'ai l'impression que le plateau disparaît, et qu'il ne reste plus que Mimi et moi. Je ferais mieux de me reprendre. Je n'aurais jamais dû la laisser me masser les épaules, le weekend dernier. Il n'y a rien à faire, je suis incapable de me sortir de la tête le souvenir de ses mains sur ma peau.

— Bien.

Sans comprendre pourquoi, je glousse comme une petite fille.

— Et toi ?

— Bien. Je voulais venir jeter un œil sur ma série préférée. Stella semble passer une mauvaise journée.

— Elle n'a pas beaucoup dormi, la nuit dernière.

Mimi hoche la tête.

— Je me souviens de ce que c'est.

Elle survole le plateau du regard. Notre productrice exécutive, Jo, nous guette de loin.

— Tu penses que ce serait trop prétentieux d'exiger que Stella ait le temps de faire une sieste ?

— Tu veux remanier l'emploi du temps ?

Mimi doit bien savoir que retarder le tournage entraînera des répercussions sur nos délais. Elle me fixe du regard.

— Je compatis simplement avec Stella. Je connais ce qu'elle vit, et je ne doute pas que d'autres parents en aient conscience également. Ça nous laissera le temps de discuter.

Discuter ? Nous avons passé une journée presque entière ensemble, rien que ce weekend. Cette perspective reste tout de même séduisante.

— Je ne suis pas la patronne, ici. Fais ce qui te paraît être le mieux.

— Ne fais pas comme si tu n'avais pas ton mot à dire, Nora. Ça aurait un impact sur ton emploi du temps, et je sais que ça ne te plaît pas.

— Ça me va. C'est mieux pour moi aussi, si Stella fait une sieste.

Sa performance a été plus qu'aléatoire, ce matin.

— D'accord. Je m'en occupe.

Avec assurance, Mimi interpelle Jo ainsi que quelques autres personnes. Cinq minutes plus tard, le message est passé que le tournage reprendra cet après-midi.

— Quelle autorité.

Il suffit à Mimi de venir sur le plateau pour mener tout ce monde à la baguette, ce que je trouve plutôt sexy, d'autant plus lorsque c'est pour le bien de nous autres, acteurs.

— Ça te dirait, d'aller déjeuner ?

— Euh, oui, carrément.

Elle tapote son portable sur sa paume.

— Laisse-moi simplement m'organiser un peu.

— Je t'en prie, Mimi. Ne change pas ton planning pour moi.

— Je viens de bousculer le tien. Ce serait malpoli de ne pas en faire de même.

— Si tu le dis.

Le temps qu'elle passe quelques appels, je réfléchis à plusieurs possibilités pour ce déjeuner. Je mange habituellement un poke bowl sans riz dans ma loge tout en répétant mes lignes pour la prochaine scène.

— Je peux t'emmener quelque part ? s'enquiert Mimi. Sauf si tu tiens vraiment au traiteur.

Je pouffe de rire, convaincue qu'elle sait que ce n'est pas le cas.

— Un endroit privé ?

Je n'ai aucune envie d'aller au restaurant en plein milieu d'une journée de tournage, même si je pressens qu'il me sera compliqué de retrouver ma concentration cet après-midi.

— Promis.

Je suis Mimi jusqu'à sa voiture. Tout en conduisant, elle commande un déjeuner avec une livraison à une adresse que je ne reconnais pas. Moins de dix minutes plus tard, elle se gare devant un immeuble de bureaux tape-à-l'œil. L'énorme enseigne sur la façade indique « Gloves Off Productions ».

— Ton bureau ?

— Ça a ses avantages, répond simplement Mimi. On passera par l'arrière afin d'éviter toute question agaçante.

Je suis Mimi jusqu'à l'arrière du bâtiment. Elle m'escorte vers des ascenseurs. Quelqu'un se dirige vers nous, et Mimi se contente de lever la main et de secouer la tête. Cette personne s'éclipse aussitôt, comme mes chiens quand ils savent avoir commis une bêtise. C'est la patronne, sans le moindre doute. Que ça m'excite, bordel ! Pendant le trajet en ascenseur, je prends soudain conscience que même si nous avons décidé d'être amies, sur mon insistance, notre relation paraît presque amoureuse. Elle vient à mon travail et m'emmène en escapade. Elle est restée chez moi après le départ de sa famille, samedi. Nous nous envoyons des fleurs. Ce massage absolument divin.

Je lui jette un coup d'œil. Elle porte un tailleur pantalon, aujourd'hui, au lieu de ces jupes crayon auxquelles je me suis habituée. Elle reste aussi belle que jamais. Élégante et en contrôle, mais aussi incroyablement gentille à mon égard – et à l'égard de Stella, tout à l'heure. Au fil des semaines écoulées depuis notre rencontre, alors que j'apprends à mieux la connaître, il me semble de plus en plus évident que Mimi St James est une perle rare, surtout à Hollywood. La PDG au cœur d'or. La femme d'affaires mère de quatre enfants qui l'adorent. La cadre qui fait passer le bien-être des gens avant l'argent. Le genre de personne qui lâche tout pour aller chercher son ex soûle alors même que celle-ci lui a brisé le cœur.

L'ascenseur nous emmène au dernier étage. J'ai l'impression que cette montée, bien que rapide, m'a permis de poser un regard différent sur la situation, une autre vision de ce que notre relation pourrait être.

Elle nous guide vers une porte vitrée menant sur le toit. Quelqu'un se rue vers nous, un sac en papier dans les mains.

— Merci beaucoup, Adam, déclare Mimi avant de se saisir du sac. Voilà notre déjeuner.

Elle me tient la porte ouverte. Je sors sur le toit et contemple le centre-ville de L.A. en contrebas.

— Vu où tu habites, je me suis dit que tu n'avais pas le vertige.

— Ouah.

Nous nous tenons tellement haut que le bruit de la circulation ressemble plus au doux bourdonnement d'une mouche.

— Tu ne rigolais pas sur ces avantages.

— Viens.

Mimi se dirige vers une zone encerclée de murs en plexiglas. Elle contient une table en bois ainsi que des chaises, et même quelques plantes.

— C'est la première chose que j'ai fait installer, quand j'ai obtenu ce poste. J'ai l'esprit bien plus clair, ici. Je ne prends jamais de décision compliquée sans venir ici avant.

Je suis rarement impressionnée par quelqu'un d'autre, et encore moins à ce point-là. Mais je vois bien ce qu'il s'est passé : j'ai laissé à Mimi l'occasion de m'impressionner, une chance que je n'accorde pas à n'importe qui. J'ai laissé entrouverte la porte de mon cœur habituellement hermétique et, avec le temps, elle s'est faufilée à l'intérieur. Ceci explique également ce baiser manqué. Et, oui, je reste moi-même. Je reste convaincue qu'une relation romantique est hors de ma portée, et que je vais tout foutre en l'air à la vitesse de l'éclair, mais ce n'est pas important pour le moment. À cet instant, j'aimerais beaucoup embrasser Mimi à nouveau – et l'abus de vin n'a rien à voir avec ce désir.

Mimi sort une nappe et des serviettes d'un placard collé au mur. Elle retire ensuite nos déjeuners de leur emballage et les pose sur la table. Le repas est le cadet de mes soucis, mais je me réjouis de la voir à l'œuvre, en train de fournir cet effort pour moi.

— J'espère que de l'eau te convient ? demande-t-elle en plaçant deux bouteilles sur la table. Si jamais tu souhaites autre chose, je peux faire en sorte qu'on nous l'apporte.

— De l'eau, c'est parfait. Tout est absolument parfait.

Au lieu de m'asseoir sur la chaise qu'elle a tirée pour moi, je viens me poster à ses côtés.

— Tu… es absolument parfaite.

Mimi se tourne vers moi.

— On sait toutes les deux que ce n'est pas vrai, mais j'accepte le compliment.

— Mimi, je… euh.

Cette étape est bien plus difficile sans courage liquide.

— Merci.

J'effleure sa main d'un doigt et replie mon auriculaire sur le sien. Elle ne flanche pas et ne se libère pas.

— Ce n'est qu'un déjeuner, déclare-t-elle d'une voix plus rauque.

— Je ne crois pas, rétorqué-je avant de déglutir.

— Peut-être pas, alors.

Au ton de sa voix et à l'intensité de son regard, je sais qu'elle est avec moi – pas seulement physiquement, sur ce toit, mais dans cet instant. Dans cette pause avant que je fasse ce que je m'étais juré de ne jamais mettre en action à la sobre lueur du jour. Cependant, le ciel s'étend devant nous, bleu et infini. C'est le milieu de la journée. Je suis en pleine possession de mes moyens. Je n'ai aucune circonstance atténuante, seulement le désir aussi fervent qu'irrésistible de me jeter à l'eau.

Quelle est la marche à suivre, de nos jours ? Faut-il demander la permission d'une personne avant de l'embrasser ? Je ne sais pas, donc je le fais.

— Je peux ?

— Tu peux quoi, Nora ?

La main de Mimi se referme sur la mienne.

— Je peux t'embrasser ? demandé-je en plongeant le regard dans ses yeux sombres.

— Tu peux, si tu veux. Est-ce que tu en as envie ?

— Je ne te poserais pas la question, si ce n'était pas le cas.

Mimi ne me répond pas de vive voix. Je pose la main sur sa joue et l'effleure du dos de mes doigts. Elle s'abandonne à ma caresse. Je laisse glisser mes doigts jusqu'à son menton, que j'incline vers moi.

Je me penche sans penser aux conséquences. Je n'ai que les lèvres de Mimi en tête. L'impatience de l'embrasser enfin – pour être franche, je désire cet instant depuis très longtemps, bien avant qu'elle ne m'emmène sur ce toit romantique.

Il est temps de savoir. J'effleure ses lèvres des miennes et, malgré ce contact presque imperceptible, même s'il ne s'agissait que d'un prélude à un réel baiser, un barrage cède déjà en moi. Mon estomac se retourne. Mes jambes flageolent. Voilà ce qui arrive lorsque l'on se prive de contact humain pendant aussi longtemps que moi.

Mimi laisse échapper un souffle tremblant avant de s'approcher à nouveau de moi. Nos lèvres s'unissent à nouveau, comme il faut, cette fois-ci – elles s'attardent, et le bout de sa langue vient frôler ma lèvre inférieure.

Ses mains remontent sur mes bras afin de venir se poser à l'arrière de mon crâne. Ses doigts s'enfouissent dans mes cheveux. Notre prochain baiser est prometteur et, si je me fie au feu qui se répand dans mes veines, aguicheur. Éprouve-t-elle la même chose ? J'ouvre brièvement les yeux et ne lis dans l'expression de Mimi qu'un désir non dissimulé. J'enroule les bras autour de sa taille et l'attire tout contre moi. Nos lèvres s'épousent sans relâche, de plus en plus ouvertes à chaque baiser. Je lui laisse un accès de plus en plus facile – un peu comme je le fais depuis le premier jour. Depuis qu'elle m'a invité à dîner chez elle juste après notre rencontre.

Les mots de Juan et d'Imani tournent en boucle dans mon esprit. J'ai le droit de changer d'avis. Toutefois, cette situation n'a rien à voir avec un quelconque changement d'avis. Je vis simplement ce moment avec Mimi et l'embrasse de tout mon coeur. J'explore ses lèvres douces et charnues, souhaitant que ce baiser ne prenne jamais fin. Je profite de cet espace magique qu'elle s'est créé sur ce toit et où elle m'a invitée afin de jouir d'un déjeuner tranquille. Toute nourriture a cependant disparu du menu. Mon estomac se noue. Mon corps ne comprend rien à ce qui lui arrive, parce que je n'ai embrassé personne ainsi depuis des dizaines d'années. Parce que ce n'est pas une méthode fiable pour se protéger, ou blinder son coeur fragile.

CHAPITRE 22
MIMI

Malgré ma surprise, j'accueille volontiers les lèvres de Nora sur les miennes. J'ai presque l'impression qu'elles sont à leur place, contre ma bouche. Comme si, malgré tout ce qu'elle a pu me dire, ce baiser était inévitable.

Je ne l'ai pas du tout emmenée sur le toit pour l'embrasser – pour qu'elle m'embrasse ainsi. Je souhaitais simplement passer du temps avec elle, profiter de sa compagnie puisque l'occasion s'est présentée. Et maintenant, quoi ? Que se passera-t-il quand ce baiser prendra fin ? Si je me fie à la fermeté de l'étreinte de Nora, je n'ai pas à craindre que ce baiser se termine de sitôt. Je la laisse donc m'embrasser. Je me délecte de l'exquise danse de la langue de Nora Levine dans ma bouche tant que je peux.

La suite est aisément prévisible. Elle se montrera timide et voudra faire comme s'il ne s'était rien passé. S'il s'agissait de qui que ce soit d'autre, je ne laisserais pas couler de telles inepties, mais j'ai un faible pour Nora. Et nous sommes encore en train de nous embrasser. Je l'attire toujours plus près de moi, continue d'appuyer mes lèvres sur les siennes et de la serrer contre moi.

Nos corps sont collés l'un à l'autre, et je savoure la possibilité de glisser les mains sur son dos puissant et de caresser librement la peau de son cou. Une chose est sûre : j'aimerais faire bien plus qu'embrasser Nora. Il est toutefois inutile de m'emballer. La connaissant, elle va sûrement reculer de nouveau. Elle en fera tout un plat sans raison et repoussera une fois de plus les limites de la logique pour justifier de s'être retrouvée à m'embrasser sur ce toit. Elle soufflera encore le chaud et le froid, et même si Nora fait bien entendu ce qu'elle veut, je dois m'assurer de ne pas me laisser emporter au-delà du point de non-retour. Je refuse de me plier en quatre pour une personne fermée à toute émotion.

Cependant, alors que notre baiser s'approfondit, je suis plus que disposée à lui accorder le bénéfice du doute. Peut-être se laissera-t-elle emporter et n'éprouvera-t-elle pas le moindre regret. Toutefois, le simple fait que mon esprit envisage tout ceci dans les affres de ce baiser me prouve l'importance des limites placées par Nora. Je suis bonne joueuse, mais je n'ai pas pour habitude de convaincre quelqu'un d'essayer de sortir avec moi. Soit ils en ont envie, soit ce n'est pas le cas. Et je ne passerai pas de moi-même à l'étape suivante. La balle reste dans le camp de Nora.

Cela ne m'empêche pas de prolonger ce baiser, d'une part parce que je n'ai aucune envie qu'il prenne fin, et d'autre part parce que je crains que tout soit ensuite vraiment terminé, qu'elle se replie dans sa coquille.

Ma peau frémit et mon sang bout dans mes veines. Une chaleur se répand depuis mon bas-ventre. Comment peut-elle si bien embrasser ? Ne devrait-elle pas avoir perdu la main ? Ce n'est toutefois pas la technique qui compte, mais les deux personnes qui s'embrassent. À cet instant, j'ai l'impression que Nora et moi sommes faites pour nous embrasser, pour que nos lèvres s'unissent encore et encore. Pour que nos langues se mêlent dans la bouche de l'autre. Pour que nos corps soient si proches. Malheureusement, même le meilleur baiser, le plus euphorique et addictif, doit prendre fin.

Nous nous écartons, mais sans rompre notre étreinte. Je ne la relâche pas, et elle ne me libère pas non plus.

— Je… Je ne sais pas quoi dire, murmure Nora.

— Tu n'es pas obligée de dire quoi que ce soit.

— On ne peut pas simplement rester sans rien dire.

Son corps tremble contre le mien alors qu'elle pouffe de rire.

— Pour un temps, on peut.

— Tu veux, euh, venir chez moi ce soir ? me demande Nora.

Je marque un temps d'arrêt.

— Oui, acquiescé-je avec vigueur. J'aimerais beaucoup.

— Moi aussi.

Elle se mordille la lèvre inférieure.

— Tu penses à un dîner ? Je peux apporter quelque chose ?

— Je ferai en sorte d'avoir de quoi manger, si jamais tu as faim.

Elle me caresse délicatement l'arrondi de l'épaule.

— Tu veux déjeuner, maintenant ?

— Je ne peux pas manger. Je, euh… Non, ça ne va pas fonctionner.

Elle se recule légèrement et pose son autre main sur son ventre.

— Tout est retourné, là-dedans.

— Je comprends.

— Je voudrais te dire que… je n'ai pas fait ça à la légère. Ce n'était pas prévu, promis. Comment aurais-je pu prévoir ça ? Mais, euh, ça veut dire quelque chose pour moi.

Je déglutis une boule logée dans ma gorge.

— Ça veut dire quelque chose pour moi aussi.

— J'ai presque envie de t'embrasser encore.

Nora parvient à me surprendre une fois de plus. Peut-être se donne-t-elle entièrement, une fois qu'elle a lâché prise. Impossible de l'arrêter.

— Presque, seulement ? plaisanté-je.

Elle secoue la tête avant de se rapprocher à nouveau.

———

Je suis plus nerveuse que jamais quand je sonne chez Nora. Aucune de nous deux ne l'exprimerait à voix haute, mais nous savons toutes les deux la raison pour laquelle elle m'a invitée chez elle. Pour d'autres baisers, et tout ce qui peut s'ensuivre.

Nora ouvre la porte, vêtue d'un jean et d'un débardeur qui rend ses épaules encore plus séduisantes.

Je vois bien qu'elle est sur les nerfs, elle aussi, donc je m'occupe en saluant brièvement ses chiens afin qu'ils se calment un peu, et moi aussi. Lorsqu'elle m'invite à entrer, mon regard s'attarde sur les escaliers menant à l'étage, et je ne peux m'empêcher de me demander si j'aurai la chance de visiter l'étage de la sublime maison de Nora ce soir.

— Comment s'est passé l'après-midi ?

Je la suis jusqu'à son incroyable patio. Cependant, ce soir, je n'ai d'yeux que pour Nora.

Elle frotte ses paumes sur son jean.

— Mieux. Enfin, pour Stella. Cette sieste lui a fait énormément de bien. Elle demande désormais à faire instaurer une sieste quotidienne sur le plateau, à l'heure du déjeuner.

— Excellente idée. Et pour toi ?

Nous ne nous sommes pas encore embrassées pour nous saluer, mais je ne tente rien. Je trouve important qu'elle vienne d'elle-même vers moi.

— Ça allait. J'ai plutôt bien travaillé. Selon moi, en tout cas.

Connaissant un peu mieux Nora, maintenant, je comprends ce qu'elle veut dire.

— Tu as faim ? Il y a de quoi manger, si tu veux.

— As-tu mangé, aujourd'hui ?

Nous n'avons pas touché à notre déjeuner, trop concentrées sur les lèvres de l'autre.

— J'ai avalé quelque chose en rentrant, tout à l'heure, mais oui.

Un bruit étrange lui échappe, comme un gloussement étouffé.

— Merde, Mimi. Je suis tellement nerveuse. On pourrait simplement parler un peu, s'il te plaît ? Peut-être boire un verre de vin ?

— Bien sûr, la rassuré-je avant de la rejoindre. Tout va bien. On n'est obligées de rien, tu le sais, n'est-ce pas ?

Nora hoche la tête.

— Je vais t'apporter de l'eau. Mets-toi à l'aise, je t'en prie.

— Merci.

Je l'observe rentrer dans la maison, deux chiens sur les talons. Le dernier, le cocker anglais dont le nom m'échappe, reste avec moi. Je libère un peu de ma propre tension en le grattant derrière les oreilles. Il me lance un regard suppliant.

— Que veux-tu ? je l'interroge. Qu'est-ce que je peux te donner ? Si tu veux plus de câlins, pas de problème.

— Rogue t'aime bien, commente Nora. C'est rare, parce qu'il me ressemble beaucoup. Il n'apprécie pas grand monde, contrairement à ces deux vedettes avides d'attention.

Après avoir posé nos verres sur la table, elle caresse les deux autres chiens.

Les animaux se couchent, et nous nous installons dans nos fauteuils, verre à la main.

— J'ai l'impression…

Nora replie une jambe sur l'autre. Elle ne porte pas de chaussures, et même ses pieds sont parfaits, avec leurs ongles vernis d'un rouge foncé.

— Je te dois peut-être une explication après ce que je t'ai dit, la dernière fois.

— Tu n'as pas à t'expliquer.

— Si. Parce que je t'ai dit, assise sur ce même fauteuil, que je ne voulais pas de la moindre relation romantique, suite à quoi je t'ai embrassée. Je t'ai même pelotée un peu.

Elle me sourit avec malice.

— C'est la partie que j'ai décidé de garder en tête.

— C'est un bon souvenir, j'en conviens.

Elle étend les jambes, effleurant mon pied avec ses orteils.

— Je ne peux pas te promettre un conte de fées, soupire-t-elle. Mes antécédents romantiques sont plutôt mauvais, voire inexistants, et je ne sais pas comment cela pourrait miraculeusement changer simplement parce que les années sont passées.

— Je ne te demande aucune promesse, Nora. Seulement d'essayer, si tu en as envie.

— Avec toi, j'ai vraiment envie d'essayer. Tellement. Mais j'ai tellement peur de tout foirer.

Elle lève la main, ne laissant qu'un minuscule espace entre son pouce et son index.

— C'est la foi que j'ai en moi-même concernant cette situation.

— Tente de ne pas penser au futur ou à ce qui pourrait mal tourner. Concentre-toi uniquement sur ce qui te fait envie maintenant. Sur aujourd'hui. Sur ce soir.

— Je n'arrive pas à te sortir de mon esprit.

À son ton, on pourrait croire qu'elle parle d'un mauvais virus qu'elle aurait attrapé, et non d'un possible petit coup de cœur pour moi.

— Tu n'y es pas obligée.

— Aussi, lors de notre rencontre, tu as dit que tu n'inviterais personne avec qui tu travailles à sortir avec toi. Et je sais qu'on s'est mises d'accord sur le fait que je ne travaille pas directement pour toi, mais quand même.

— Je le maintiens, mais cette règle ne s'applique pas à toi, Nora. C'est une question d'équilibre des pouvoirs et de contrôle, et tu n'es pas dans une position où tu ne peux pas me dire non par crainte de perdre ton emploi. En fait, c'est toi qui as tout le pouvoir dans cette équation-ci.

— Vraiment ? J'ai tout le pouvoir ?

J'aime énormément ces aperçus taquins qui percent son masque. J'aimerais qu'elle se sente assez à l'aise pour être toujours ainsi – pour être elle-même.

— Oui.

Ses orteils remontent sur ma cheville.

— Je t'ai embrassée sur ce toit. Heureusement que je t'ai demandé la permission.

— Aimerais-tu demander ma permission pour autre chose ?

Elle me sourit.

— Pourquoi pas un autre baiser ?

— On peut certainement arranger ça.

Nora bondit de son fauteuil et traverse la distance qui nous sépare. Elle plante ses mains sur les accoudoirs de mon fauteuil et baisse les yeux sur moi.

— Mince, Mimi. Qu'est-ce que tu m'as fait ?

— Pour autant que je sache, je n'ai rien…

Sans me laisser le temps de terminer ma phrase, Nora s'empare de mes lèvres. Son baiser est bien plus avide et bien moins timide que tout à l'heure. Peut-être parce que la nuit est en train de tomber, et nous savions toutes les deux ce qui allait arriver.

Elle s'installe sur mes genoux. Ses mains glissent dans mon cou pour aller s'enfouir dans mes cheveux. J'imagine qu'elle ne m'a pas invitée pour aller lentement.

Je l'attire tout contre moi, désirant la sentir autant que possible dans cette position. J'appuie les doigts dans la chair de ses magnifiques épaules avant de caresser le renflement de son biceps. J'ai vu Nora en bikini. Son corps mériterait d'être affiché en couverture de tous les magazines, inspirant d'innombrables articles sur les méthodes pour rester en forme après cinquante ans. Ce n'est pas vraiment le cas du mien. Ces derniers temps, mon seul sport est de courir après mes petits-enfants. Cependant, aucune de nous n'est parfaite. Nora a beau se cacher dans sa maison parfaite avec son corps parfait, elle a clairement expliqué avoir bien d'autres défauts. Même si mon corps est loin d'être parfait, j'ai d'autres qualités. Et je pense qu'elles plaisent à Nora. Elle ne m'embrasserait pas ainsi, autrement.

CHAPITRE 23
NORA

Je m'efforce de suivre le conseil de Mimi et de ne pas m'appesantir sur l'avenir avant même qu'il n'arrive, mais j'ai bien du mal à m'empêcher de me demander ce que le futur immédiat nous réserve. Ce n'est pas le genre de baiser qui va simplement s'arrêter là, sans la moindre conséquence. J'essaye de ne pas me laisser emporter par la pulsation insistante entre mes jambes, par les papillons dans mon ventre, par la sensation divine des lèvres de Mimi sur les miennes et de ses doigts sur ma peau – exactement comme je l'ai désiré pendant toute la semaine. Cependant, quand on n'a rien fait depuis si longtemps, cela pourrait tout aussi bien être une découverte : ne pas s'inquiéter est impossible.

Cette situation allait forcément causer un tsunami en moi. Forcément, je suis terrifiée, mais je suis également excitée et avide de tellement plus.

— Tu meurs sûrement d'envie de voir ma chambre, murmuré-je.

J'ai beau tenter de prendre un ton sensuel, j'échoue lamentablement.

Mimi me dévisage comme si je ne pouvais jamais rien rater

d'autre dans ma vie. Ses yeux sont brûlants de désir. Elle a l'air de raffoler du haut de mes bras – je les travaille assez pour être ravie que quelqu'un en profite enfin. Je bande un peu les biceps, me redressant légèrement sur le fauteuil, et je jurerais entendre un gémissement dans le fond de sa gorge. Elle m'enchante inlassablement.

— J'en meurs vraiment d'envie, chuchote-t-elle. Si tu es sûre ?

Je ne suis sûre de rien, si ce n'est que je ne veux pas voir cette soirée prendre fin. J'acquiesce avant de me relever. Je lui tends la main et l'emmène à l'étage. Mes chiens nous suivent. Ils ne seront pas ravis d'être enfermés hors de la chambre. J'aurais dû appeler Chad, mais qu'aurais-je bien pu lui dire ? *Il y a des chances que je m'envoie en l'air ce soir. Tu peux emmener les chiens ailleurs ?*

— Ils vont se plaindre un moment, mais ils passeront assez vite à autre chose. Ils peuvent jouer ensemble.

Je m'accroupis devant mes animaux.

— Désolée, mes bébés. Maman va…

Je m'interromps toute seule. Mimi se tient à côté de moi, un sourire malicieux aux lèvres. Je me redresse.

— Désolée.

— Ce n'est rien, affirme Mimi en me tendant la main. Ce sont tes bébés.

— Ils ne sont pas habitués à ça, et c'est un euphémisme.

Mimi se tourne vers les chiens.

— Je promets de vous rendre votre maîtresse en un seul morceau, et parfaitement satisfaite.

La conviction dans son ton fait céder autre chose en moi. Sa confiance tranquille a cet effet sur moi.

Nous entrons dans ma chambre, puis je ferme la porte. Les chiens geignent, mais je n'ai pas trop de mal à ignorer leurs pleurs puisque, quand Mimi m'embrasse, elle descend aussi la bretelle de mon débardeur sur mon épaule. Ensuite, elle dépose un baiser juste au-dessus de ma clavicule.

— Merde, souffle-t-elle. Tes épaules sont une véritable œuvre d'art.

L'appréciation que voue Mimi à mon corps m'excite. Je m'entraîne tous les jours – un vestige de l'époque de *High Life*, quand les réalisateurs, majoritairement des hommes sans aucune forme physique, exigeaient que les acteurs fassent du sport pour avoir un certain physique pour la série. Il m'arrive de me demander pourquoi je m'impose de tels efforts, pourquoi je m'épuise ainsi, mais les mots de Mimi suffisent à compenser tout ce que je me suis infligé.

Ses lèvres remontent dans mon cou, y déposant un chemin de baisers brûlants. Je dois trouver un moyen de rester dans l'instant, de ne pas me laisser submerger par mes pensées toujours aussi agitées. Parce que j'ai envie de Mimi, pour de nombreuses raisons, et j'aimerais savourer chaque seconde de cette soirée. Je risque fortement de tout foirer, et plus tôt que tard. J'ai beau me dire que je vais essayer, mais je n'ai honnêtement pas la moindre idée de ce à quoi ça peut ressembler. Je devrais peut-être jeter un rapide coup d'œil dans le miroir – le reflet devrait m'en donner une assez bonne idée. Cependant, je ne pourrais pas me regarder, à cet instant.

Les lèvres de Mimi reviennent sur les miennes et nous nous embrassons, très brièvement, avant qu'elle recule. Elle plonge son regard dans le mien.

— Tu es nerveuse ?

— Oui.

Elle a peut-être senti les battements précipités de mon cœur dans ma poitrine, ou vu mon pouls s'affoler quand elle m'a embrassée dans le cou. Je déglutis.

— On ira lentement. Et même si ça va sans dire qu'on peut s'arrêter n'importe quand, je préfère le rappeler.

Elle plisse les yeux et serre doucement mon bras.

— Veux-tu qu'on s'arrête ? C'est trop pour toi ?

— Pas du tout, je réponds en secouant la tête.

— D'accord, accepte-t-elle avec un léger sourire. Tu veux qu'on aille au lit et qu'on reste allongées ensemble pendant un moment ? Histoire de nous détendre un peu ?

— Bien sûr.

Son attention est l'une des raisons pour lesquelles nous sommes arrivées jusque dans ma chambre. Un peu contre mon gré, j'ai accordé ma confiance à Mimi et en quelque sorte senti qu'elle se comporterait ainsi. Qu'elle m'accorderait le temps dont j'ai besoin et respecterait les limites que je n'avais même jamais envisagées.

— Je vais retirer certains vêtements qui ne sont pas très confortables pour s'allonger, m'informe Mimi. Tu n'es pas obligée d'en faire de même pour autant.

— Je peux ?

Le bras tendu, je glisse la main dans sa nuque. J'attends qu'elle me donne son consentement. Quand elle hoche la tête, je déboutonne son chemisier de l'autre main. L'envie de sentir sa peau sous mes doigts, de poser la main sur son ventre chaud m'envahit. Donc je le fais. Elle retire son chemisier d'un coup d'épaules et se dresse devant moi, torse nu à l'exception de son soutien-gorge. Elle est tellement confiante, sans complexes – elle pourrait tout aussi bien avoir des abdominaux très définis et des biceps comme les miens. Cette absence d'inquiétude quant à l'étirement de la peau sur les muscles m'est totalement étrangère. Je passe bien trop de temps à y penser, et pour quoi ? D'accord, Mimi y réagit exactement comme je l'espérais. Parfois, quand son regard glisse sur mon corps, elle paraît plus abasourdie qu'impressionnée.

Je retire la main de son ventre. J'ai presque l'impression que, maintenant que le contact a été établi, il est impossible de le rompre. Mon attention se porte sur son soutien-gorge, sur la peau de porcelaine qui déborde des bonnets. Elle ondule contre moi afin de retirer son pantalon.

— Désolée. Je vais juste aller le pendre – il froisse facilement.

Je recule un peu, et ressens aussitôt l'absence de sa peau. Je l'observe plier ses vêtements et les placer sur le dossier de la chaise la plus proche. Avant de prendre sa main pour la laisser m'attirer sur le lit, j'enlève rapidement mon propre pantalon.

Nous nous allongeons sur les couvertures, face à face.

— Salut, murmure-t-elle doucement.

— Tu aimes ce que tu vois ? je m'enquiers.

Je parle de ma chambre, mais je prends bien vite conscience du double sens de ma question.

—Beaucoup, répond-elle avec un sourire qui me fait rougir.

— Je parle de ma chambre.

— Je ne doute pas que ta chambre soit très jolie, Nora, mais je n'ai d'yeux que pour toi.

Elle se rapproche de moi, effaçant le peu de distance entre nous. Elle glisse ensuite la main sous le débardeur que je porte encore.

Ses lèvres s'emparent une fois de plus des miennes, et nous nous perdons dans un long baiser. Ses mains remontent sur ma peau, mais gardent une distance respectueuse par rapport à mon soutien-gorge. Elle attend sûrement que je lui donne la permission d'aller plus loin. Est-ce que je peux lui donner mon consentement pour tout dès maintenant, simplement pour ne plus avoir à y penser ?

Elle rompt de nouveau notre baiser.

— Je le sens, tu sais ? me demande-t-elle avec autant de déli-catesse que de compréhension.

— Tu sens quoi ?

— Quand tu commences à te perdre dans tes pensées. Tes caresses perdent en intensité.

— Désolée.

— Ne t'excuse pas, mais je veux que tu sois avec moi, Nora. On a le temps. On peut prendre autant de temps qu'on veut.

Quelque part au fond de mon esprit, l'image de mon réveil réglé pour 5 h demain matin surgit. C'est exactement ce qu'elle veut dire – mais c'est également le plus compliqué pour moi. C'est sûrement la raison pour laquelle je suis si mauvaise en relations amoureuses.

— Je me demandais simplement comment, euh, t'exprimer que je consens avec enthousiasme à absolument tout.

Mimi éclate de rire, le son presque libérateur me faisant prendre conscience de ma propre crispation.

— C'est noté.

Elle retire sa main de sous mon débardeur et la pose sur ma joue.

— Et pareil pour moi.

— Laisse-moi retirer ça.

Je commence à enlever mon débardeur, et elle s'écarte afin de me laisser l'espace nécessaire.

— Disons *débardeur*, déclare Mimi. Au cas où *stop* serait trop dur à dire.

— Quoi ?

— Si l'une de nous veut arrêter ce que fait l'autre, ou ce qu'on fait nous-même, on peut dire *débardeur* au lieu de *stop*.

— D'accord.

Je me plonge dans son regard pétillant, qui me donne l'impression de m'injecter une bonne dose de confiance en moi, ou alors simplement l'absence de remise en question de chacun de mes gestes, même pour un seul instant. Je la surplombe et replie mon genou entre ses jambes.

— Mais Mimi, je ne vais pas vouloir que tu t'arrêtes.

Je me demande si je devrais en dire plus, si je devrais lui assurer que même si j'ai l'air de ne plus être dans le moment, ce qu'elle pourrait remarquer, je finis toujours par y revenir. Elle a cet effet sur moi.

Je ne dis toutefois rien de plus. Je préférerais largement l'embrasser encore plutôt que discuter. Je me lance donc. Je l'embrasse sans relâche. Ses mains se coulent dans mon dos et, comme déchaînées, viennent se poser sur mes fesses. Elle referme les paumes dessus, d'abord avec douceur, puis avec bien plus de force. J'inspire vivement, parce qu'il s'agit exactement de ce que je veux. La raison pour laquelle m'a tellement plu dès le départ, c'est qu'elle exsude de nombreuses qualités que je recherche en une personne – si je m'autorisais à chercher. Elle a déverrouillé quelque chose en moi, trouvé une clé secrète, et ce n'est que le début.

En un clin d'œil, elle détache mon soutien-gorge et me renverse sur le dos. Elle ne me demande plus si elle peut faire les choses. Pour mon plus grand plaisir, elle se contente d'agir. Ses doigts effleurent ma peau, depuis mon cou jusqu'à la courbe de mes seins, puis elle les recourbe sous le bonnet de mon soutien-gorge. Elle baisse lentement le tissu afin de révéler ma poitrine. Contrairement à d'autres parties de mon corps, mes seins sont parfaitement naturels. Mes tétons supplient Mimi de les prendre dans sa bouche, mais elle paraît stupéfaite. Elle déglutit lentement avant de me jeter un bref regard. Si elle a qualifié mes épaules d'œuvre d'art tout à l'heure, je me demande ce qu'elle pense de ma poitrine. Je n'ai toutefois pas besoin de lui poser la question. Son admiration pour mon corps se lit sur son visage et, bien que ça m'excite, je suis plutôt sûre que Mimi n'est pas dans mon lit pour la promesse de mon corps ou parce que je suis Nora Levine. En fait, je suis même convaincue qu'elle se trouve ici avec moi *malgré* le fait que je sois Nora Levine – parce que mon bouclier est toujours levé et qu'il n'est pas facile de le traverser. Beaucoup ont essayé, et échoué. Mais pas Mimi St James.

Je ne savais pas quoi penser d'elle, de prime abord, et voilà où nous en sommes. Elle est sur le point de prendre mon mamelon dans sa bouche. Quand elle referme enfin les lèvres dessus, la sensation se répercute dans tout mon corps. Des décennies de célibat m'ont appris à soulager mes propres besoins sexuels, mais la sensation de la bouche d'une autre personne sur sa poitrine est impossible à simuler. Sa langue caresse mon téton érigé, sa chaleur exquise embrasant mes veines. Les années ont confirmé ma certitude que le célibat est largement sous-estimé dans notre société, mais j'aurais beaucoup de choses à dire sur la douce caresse de la langue d'une femme sur un mamelon. Et quelle femme Mimi est-elle.

Elle dénude mon autre sein avant de le vénérer à son tour.

J'ondule de plaisir sous son attention. Sans retirer ses lèvres de mon mamelon, elle jette mon soutien-gorge dans la chambre par-dessus son épaule. Ma peau frémit. Entre mes jambes, une bombe est sur le point d'exploser. Elle glisse un doigt de ma poitrine à mon nombril, laissant une traînée de chair de poule sur son passage. Tout en léchant mes tétons, elle dessine un cercle autour de mon nombril. Je me tortille sous la caresse. Comment est-ce arrivé si vite ? Comment ai-je pu passer aussi vite de tiède à brûlante ainsi ?

Les gens me trouvent froide et distante, ce qui est vrai, mais je suis également comme ça. Comme tout le monde, je suis multiple. C'est le cadeau inestimable que m'a déjà offert Mimi. La conscience qu'un tel plaisir est toujours à ma portée. Qu'avec la bonne personne, je peux aussi être cette version de moi-même. Je peux partager cette intimité. Je peux me servir de mon corps pour en créer. Pour la ravir et me propulser au septième ciel.

Les lèvres de Mimi restent closes sur mon téton. Son doigt descend tout droit jusqu'à l'élastique de ma culotte. Mon clitoris palpite pour elle. Oh, posera-t-elle ses lèvres entre mes jambes ? Cette simple pensée attise mon désir.

Mon souffle se bloque dans ma gorge. Je suis dans un état second, au point que je commence à baisser ma culotte. J'ai tant envie d'elle, mon désir ayant non seulement submergé mon corps, mais aussi mon esprit. Je me fiche totalement de ce qui nous a menées ici. Je me fiche totalement de tout, à part ce que Mimi est en train de me faire avec sa langue et ses mains.

Elle libère mon mamelon et m'aide à retirer ma culotte.

— Merde, Nora, soupire-t-elle. Tu es tellement sublime.

Et je crois chacun de ses mots. Enfin, à cet instant précis, je la croirais même si elle me disait que je m'appelais Juan Diaz et non Nora Levine. Je me rends soudain compte que je suis nue devant quelqu'un d'autre. Cependant, mon esprit ne parvient pas à se concentrer sur la singularité du moment ou sur ce que j'éprouve, parce que mon corps est trop absorbé par son désir de plus. Son désir pour Mimi, qui me repousse sur le lit.

Elle ne se lasse pas de ma poitrine. Elle lèche et suçote mes tétons alors que sa main s'insère entre mes jambes. Ses doigts dansent sur la peau à l'intérieur de mes cuisses.

J'écarte les jambes pour elle. Je suis tellement prête pour tout ce qu'elle pourrait me donner. Pour le plaisir qui m'attend. Toutefois, Mimi prend son temps. Ses doigts effleurent à peine le contour de mon clitoris, une seconde par-ci, par-là, mais toutes les cellules de mon corps s'embrasent à chaque fois.

Elle lève les yeux vers moi, mon mamelon délicatement pincé entre ses dents. Ses yeux sont assombris, presque orageux. Je suis incapable de détourner le regard, mais je n'en ai plus le choix lorsqu'elle dépose un chemin de baiser le long de mon ventre. Ses lèvres effleurent la peau autour de mon nombril, sur mon bas-ventre, sur… oh, bordel. Elle plante un baiser pile sur mon clitoris. C'est un baiser léger, les lèvres closes, mais je suis déjà au bord du précipice. Elle me fait perdre la tête comme cela ne m'est pas arrivé depuis bien trop longtemps.

Mimi me jette un nouveau coup d'œil, et je lui rends son regard. Des yeux, j'essaye de l'encourager à recommencer, mais sans s'arrêter. Je ne peux toutefois forcer Mimi à rien. Elle n'en fait qu'à sa tête.

Je halète comme si Marcy venait de me faire exécuter cinquante pompes, mais mon corps n'est pas autant épuisé. Ma peau est en feu, mes synapses prêtes. Mon corps a beau être aussi entraîné que celui d'un athlète et être capable de beaucoup supporter, ceci est un peu trop. Chaque fibre de mon être meurt d'envie de lâcher prise. Ce n'est pas seulement de la tension née ce soir entre nous dont je dois me libérer – ce sont des années d'émotions refoulées, de refoulement et de doutes. C'est une couche de moi-même dont je suis prête à me défaire, la coquille extérieure que je n'ai laissé personne transpercer pendant trop longtemps.

Les lèvres de Mimi se posent une fois de plus sur mon clitoris et se referment dessus comme sur mon téton il y a quelques instants. Mon rêve est devenu réalité. Je m'autorise à savourer chaque seconde – comme si j'avais le choix. Sa langue est chaude sur ma chair, ses doigts soudain partout sur mon corps. Mimi me lèche, me caresse, me fait l'amour. J'en suis certaine parce que cette union me change profondément. Après ceci, je ne serai plus la même Nora Levine. Tout du moins pendant un moment.

Je jouis sous la langue de Mimi et lâche complètement prise. J'oublie tout cet amour que je me suis refusé. Toutes les possibles amitiés ou actes de gentillesses que j'ai rejetés uniquement parce que je ne connaissais pas d'autre moyen de conserver ce dernier morceau de moi-même. De ne pas laisser la célébrité, mon identité en tant que Nora Levine, me détruire. Et je ne me reproche pas mes actes, ni les décisions que j'ai prises parce que, dans mon esprit, ils étaient toujours le résultat d'un simple lien de cause à effet.

Et je pleure. Évidemment, je pleure. C'est divin, un plaisir incommensurable, mais pas indolore. Un tel bouleversement ne l'est jamais.

CHAPITRE 24
MIMI

Je serre Nora contre moi. Je la laisse pleurer sur mon épaule, la laisse enfoncer les doigts dans ma chair comme si elle tirait sur quelque chose – ou s'accrochait à quelque chose, peut-être.

Je ne lui laisse pas le temps de s'excuser, parce que je sais qu'elle le fera.

— Tu te souviens du message que je t'ai envoyé, il y a quelques semaines ? Inutile de t'excuser.

Je dépose un baiser sur le sommet de son crâne.

— Surtout pas pour la personne que tu es.

Je ne suis pas insensible à la situation. Nora s'est pratiquement effondrée sous mes caresses. Après un orgasme aussi intense que bruyant, elle s'est repliée sur elle-même et j'ai dû la prendre dans mes bras. Heureusement, j'ai l'habitude de garder mon sang-froid en toutes circonstances.

— C'est comme si…

Je ne parviens pas à comprendre plus de ce qu'elle marmonne contre mon épaule. Elle prend une profonde inspiration, puis une autre, avant de lever les yeux sur moi.

— Comme si tu m'avais disloquée ou quelque chose comme ça.

— Le plaisir était pour moi.

Ce n'est pas de la moquerie. Je le pense vraiment, du plus profond de mon cœur. Voir Nora ainsi est un privilège.

— Tu es merveilleuse.

Nora passe les doigts sous son nez, mais ils ne suffisent pas à essuyer ses larmes.

Je suis époustouflée qu'elle ne s'écroule pas encore plus et soit capable de tenir une conversation.

— Il me faut à peu près un million de mouchoirs, annonce-t-elle en se redressant.

— Tu vas bien ? lui demandé-je.

— Ça ira, acquiesce-t-elle. Ça va. C'est seulement… c'était bouleversant.

Elle hoche une fois de plus la tête.

— Ça doit l'être.

J'entends les chiens, qui deviennent nerveux derrière la porte. Peut-être sentent-ils l'émotion qui submerge Nora dans la chambre.

— Tu veux parler ?

— Non, répond-elle avec un sourire. Accorde-moi cinq minutes et, euh, je serai prête.

— Prête pour quoi ?

Même si je sais où elle veut en venir, j'ai besoin d'avoir cette conversation avec elle.

— Tu sais.

Elle laisse glisser son regard sur mon corps. Contrairement à elle, je porte encore mes sous-vêtements. Je plonge mes yeux dans les siens.

— On ne va pas faire ça pour le moment.

— Non ? s'étonne-t-elle. Tu n'en as pas envie ?

— Si, bien sûr, mais il y a autre chose dont j'ai encore plus envie.

Je me sens déjà tellement proche de Nora, notre lien si

intime que je me fiche d'avoir un orgasme ou pas. Seul ce moment compte.

— Tu veux parler ? s'enquiert-elle.

— Ou simplement rester allongée à tes côtés, te tenir dans mes bras.

— Est-ce… euh, je veux dire, est-ce que je devrais savoir quelque chose concernant tes, euh, tes préférences au lit ?

Je m'esclaffe doucement.

— Non. Je ne crois pas, précisé-je en lui tendant une main. J'ai envie de toi. Tu t'es vue ? Tu ressembles à un mannequin pour maillots de bain, en mieux même, parce que ton physique défie les lois de l'âge, mais ce n'est pas ce qui m'importe à cet instant.

Mon éloquence habituelle me fait défaut, annihilée par la vision du corps nu de Nora.

Elle me prend la main, ses doigts humides et sa paume moite.

— J'apprécie, mais, euh…

Nora a déjà repris le contrôle de ses émotions. Son léger sourire et son regard m'indiquent qu'elle n'a qu'une chose en tête : me dévorer.

— Je ne sais pas trop ce que j'en pense.

Elle porte ma main à ses lèvres et y plante un bref baiser avant de bondir du lit.

— Je reviens vite.

Elle disparaît dans la salle de bains attenante. Seule la lumière en provenance de l'extérieur éclaire la chambre. J'entends des piétinements devant la porte, et le son de l'eau avec laquelle Nora s'asperge le visage.

— Je crois que tes bébés s'agitent, annoncé-je à son retour.

J'ai bien du mal à détourner le regard du corps de Nora. Il défie toute logique, toutes les lois de l'humanité. Je sais qu'elle s'est fait injecter du Botox dans le visage et repulper les lèvres, mais le reste de son corps semble complètement naturel. Quand j'avais mes mains sur son corps, tout à l'heure, je n'en revenais pas de la fermeté de ses abdominaux. De ce que j'en sais, aucune opération n'existe encore pour créer des tablettes de chocolat comme les siennes.

— Ils peuvent attendre encore un peu, affirme Nora en me rejoignant sur le lit. Je sais que tu as envie de parler, mais je ne suis pas trop d'humeur, tout de suite.

Elle effleure mon ventre d'un doigt.

— Cet orgasme risque de bien vite te rattraper, d'un point de vue tant émotionnel que physique. Je pense qu'il vaudrait mieux que je sois là quand ça arrive.

— Tu ne vas nulle part, n'est-ce pas ?

— J'espère que non, mais Nora… Écoute-moi. Ton corps vient essentiellement de subir un choc. Ton esprit aussi. C'est une chose que je ne prends pas à la légère. Je veux être là pour toi.

— Honnêtement, Mimi, s'obstine-t-elle en dessinant le contour du bonnet de mon soutien-gorge. Je ne vois pas du tout de quoi tu parles.

Son insistance me flatte tout autant qu'elle m'excite.

— Je ne suis peut-être pas la seule à avoir besoin d'apprendre à lâcher prise.

Nora n'a peut-être pas tort. Il n'est pas impossible que nous souhaitions toutes deux tout régenter, chacune à notre façon.

— D'accord, alors… Si Nora Levine le demande, qui suis-je pour refuser ?

— C'est bien ce que je pensais.

Je ne lui laisse toutefois pas le temps de m'embrasser avant de reprendre la parole.

— J'ai une question cruciale à te poser, avant.

— Bien sûr, accepte-t-elle en m'embrassant sur la joue.

— Tu as du lubrifiant ?

De toutes les choses que je pourrais demander à Nora Levine.

— J'ai cinquante-et-un ans, déclare-t-elle. J'en ai un bon stock.

Ce n'est pas le moment de l'interroger sur ce qu'elle fait avec ce stock.

— Bien.

J'incline son menton vers moi et l'embrasse. J'en oublie aussitôt la conversation que je souhaitais avoir avec elle au départ, au lieu de l'embrasser ainsi et de piocher dans le bon stock de lubrifiant de Nora.

Ses lèvres descendent dans mon cou avant de trouver mon oreille.

— Tu es vraiment incroyable, Mimi St James, murmure-t-elle.

Ses mains glissent dans mon dos. D'une main, elle détache mon soutien-gorge – comment diable a-t-elle acquis une telle technique ? J'ai manifestement encore beaucoup à apprendre sur Nora.

Elle me retire mon soutien-gorge, son regard rivé sur ma poitrine. J'ai soixante-cinq ans et quatre enfants, il serait claire-ment futile de comparer mon corps à celui de Nora. Je ne me suis encore jamais retrouvée dans une telle situation : au lit avec une personne aussi manifestement en forme que Nora, une personne au physique aussi parfait. Cependant, même si cette ville, ainsi que la machine impitoyable que peut être Holly-wood, est un rappel constant du contraire, je refuse de me fustiger du cours naturel des choses. Je n'aurais jamais pu élever mes enfants en toute conscience, leur enseigner à accepter tant leur corps que leur esprit, si j'avais moi-même laissé ces sottises dicter ma propre confiance en moi. Mon corps est le résultat de soixante-cinq années de vie, de hauts et de bas, des vies qu'il a créées, des minuscules corps qui ont grandi en lui. Il est encore en service puisque, à cet instant, ma chair s'em-brase sous les caresses de Nora. Mon clitoris palpite en rythme avec mon cœur affolé. Je suis plus que ravie de faire ceci au lieu de parler.

Nora longe la cicatrice de césarienne sur mon bas-ventre. Certaines femmes détestent leurs cicatrices, mais la mienne me fera toujours penser à mon superbe fils. C'est grâce à cette cicatrice qu'il illumine ma vie depuis vingt-six ans, donc comment pourrais-je la détester ?

Nora ne dit rien. Elle se contente de me caresser dans la pénombre de sa chambre. Je me trouve dans cette pièce depuis un moment, maintenant, et je ne sais toujours pas à quoi elle ressemble – je n'ai d'yeux que pour Nora. Et, oui, son corps est spectaculaire, mais ce n'est pas ce qui m'a le plus stupéfaite. Ce n'était pas de la prendre dans ma bouche, ni même sa sublime jouissance. C'était son abandon. Que nous soyons dans sa chambre, en premier lieu. Qu'elle m'ait invitée dans cet objectif précis. Qu'elle m'ait ouvert la porte et se soit entièrement révélée à moi. Qu'elle m'accorde sa confiance, dans une certaine mesure.

C'est une autre raison pour laquelle je ne me sens pas complexée par mon corps et ne le compare pas à celui de Nora. Ce n'est pas une compétition. Ce n'est même pas uniquement du sexe, loin de là. Nous sommes ici pour exprimer avec nos corps ce qui ne peut être formulé verbalement aussi tôt. L'engagement que nous prenons à travers nos gestes, à travers cet acte, surpasse n'importe quelle promesse. C'est aussi intime que spécial.

Je frissonne sous ses mains, mais ce sont de bons frissons. De l'anticipation mêlée à du désir ainsi qu'à de nombreuses émotions. J'ai beau clamer à tout va que j'apprécie la version de Nora que le monde ne voit pas, ce qui est vrai, elle reste tout de même Nora Levine.

À cet instant, le doigt de Nora Levine s'insère dans ma culotte. Ce contact me tire un petit cri. Elle ne laisse toutefois pas glisser son doigt jusqu'en bas. Je plonge mon regard dans ses yeux pétillants. Elle m'embrasse alors que nous coopérons pour me retirer ma culotte, puis je me retrouve nue sur le lit de Nora.

Elle saisit mes mains et les épingle au-dessus de ma tête. Elle m'enfourche avant de m'embrasser, sa langue brûlante dans ma bouche. Toutes ces sensations divines se fondent entre elles, créant un cocktail de pur plaisir. Nora me couvre de baisers, ce qui me surprend même si je ne sais pas vraiment à quoi je m'attendais. Passer la porte de sa chambre était un saut dans l'inconnu.

Une chose est sûre : je n'ai pas été aussi excitée depuis des années. S'il en est ainsi après seulement deux ans de célibat, qu'a dû ressentir Nora ? Je ne peux pas en être certaine, mais j'en ai pourtant une très bonne idée. Il nous reste toutefois encore tant de choses à découvrir l'une sur l'autre – un long chemin à parcourir ensemble.

Nora trace actuellement son propre chemin. Elle dépose une traînée de baisers le long de mon corps. Elle me lèche le cou, mordille mes tétons et glisse ses mains chaudes sur mon ventre. Elle vient ensuite s'installer entre mes jambes.

Nous ne nous sommes pas mutuellement demandé ce que nous apprécions – au temps pour moi, j'ai oublié. Je me suis laissé emporter par le cours des évènements. Je me demande si Nora va me poser la question. Je lui jette un coup d'œil par-dessous mes cils. Elle a l'air d'une tout autre femme, comme une énième version d'elle-même. Plus libre et désinhibée que je l'ai jamais vue. Comme si elle se donnait entièrement, parfaitement présente dans cet instant. Et elle n'a pas besoin de me demander quoi que ce soit.

Nora se penche. Je sens son souffle entre mes jambes. Ses cheveux m'effleurent le ventre. Je manque d'imploser dès le tout premier coup de langue. Une chaleur se propage dans mon bas-ventre. Mon clitoris s'embrase. Mon corps s'efforce de tenir bon, simplement parce que je ne veux pas que ceci prenne fin.

La langue de Nora est aussi délicate que souple. Elle n'est pas pressée. Moi non plus, mais mon corps proteste. Il est impatient de libérer toute cette tension qu'il accumule depuis ma rencontre avec Nora. Ce massage. Sa tentative de baiser ivre. Tous ces messages contradictoires. Tout cela nous a menées à cet instant précis, à sa langue entre mes jambes, à l'orgasme inévitable qui rugit dans mes veines. Nora remonte le long de mon corps et me prend dans ses bras.

— Tu ne m'as même pas laissé l'occasion de sortir le lubrifiant, commente-t-elle.

Je ne peux que rire. Je ne peux qu'être aux anges, réjouie jusqu'au plus profond de mon être par ce moment – par elle.

———

C'est le milieu de la nuit quand un bruit infernal retentit dans mon oreille. Mon cerveau parvient à peine à se rappeler où je suis quand une lumière s'allume. Nora se redresse dans le lit, à côté de moi. Elle n'a pas l'air le moins du monde alarmée, simplement épuisée.

— Qu'est-ce qu'il se passe, enfin ? je l'interroge en me frottant les yeux.

— C'est le matin, répond Nora d'un air impassible. Mais rendors-toi, je t'en prie.

— Quelle heure est-il ?

Si je me fie à la fatigue de mon corps, il ne doit être que 2 h du matin, ou tout autre heure indue.

— 5 h. Marcy va m'attendre.

Je ne comprends rien à ce qu'elle me dit.

— Qui est Marcy, déjà ?

— Ma coach sportive.

Nora me sourit tandis que les chiens tournent autour du lit.

— Ce corps n'est pas un miracle de la nature, Mimi. C'est le résultat de deux heures de dur labeur tous les matins.

— Mon Dieu.

— Dieu n'a rien à voir avec ça non plus, plaisante Nora avant de dépose un baiser sur mon front. Rendors-toi. Tu peux descendre quand tu veux. Mon cuisinier arrive dans une heure. On peut prendre le petit déjeuner ensemble à 7 h et demie.

Elle bondit hors du lit.

— Sauf si tu veux te joindre à moi. Je demanderai à Marcy d'y aller doucement avec toi, même si c'est une ancienne militaire qui ne connaît pas vraiment la définition de la douceur.

L'espace d'une seconde, je me demande si je suis en plein cauchemar. C'est ainsi que se termine notre nuit ensemble ? Pas de câlins sous la couette. Pas de baiser matinal enflammé. Rien de tout ça, apparemment.

— Tu ne peux pas prendre une journée de repos ?

— Non.

Je me laisse retomber sur mon oreiller. J'ai besoin de dormir encore. Comment parvient-elle à être si réveillée ?

— Amuse-toi bien.

— Je n'y manquerai pas.

Heureusement pour moi, Nora éteint la lumière avant de s'éclipser dans la salle de bains.

———

Après avoir pris une douche et m'être habillée, je descends au rez-de-chaussée un peu avant 7 h. Malgré mon épuisement, j'ai eu bien du mal à me rendormir après ce réveil abrupt.

Dans la cuisine, Ricky, le cuisiner qui s'est chargé de la fête organisée par Nora autour de sa piscine, m'accueille avec un grand sourire.

— Bonjour, Mimi. Asseyez-vous, je vous en prie.

Il me fait signe de prendre place sur un tabouret de l'îlot de cuisine.

— Je peux vous apporter un café ?

J'ai comme l'impression d'être dans un hôtel dont je suis la seule cliente. Je m'assieds à la place qui m'a été indiquée.

— J'aimerais beaucoup boire un café. Merci beaucoup.

— Vous avez bien dormi ? s'enquiert-il avant de se tourner vers la machine à café dernier cri de Nora.

— Oui, jusqu'à ce que le réveil de Nora sonne à 5 h du matin.

Je ne sais pas trop si j'étais censée partager cette information, mais mon cerveau n'est pas encore totalement opérationnel. Nora doit bien recevoir des invités, de temps à autre, mais ils ne doivent pas forcément être réveillés par son impitoyable réveil – l'alarme résonne encore dans mes oreilles tant elle était bruyante et surprenante.

— Marcy lui sonne les cloches si elle ne se trouve pas dans la salle de sport cinq minutes avant le début de leur séance. Marcy est un peu *loco* comme ça, mais je crois que Nora aime ça, au fond d'elle.

Ricky pose une tasse fumante devant moi.

— Tenez. Je peux vous servir autre chose ?

Ayant à peine mangé hier, je meurs de faim.

— Je crois que Nora aimerait qu'on prenne le petit déjeuner ensemble, mais si vous pouvez me glisser un petit toast, je vous en serai éternellement reconnaissante, Ricky.

Je ne manque pas de lui lancer un sourire éclatant.

Ricky écarquille les yeux. Est-il tellement surpris que je me souvienne de son nom ?

— Ne dites pas le mot en p, Mimi.

Je n'ai dit aucun mot commençant par un p.

— Vous ne trouverez pas de pain dans cette maison, m'annonce Ricky en appuyant les coudes sur le plan de travail entre nous. Si vous ne le savez pas déjà, considérez qu'il s'agit d'une information vitale.

Il se moque forcément de moi.

— Quoi ? Pas de pain ? Ne me dites pas que vous préparez

des omelettes uniquement de blancs d'œufs pour le petit déjeuner.

— Bien sûr que non. La réputation des jaunes d'œufs a été rétablie il y a des années.

— Qu'avez-vous à me proposer ?

J'imagine que des pancakes ne sont pas une option non plus.

— Beaucoup de délicieuses petites choses, comme un smoothie protéiné.

Il jette un coup d'œil à sa montre.

— Je dois commencer à préparer celui de Nora. Elle voudra le boire avant de prendre sa douche. Vous en voulez un ?

— Non, merci.

Je sirote mon café à la place.

— Ça va être bruyant pendant quelques minutes. Couvrez-vous les oreilles, m'dame, s'il vous plaît.

Pendant que Ricky mixe les ingrédients du smoothie de Nora, je me demande si je me suis réveillée dans un univers parallèle.

Ricky sert deux verres du liquide qu'il vient de préparer et, pendant un instant, je crains qu'il m'en donne un et me force à boire cette concoction à l'aspect peu ragoûtant, mais non. Il lance un autre coup d'œil à sa montre.

— Elles sont en retard, ce qui ne peut signifier qu'une seule chose. Marcy donne du fil à retordre à Nora.

Il secoue la tête avec un sourire.

Je suis à deux doigts de lui demander ce qu'il a mis dans ce smoothie, simplement pour faire la conversation, mais je n'ai absolument aucune envie de le savoir.

— Depuis combien de temps travaillez-vous pour Nora ? lui demandé-je donc.

Il s'appuie contre le plan de travail.

— Ça va faire trois ans, maintenant, répond-t-il d'un air pensif. Les meilleures années de ma vie. Je n'avais pas vraiment de vie ava...

La porte vitrée de la cuisine s'ouvre alors. Nora entre, une serviette autour du cou. Sa tenue de sport est trempée de sueur. Elle est suivie de près par une femme, grande et avec le crâne rasé, exsudant une énergie qui me fait aussitôt frissonner.

— Tu es levée, commente Nora avec un sourire.

Ricky tend aux deux femmes les smoothies qu'il a préparés.

— Buvez, mesdames.

Tout en sirotant sa boisson, Nora me présente à Marcy, qui semble être une femme de peu de mots. Me surplombant, elle me fusille du regard pendant qu'elle boit. Je pourrais la qualifier de sergent instructeur, mais ça m'aurait l'air d'un euphémisme. C'est la personne avec qui Nora passe au quotidien les deux premières heures de sa journée ?

Nora boit son verre en un rien de temps.

— Comme tu peux le voir, j'ai bien besoin de prendre une douche. Je reviens vite.

— Tu restes prendre le petit déjeuner, Marcy ? interroge Ricky.

— Na-ah.

Elle me toise rapidement, comme si elle avait reçu l'ordre d'aller prendre son petit déjeuner ailleurs, aujourd'hui, et que c'était ma faute. Ou alors désapprouve-t-elle simplement ma forme physique.

— Je vais aller ranger quelques trucs dans la salle de sport et m'en aller. À demain, Ricky.

Elle souffle un baiser étonnamment aguicheur au cuisinier.

— M'dame.

Elle se contente d'un bref signe de tête à mon intention, comme si elle me reprochait d'avoir tenu Nora éveillée au-delà de son heure de coucher habituelle. Je n'apprécie pas d'être réveillée aussi tôt, donc j'imagine que nous sommes quittes.

Ricky me lance un sourire désolé.

— Je ne voudrais pas passer une seule seconde avec elle dans une salle de sport, mais Marcy est adorable quand on apprend à la connaître. Alors, dites-moi. Qu'est-ce que je peux vous préparer ? Des œufs ? De l'avocat ? Un buddha bowl ?

— Vous savez quoi, Ricky ? Préparez ce qui vous fait plaisir. Tant que ce n'est pas un de ces smoothies.

— Je vais faire de l'avocat ainsi que des œufs accompagnés de haricots noirs pour Nora. Dois-je prévoir deux portions ?

— Oui.

J'observe Ricky se mettre à l'œuvre. C'est un homme bavard, dont la compagnie est très agréable.

— J'ai rencontré Nora au Centre LGBT, m'apprend-il après quelques échanges de banalités. Elle n'emploie que des gens qu'elle a rencontrés là-bas. Des gens comme moi, qui ont vraiment besoin d'un emploi, vous voyez ? Pouvoir dire qu'on a travaillé pour Nora Levine, c'est un gros plus sur un CV.

— Vraiment ?

Pendant tout le temps que j'ai passé avec Nora, elle n'a pas une seule fois évoqué ceci – elle est généralement trop occupée à se rabaisser.

— Sauf Marcy, pouffe Ricky. Elle sort tout droit de l'armée.

Nora nous rejoint. À l'exception de ses joues rosies, rien n'indique qu'elle vient de faire Dieu sait quoi dans la salle de sport. Elle est vêtue d'un jean ainsi que d'un pull bleu pastel, ses cheveux humides attachés en queue de cheval.

— Hey, tu as pu te rendormir ?

Elle pose brièvement la main sur mon genou.

— Un peu.

— J'aurais dû te prévenir hier soir que je me lève tôt. Désolée. Ça m'est sorti de la tête, vu… les circonstances.

— Je le sais, maintenant, et je ne l'oublierai absolument jamais.

Ce réveil m'a sûrement marquée à vie.

— Je ne me lève aussi tôt que les jours de tournage, et si je dois me présenter tôt sur le plateau. Ça ne fait que quelques mois dans l'années.

— Le petit déjeuner est prêt, annonce Ricky.

— Mangeons dehors, propose Nora. Il fait beau.

Une fois que nous sommes installées et que Ricky est retourné en cuisine, je pose les yeux sur Nora.

— Je pourrais m'habituer à tout ça. Enfin, sauf au réveil à 5 h du matin.

Nora mange avec un enthousiasme que je ne lui ai encore jamais vu.

— Tu es la bienvenue quand tu veux, affirme-t-elle entre deux bouchées avides.

CHAPITRE 25

NORA

Marcy m'a complètement épuisée. Mes bras tremblent lorsque je coupe mes œufs. Ricky les prépare comme je les aime, baveux sans être visqueux. Je profite généralement de cette heure avant d'aller travailler pour me remettre de ma séance de sport dans le silence, me délectant de cette tranquillité bienvenue avant une nouvelle journée animée sur le plateau, mais pas aujourd'hui – ça ne me dérange pas, mais c'est un ajustement.

— Est-ce que je peux revenir ce soir ? me demande Mimi.

— Désolée. Je ne peux pas, ce soir.

Je dois raconter les évènements d'hier à Juan et Imani, puis rattraper mon manque de sommeil. Mon réveil sonnera de nouveau à 5 h demain matin – et Marcy est réellement impitoyable.

— Pour être sûre, je peux parler à Juan de... euh... ça ? De nous ? Ça ne posera pas problème à cause d'Austin ?

— Évidemment que tu peux en discuter avec ton ami, Nora.

— Est-ce que tu comptes en parler à Austin ? Juan ne lui dira rien si je le lui demande, mais... ce serait le placer dans une situation assez gênante.

— Il est un peu tôt pour en parler à mes enfants.

Mimi n'a pas tort.

— Je comprends. C'est bien trop tôt.

Je n'ai toujours pas la moindre idée de ce que je suis en train de faire, et n'ai même pas encore vraiment absorbé le fait de m'être lancée.

— Mais je serais incapable de cacher ça à mes amis, même si je le voulais. Ils le liront sur mon visage dès qu'ils me verront.

— Inutile de nous inquiéter pour le moment, me rassure Mimi. C'est délicieux, au fait.

Comment parvient-elle à rester détendue ?

— Tu ne crains pas que tes enfants l'apprennent ?

— Si ça arrive, tant pis. J'y survivrai.

— Je pense demander à Jay de ne pas en parler à Austin.

— Nora, m'arrête Mimi en posant sa fourchette. Ce n'est pas un secret. Enfin, je n'ai pas pour habitude de cacher quoi que ce soit à mes enfants. Ça ne me dérangera pas, si Juan en parle à Austin.

— D'accord.

Pour l'instant, je décide de suivre son conseil et ne pas m'inquiéter. Je dois me concentrer sur le travail. Je pourrai ensuite me réjouir de l'expression sur les visages de Juan et Imani.

— Tu as rencontré Ricky au Centre LGBT ? s'enquiert Mimi.

— Oh. Oui. Ricky est génial, et tellement talentueux.

Je me lèche les lèvres avec délice.

— Ses œufs sont à tomber.

— Il était cuisinier et tu l'as rencontré pile au moment où tu en cherchais un ?

— Mon ancien cuisinier l'a formé. N'a-t-il pas accompli de l'excellent travail ?

Je baisse les yeux sur mon assiette vide. J'ai dévoré ces œufs. C'est toujours comme ça, après mes entraînements avec Marcy.

— C'est extraordinaire, commente Mimi.

— Pas vraiment. Tu sais ce qui est extraordinaire ? Être

payée des millions pour jouer la comédie, ce qui est mon activité préférée. Pour jouer ce personnage quelques heures chaque jour. Qu'un tel métier me fasse gagner tant d'argent alors que des personnes comme Ricky viennent au Centre sans rien. C'est extraordinaire, parce qu'il ne devrait pas en être ainsi. J'aide donc comme je peux. C'est normal.

Je hausse les épaules.

— J'organise une grande soirée de Noël au Centre, chaque année, histoire que les personnes se trouvant loin de leur famille puissent connaître l'esprit des fêtes. Tu devrais venir. Amène ta famille.

Je m'emballe peut-être un peu trop. Je ne suis pas une grande adepte des soirées, mais la veillée de Noël du Centre LGBT fait partie des temps fort de mon année.

— Ça me ferait très plaisir.

Son regard rivé sur moi, Mimi boit une gorgée de café.

— Qu'en est-il de ta famille ? Tu ne rentres pas pour les fêtes ?

— Pas vraiment, non. Je passe Noël avec Juan et Imani.

— Oh, tu rentres pour Thanksgiving ? Ou est-ce que ta famille vient ici ?

— Quoi ? Non.

Que se passe-t-il ? Pourquoi ai-je soudain l'impression de mal faire les choses alors qu'il y a seulement quelques instants, Mimi me qualifiait, ou tout du moins mes actions, d'extraordinaire ?

— Je te l'ai déjà dit, je ne suis pas très proche de ma famille.

— Très bien.

Si je me fie à son air désapprobateur, Mimi n'accepte pas si bien cette situation.

— Ça ne me regarde pas. Désolée pour cette indiscrétion.

— Ma famille est compliquée, d'accord ? J'essayerai de t'expliquer, un jour, mais je n'ai pas le temps, là.

Je jette un coup d'œil ostentatoire à ma montre.

— Je dois aller me préparer.

— Nora, m'interpelle Mimi, la main tendue. Je ne voulais pas te contrarier. Ma famille est une partie tellement importante de ma vie et m'apporte tellement de bonheur que j'en oublie parfois que tout le monde n'a pas cette chance. Je suis désolée.

— Ce n'est pas grave. Certains sujets sont assez sensibles.

Et je n'ai jamais promis que cette relation serait simple, pensé-je. Au contraire. Je prends la main de Mimi dans la mienne.

— Si tu joues bien ton jeu, je pourrai passer Thanksgiving avec toi, déclaré-je en caressant sa paume du bout du doigt. Tant que tu comprends que je fais partie d'un trio inséparable.

Qu'est-ce que je raconte ? Je dois essayer de surcompenser ce manque de perfection aux yeux de Mimi. Elle referme la main sur mon doigt.

— Et j'ai quatre enfants, leurs partenaires et trois petits-enfants.

— Que de bons moments à l'horizon, plaisanté-je.

Dans quoi me suis-je donc embarquée ? Pourquoi faut-il que la première personne pour qui j'éprouve quoi que ce soit depuis bien longtemps ait une si grande famille ? Et pourquoi parlons-nous de Thanksgiving et Noël après n'avoir passé qu'une seule nuit ensemble ? Je vais devoir laisser Mimi tenir les rênes de cette relation, quelle qu'elle soit, parce que je suis déjà dépassée et n'ai pas la moindre idée de quoi dire ou faire.

———

Juan reste bouche bée.

— Je n'en reviens pas, Nora.

Il bondit sur ses pieds avant de se rasseoir, puis il encourage Izzy à s'installer sur ses genoux.

— Tu as couché avec la mère de mon petit ami.

— Ne présente pas les choses ainsi. Ça paraît sordide.

— Je vais avoir besoin de boire un peu plus, commente Imani avant de remplir nos verres de vin. Je suis tellement heureuse pour toi, Nora.

— Je sentais que ça allait arriver, déclare Juan.

Il garde son regard rivé droit devant lui, comme s'il était sincèrement ébahi.

— Ce n'est pas une surprise, loin de là, mais j'en suis quand même choqué.

— Je suis sous le choc aussi, admets-je. Honnêtement, je ne sais moi-même pas trop quoi faire de tout ça. J'aimerais continuer à la fréquenter, mais…

— Non, m'interrompt Imani en remuant le doigt. Non, non. Pas de *mais*, Nora.

— Laisse-la finir, ma chérie, intervient Juan. On parle de la mère de mon petit ami. On doit prendre en compte tous les drames possibles.

— Jay, le réprimande Imani d'un ton contre lequel Juan est incapable de protester. Ça ne vous concerne pas, Austin et toi.

— Non, interviens-je. Il a raison. Ça les concerne un peu, quand même.

— Pitié, ne me dis pas que je dois garder ça secret. Ce garçon adore sa mère. Dire qu'il est un fils à maman serait un euphémisme. Si Nora Levin brisait le cœur de sa mère, il risquerait de me haïr.

— Jay, pour l'amour du ciel.

Imani n'a pas pour habitude de hausser le ton, mais elle sait transmettre des menaces rien que par sa voix.

— Je suis une *drama queen*, je sais. J'assume, bébé. Et, oui, on parle de Nora, mais on ne doit pas ignorer ma relation avec Austin pour autant.

Izzy pose sur Juan un regard empli d'amour. Il reporte son attention sur elle et la gratte derrière l'oreille. Juan prend une profonde inspiration.

— Oh, et Nora, tu comptes nous éclairer sur comment c'était, avec Mimi ? J'imagine que c'était un peu rouillé, en bas ?

Imani et moi sommes toutes deux incapables de retenir un petit rire. Nous sommes une famille, après tout. Nous pouvons passer de la tension au rire en une seconde.

Je secoue la tête.

— Tout fonctionne très bien, merci beaucoup. Tu sais que je ne vais te donner aucun détail, tu peux laisser tomber l'affaire tout de suite.

— Bien qu'il s'agisse d'un évènement monumental sur lequel je t'interrogerais normalement jusqu'au coucher du soleil, je n'en ferai rien. Mimi est comme… eh bien, disons simplement que si j'étais du genre à me marier, elle pourrait devenir ma belle-mère.

— Bordel, Jay, s'exclame Imani. Depuis combien de temps connais-tu Austin ?

— À peu près depuis aussi longtemps que Nora connaît Mimi.

— Et tu es encore fou de lui ?

Prise par ma propre aventure romantique j'en ai oublié d'interroger mon ami à ce sujet.

— Après toutes ces semaines ?

— Cinq semaines et six jours, pour être exact, confirme Juan.

— Ça doit être un record pour toi, commente Imani.

— Non, mais j'ai l'impression qu'avec Austin, je pourrais briser tous mes anciens records. Je suis loin d'être lassé de lui. Mon cœur s'emballe chaque fois qu'il m'envoie ne serait-ce qu'un message. Il fait ce truc trop mignon avec ses doigts quand il est nerveux qui m'amuse tellement. Et je pourrais me noyer dans ses yeux quand il plonge son regard dans le mien.

— Ouah, réagit Imani avec un sourire. Tu craques vraiment pour lui, mon chou.

La façon dont Juan exprime ses sentiments pour Austin me pousse à me demander si je devrais éprouver tout ça, moi aussi.

Je ne suis assurément pas lassée de Mimi – c'est moi qui l'ai embrassée, sur ce toit. Quand on a couché ensemble, hier soir, il y a eu quelques instants où j'ai cru avoir le souffle coupé tant j'étais submergée.

— Je suis tellement amoureux de cet homme, nous confie Juan. Je veux faire les choses comme il faut. Mais si tu me demandes de ne rien lui dire pour toi, Nora, alors je me tairai. Tu sais bien que ma loyauté te revient avant tout.

Il pose une main sur sa poitrine pour appuyer ses propos.

— C'est bon.

Je me remémore ce que m'a affirmé Mimi ce matin.

— Inutile de nous inquiéter. Tu peux en parler à Austin. C'est ton petit ami, et Mimi est sa mère. Tu ne peux pas lui cacher une telle information.

— Merci.

L'enthousiasme de Juan ferait presque croire que je lui ai donné Izzy, et non la permission d'annoncer à son petit ami que sa mère couche avec Nora Levine.

— C'est officiel, alors ? s'enquiert Imani. Tu… sors avec Mimi.

Une sensation de chaleur se répand dans ma poitrine.

— Oui. On dirait.

— Je n'en reviens pas. Elle doit être une sacrée femme.

— En effet, confirmé-je.

Un court silence plane entre nous alors que nous réfléchissons sans doute tous les trois à cette situation hors de notre ordinaire.

CHAPITRE 26
MIMI

Bien qu'il ne soit pas rare qu'un de mes enfants passe chez moi sans prévenir, mon cœur manque un battement à l'arrivée d'Austin.

— Maman.

Il m'embrasse sur la joue, manifestement troublé.

— Je devais passer parce que je voulais avoir cette conversation de vive voix.

Juan lui a-t-il déjà tout raconté ?

— Devine qui m'a appelé ?

L'espace d'une seconde, je me dis qu'il pourrait s'agir de Nora – même si elle n'est pas vraiment du genre à faire une telle chose sur un coup de tête.

— Cathy ! déclare Austin. Tu y crois, toi ?

— Cathy ?

Cette discussion sera bien différente de celle que j'imaginais. Tant mieux – même si je trouve inacceptable que mon ex ait appelé mon fils.

— Que voulait-elle ?

— Elle veut te récupérer, maman. Et elle ne m'a pas laissé le moindre doute là-dessus.

— Est-ce qu'elle avait bu ? Est-ce qu'elle avait l'air ivre ?

Austin secoue la tête.

— Parfaitement sobre. Elle m'a dit avoir commis une grave erreur et m'a demandé si on pouvait se voir. Pour rattraper le temps perdu et parler de… choses. Elle a perdu la tête ?

Il me lance un regard noir.

— Il ne s'est rien passé, n'est-ce pas ? Quand tu es allée la retrouver au bar ?

Il me toise de la tête aux pieds.

— Je ne sais pas. Tu as quelque chose de différent chez toi, ce soir. Ce n'est pas elle, si ?

— S'il y a quelque chose, ça n'a rien à voir avec Cathy.

Je fais bouillir un peu d'eau pour une tasse de thé. Deux ans sans qu'il ne se passe rien, et d'un coup mon ex refait surface, et j'ai couché avec Nora Levine.

— Je ferai en sorte qu'elle ne t'appelle plus.

— Je le lui ai déjà dit moi-même. Ne la contacte pas. Je vais prévenir les filles qu'elle risque de les appeler, et leur dire de ne pas répondre.

— C'est très gentil de ta part.

— Oui, confirme-t-il avant d'incliner la tête. Mais sérieusement, je n'arrive pas à mettre le doigt dessus, mais… Je ne sais pas. Je me fais sûrement des idées.

Je me suis souvent demandé si mon fils et moi ne sommes pas un peu trop proches – ma capacité à lire en lui est normale, puisque je suis sa mère, mais nous ne devrions pas pouvoir dire l'inverse également.

— Sauf si tu veux me partager quelque chose, ajoute-t-il en papillonnant des cils.

J'hésite à lui confier la vérité. Il est encore tellement tôt, et il s'agit de Nora Levine. Je ne suis pas sûre qu'il puisse digérer cette information. D'un autre côté, ai-je réellement envie qu'il apprenne tout ceci de la bouche de Juan au lieu de la mienne ?

Mais si je lui en parle, je ne peux pas lui demander de garder ce secret auprès de ses sœurs. Si ? Peut-être Nora avait-elle raison et cette situation est-elle plus compliquée que je ne le pensais.

La bouilloire se met à siffler.

— Maman ? Tu es terriblement silencieuse.

— Laisse-moi le temps de préparer le thé, puis on parlera.

Quand nous prenons enfin place, l'impatience est visible dans l'expression d'Austin.

— Qui est-ce, maman ?

Il n'en a manifestement pas la moindre idée.

— Écoute, chéri, je ne devrais rien te dire pour le moment, puisque ça mettrait trop de pression sur une relation vraiment très récente, délicate et fragile…

— Maman, m'interrompt mon fils. Tu me tues.

— Je… euh… fréquente Nora et, hier, les choses sont très vite devenues plus sérieuses.

Il fronce les sourcils.

— Nora ? Nora Levine ?

Son ton pourrait laisser croire que je viens de lui avouer fréquenter le Pape ou quelqu'un de tout aussi inconcevable.

— Est-ce que vous me faites une blague, Juan et toi ? Parce que Nora ne sort avec personne. Elle est comme Jennifer. Et même si elle était ouverte aux fréquentations, pourquoi est-ce qu'elle…

Il gratte le chaume sur sa mâchoire au lieu de terminer sa phrase – avant d'insinuer que je suis la dernière personne au monde avec qui il s'attendrait à voir Nora Levine.

— Je t'en parle parce que je veux que tu l'apprennes de ma bouche. Juan est sûrement au courant, à l'heure qu'il est, et je ne doute pas de sa capacité à garder un secret, mais je suis ta mère et te dissimuler une telle chose ne me semble pas correct, au vu de ta relation avec Juan.

— C'est sérieux ? me demande-t-il en se laissant aller contre le dossier de sa chaise. Je n'ai rien remarqué quand on était chez Nora.

— Il semblerait que tu portes des œillères, chéri.

— Depuis combien de temps Juan est-il au courant ? s'enquiert-il en remuant.

— Il n'y avait rien à savoir avant aujourd'hui. Je pense que Nora va lui en parler ce soir.

— C'est pour ça qu'il ne pouvait pas dîner avec moi. Il devait aller voir Nora.

Il pâlit soudain.

— Vous avez, enfin… Je ne veux même pas y penser. Mais Nora et toi, c'est, euh… sexuel ?

— On se fréquente, et je pense que c'est du sérieux.

Il s'agit sûrement d'un pari sans risque, puisque Nora n'est pas du genre à s'engager dans une relation superficielle, avec qui que ce soit.

— J'ai passé la nuit dernière chez elle.

— Maman. Allons. Tu fréquentes Nora Levine ? *La* Nora Levine ? Je sais qu'on est allés chez elle et que c'était agréable et génial, mais c'était quand même extraordinaire.

Il appuie le menton sur ses paumes, ses doigts cachant ses joues. Je ne l'ai jamais vu aussi interloqué – son expression rivalise la fois où il m'a confié craquer pour son binôme de laboratoire masculin, il y a plus de dix ans.

— Nora Levine aime bien ma mère.

— J'imagine que ce serait trop demander, de ne rien dire à tes sœurs ?

— Je déjeune avec Lauren, demain.

Apparemment, cette information est la seule réponse dont j'ai besoin. Comme s'il lui était absolument impossible de ne rien dire à sa sœur s'il se trouvait en sa présence.

— Et puis, si je ne leur dis rien et qu'elles apprennent que j'étais au courant depuis le départ, quand tu seras enfin prête à leur en parler, elles n'en seront pas ravies. Je préférerais éviter d'avoir à subir leur contrariété.

Il me lance un sourire éclatant.

— Écoute, Nora est… enfin, comme tu l'as si bien dit, elle ne fréquente pas beaucoup de monde. Je suis la première depuis bien longtemps. Tu comprends sûrement que l'issue de cette relation est loin d'être certaine.

Austin soupire doucement.

— Tu veux que je garde le secret ?

— J'aimerais beaucoup. Tu peux en parler autant que tu veux avec Juan, mais ne dis rien à tes sœurs pour le moment, chéri. Pour Nora.

Il glisse une main vers moi.

— Je peux garder un secret pour Nora. Et pour mon autre personne préférée au monde. Je comprends, maman. Je ne veux pas gâcher ça pour toi.

Il serre rapidement ma main.

— Je vais peut-être devoir m'absenter pour le brunch de dimanche, par contre. Je suis fort, mais pas tant que ça, s'es-claffe-t-il.

— Viens avec Juan. Ça les distraira.

— Merde, Nora Levine va devenir ma belle-mère.

— Voilà exactement pourquoi il ne faut rien dire aux filles pour le moment. Tu en as conscience ?

Il ignore ma question et se lève.

— Oh, maman. Je suis tellement content pour toi que je pourrais en pleurer. J'ai besoin d'un câlin maternel.

Je me lève moi aussi et serre mon fils dans mes bras. Je suis ravie de lui en avoir parlé, mais je verrai bien si je peux lui faire confiance pour garder le silence.

— Je t'aime, chéri.

Il pose la tête sur mon épaule.

— Je t'aime aussi, maman. Et j'aime Nora, aussi.

———

Il est tard quand Nora m'appelle. Je suis à moitié endormie devant la télévision, mon corps et mon esprit tous les deux rattrapés par les évènements des dernières vingt-quatre heures.

— Hey, me salue Nora. Comment s'est passée ta journée ?

Depuis que je suis redevenue célibataire, j'ai rarement eu quelqu'un pour me poser cette question à la fin de la journée. Ça fait du bien d'entendre sa voix.

— Pas mal du tout. Et la tienne ?

— J'ai parlé de nous à Juan et Imani. Jay était sous le choc, mais Imani pas tant que ça.

— J'en ai parlé à Austin. Il est passé, et je ne pouvais pas lui cacher ça. C'est une bonne chose. Juan et lui pourront digérer l'information ensemble.

Nora inspire vivement.

— Comment a-t-il réagi ?

— Ce garçon pense que tu marches sur l'eau, Nora. Il était stupéfait, en fait. Il a sûrement du mal à croire que sa mère a la chance de fréquenter une femme comme toi.

— J'en doute. Tu es sa mère. Il sait parfaitement que tu es spéciale.

Si elle comptait me faire fondre, elle a réussi.

— Mais je suis spéciale comme une mère, à ses yeux, ce qui n'est pas spécial du tout. Tu es spéciale comme une star d'Hollywood. Ce n'est pas la même chose, pour lui.

— Tu sais que ça ne veut rien dire, n'est-ce pas ? Mes apparitions à la télé ne me rendent en aucun cas spéciale, et surtout pas autant que toi.

— Il faudra peut-être que tu transmettes cette information à mes enfants, à un moment donné.

— Ne t'en fais pas, Mimi. Je leur parlerai.

Je ne peux que me demander si Nora le fera vraiment – pas pour dire à mes enfants qu'elle n'est pas plus spéciale que moi, ce qu'ils ne croiraient jamais de toute façon, mais simplement en général, en tant que ma nouvelle compagne fréquentant ma famille.

— Tu veux venir chez moi, demain soir ? me demande-t-elle.

Mon cœur s'emballe dans ma poitrine.

Malgré mon envie de hurler *oui* dans le téléphone, je me contiens.

— Ça dépend. À quelle heure doit sonner ton réveil, le lendemain matin ?

Nora éclate de rire, ce qui me ravit. J'aime qu'elle se libère de ses inhibitions.

— Je fais la grasse matinée, le samedi.

— Bien, parce que moi aussi. Juste pour être sûre, quelle est ta définition d'une grasse matinée ? Est-ce que tu règles ton réveil pour 6 h au lieu de 5 ?

— Pas de réveil. Pas même par les chiens. Je demanderai à Chad de les emmener pour une longue promenade et ferai en sorte qu'on ait la maison rien que pour nous.

— Ça m'a l'air parfait.

— Marcy viendra quand même avant le déjeuner.

— Vraiment ?

— Le dimanche est mon seul jour de repos, en ce qui concerne mes séances de sport.

— Et si je te propose une solution alternative ?

— C'est-à-dire ?

— Je te fournirai une autre sorte de séance de sport avant le déjeuner.

— Tu peux faire ça dimanche, rétorque Nora d'un ton qui ne laisse aucune place pour la négociation. Tu te souviens de notre première rencontre, quand tu m'as forcée à changer mon emploi du temps pour toi ?

— Oui, mais ce n'est pas la même chose, et on se connaît toutes les deux bien mieux, maintenant.

— Je te l'ai dit. Je dois fournir beaucoup d'efforts pour avoir un tel corps.

Je ravale ce que je m'apprêtais à répondre – que son corps n'a pas besoin de ressembler à celui d'une athlète d'élite.

— Je vais arrêter de me plaindre, alors.

— À demain, Mimi. Dors bien.

Sans tergiverser plus longtemps, Nora raccroche.

CHAPITRE 27
NORA

À l'arrivée de Mimi, je suis tout aussi nerveuse qu'impatiente. Pendant un tournage, je n'invite généralement personne chez moi le vendredi soir parce que je suis mentalement épuisée, à la fin d'une semaine sur le plateau, mais je fais volontiers une exception pour Mimi.

Je l'invite à entrer dans la maison puis, sans me laisser le temps de la diriger vers le patio, elle saisit ma main et m'attire à elle, son regard plongé dans le mien.

— Hey, murmure-t-elle. Je suis *vraiment* contente de te voir.

Elle se penche sur moi et m'embrasse. Mes plans pour la soirée menacent déjà de partir en fumée.

— Toi aussi, admets-je en nouant les mains dans sa nuque. Je me disais que, si ça te tente, on pourrait regarder mon film préféré ensemble. Je ne t'ai pas encore montré mon cinéma privé.

— Est-ce un euphémisme ? s'enquiert Mimi.

— Non, m'esclaffé-je.

— Oh.

Mimi m'embrasse dans le cou, et mes jambes flageolent déjà.

— Dommage, me chuchote-t-elle à l'oreille.

L'impatience l'emporte sur ma nervosité concernant cette situation, cette relation avec Mimi dans laquelle je me lance tête baissée, ce qui ne me ressemble pas. Je dois habituellement étudier une proposition sous tous les angles afin de prendre une décision réfléchie – et cette analyse poussée est généralement suivie d'un refus. Je ne sais pas encore pourquoi je ne cesse d'acquiescer à tout, avec Mimi. Pourquoi je la laisse débarquer ainsi et m'embrasser dans le cou alors que je suis éreintée après ma semaine de travail. Mais je ne proteste pas. Et c'est agréable, de ne pas laisser cette partie de moi prendre le dessus. De faire fi de toute prudence et de me délecter de cette sensation enivrante de tomber amoureuse. C'est bien ce qu'il est en train de se passer. Même si je n'ai rien éprouvé de tel depuis bien longtemps, ce sentiment est facilement reconnaissable.

— J'imagine qu'on peut regarder ce film n'importe quand, déclaré-je.

La main de Mimi se glisse dans mes cheveux.

— Pourquoi pas demain ? Ou la semaine prochaine ?

Les trois chiens, y compris Rogue, tournent autour de nos jambes.

— Tu n'as pas encore dit bonjour aux bébés. Ils ont tendance à s'offusquer, quand on les ignore.

— Je suis tellement navrée. J'ai du mal à me séparer de leur maîtresse.

Mimi dépose un autre baiser dans mon cou avant de s'écarter, puis de se pencher pour caresser les chiens. Izzy bondit sur place comme une petite folle.

— Coucou, toi.

Mimi s'accroupit afin de la prendre dans ses bras.

— Izzy, c'est un diminutif ?

— Je ne lui ai donné que le nom de la plus grande chanteuse qui soit.

— Isabel Adler ? interroge Mimi.

Je hoche la tête.

— Je l'aime tellement.

— Isabel Adler est incroyable, confirme Mimi sans quitter ma chienne du regard. Je parie que tu ne sais pas chanter aussi bien qu'elle.

— Elle essaye, mais en vain.

Mimi repose Izzy par terre.

— Je connaissais son manager. À l'époque, bien avant qu'Izzy perce, Ira a vécu un moment à L.A. Je l'ai rencontré une ou deux fois.

— Vraiment ?

— On est de la même génération, répond Mimi avec un haussement d'épaules. Tu as déjà rencontré Isabel Adler ?

Je secoue la tête.

— Je n'oserais même pas en rêver.

— Pourquoi donc ?

— Je pourrais demander à organiser quelque chose, avec mon nom. Je pourrais aller à un de ses concerts et la rencontrer en coulisses. Je me suis laissé convaincre de faire quelque chose comme ça, par le passé. Mais selon moi, certains héros ne doivent pas être rencontrés.

Qu'aurais-je à dire à une femme telle qu'Isabel Adler ? Surtout après ce qui lui est arrivé ?

— Mes enfants ne regrettent pas de t'avoir rencontrée, proteste Mimi.

— J'espère bien ne pas être pour eux une héroïne comme Isabel Adler l'est pour moi.

— Qu'est-ce que ça veut dire ?

Alors qu'elle s'apprêtait à se coller de nouveau à moi, Mimi semble avoir changé d'avis.

— Rien.

C'est ma réponse automatique quand je suis allée trop loin sur certains sujets, ou si je ne veux pas me lancer dans une conversation dont il me sera difficile de me sortir, avec mes capacités limitées en communication.

— On en était où ?

Mimi prend ma main dans la sienne.

— Je suis simplement curieuse, Nora. J'essaye de comprendre comment fonctionne ton cerveau.

— Bonne chance, plaisanté-je.

— Je savoure chaque seconde.

Une fois de plus, Mimi fait fondre mes doutes sous ses baisers. Si j'avais su que ce serait aussi simple, je ne serais pas restée célibataire si longtemps. Mais peut-être les baisers de Mimi sont-ils les seuls dotés d'un tel pouvoir – celui de me faire oublier tous mes complexes parce que ses lèvres sont tellement douces et que sa prise sur ma nuque est parfaite.

— Je pense tout le temps à toi, murmure-t-elle dans mon oreille. Des pensées tout sauf chastes.

— Comme quoi ?

— Je préfèrerais te montrer.

N'avions-nous pas dit que nous irions lentement ? Mon esprit est si troublé, submergé par le désir qu'elle m'inspire, je ne me rappelle pas. Peut-être cette conversation ne s'est-elle déroulée que dans mon esprit – ce qui n'est pas rare.

— Tu ferais mieux de monter à l'étage, alors.

Le nez de Mimi effleure mon cou, son souffle chaud sur ma peau.

— Et si on allait plutôt dehors ?

Je ravale le *non* que j'ai aussitôt sur le bout de la langue. Elle a également cet effet sur moi.

— J'ai un scénario très précis en tête, m'explique Mimi.

— D'accord.

Mon excitation l'emporte sur ma réticence – et ma curiosité aussi.

Quelques minutes plus tard, Mimi dépose un chemin de baisers le long de ma clavicule alors que je suis adossée à la rambarde vitrée de mon patio, les lumières urbaines en contrebas. Je ne distingue toutefois rien de ces éclairages, pas plus que je ne comprends l'intérêt de faire ça ici, mais j'ai appris à me prêter au jeu des lubies des autres, dans une certaine mesure.

Pour que ceci fonctionne, je dois exprimer mon consentement de temps à autre. C'est ainsi que s'épanouissent les relations. Je ne proteste toutefois pas, parce que Mimi sait s'y prendre avec moi. Mon corps répond à ses caresses, à ses regards qui me donnent envie d'accepter plus de choses qu'auparavant.

Ses mains se glissent sous mon haut et s'attaquent aussitôt à l'attache de mon soutien-gorge. En un clin d'œil, Mimi referme les mains sur ma poitrine et caresse mes tétons, ce qui me fait perdre encore un peu plus la tête. Si je l'ai déjà perdue au point d'accepter ce qu'il est en train de se passer, où vais-je donc bien finir ?

Elle plonge son regard dans le mien. Ses coups d'œil sont brûlants, reflétant le désir qui bouillonne dans mes veines. Quand mon regard se pose sur elle, j'en oublie toutes les parties de moi que je préfère ignorer. Sous ses yeux, je me sens à la fois plus moi-même et comme une totale inconnue. C'est aussi déconcertant que palpitant. Et puis merde, j'ai simplement vraiment envie d'elle et, pour une fois, ça me suffit. Pour l'instant, je peux refouler toutes les raisons, aussi nombreuses soient-elles, pour lesquelles cette relation pourrait mal se terminer, les reléguer au fin fond de mon esprit, hors de portée de ma conscience.

Une main reste sur ma poitrine tandis que l'autre s'aventure plus bas. Elle déboutonne mon jean, le bout de ses doigts effleurant l'élastique de ma culotte. Elle m'embrasse, et je lui accorde à nouveau l'accès à ma bouche. Ses doigts se risquent plus bas encore et... nous sommes interrompues par la sonnerie stridente d'un portable. Ce n'est pas le mien.

Mimi se crispe.

— Pardon.

Ses deux mains abandonnent aussitôt mon corps.

— C'est sûrement un des enfants. Je suis désolée, Nora. Je dois vraiment répondre. On ne sait jamais.

— Ce n'est rien.

Je prends une profonde inspiration et me recentre.

— Coucou ma chérie, dit Mimi dans son téléphone. Non, ne passe pas. Je ne suis pas à la maison.

Un court silence.

— Tard. Non. Désolée, Lauren. Je suis occupée. Je peux te rappeler ?

Lauren n'est manifestement pas d'accord, puisque l'appel ne prend pas fin. Je devrais peut-être profiter de cette occasion pour aller chercher quelques provisions à l'étage, au cas où Mimi prévoie de passer un peu plus de temps dehors.

Elle ne raccroche que quelques minutes plus tard.

— Désolée.

Elle me lance un sourire navré. Cependant, rien ne coupe autant court à un tel moment qu'un appel des enfants de votre amante – comme un rappel à la réalité qui ruine la magie de l'instant.

— Mes weekends sont habituellement réservés à mes enfants et petits-enfants. Il se passe toujours quelque chose, avec une aussi grande famille.

— Hmm.

Je suis appuyée contre la rambarde, mon soutien-gorge lâche sur mes épaules et mon jean ouvert.

— Je ne voudrais pas te retenir.

— On en parlera plus tard, affirme Mimi avant de poser son portable. On en était où ?

— Tu peux mettre ton téléphone en silencieux ?

— Je préfèrerais éviter.

— Oh.

Est-elle sérieuse ?

— Je choisis d'être toujours joignable pour mes enfants.

Toujours ? Ne sont-ils pas tous adultes ?

— Bien sûr.

La famille de Mimi est si parfaite et incroyable, qui suis-je pour exprimer un avis sur sa façon de la superviser ?

— Ne t'en fais pas, me rassure Mimi en se collant contre moi. Je vais raviver ton désir en un rien de temps.

Mimi m'embrasse à nouveau, mais la magie de son arrivée, de son nez enfoui dans mon cou, de mon oubli de moi-même et de mes désirs miroirs des siens s'est évaporée. Je réfléchis trop pour apprécier ses caresses comme tout à l'heure, pour suivre le mouvement et le rythme instaurés par Mimi.

— Désolée, murmuré-je.

Je le suis vraiment : c'est le moment où ma névrose prend le dessus.

— Ça m'a refroidie, et… j'ai besoin de temps.

— Ce n'est pas grave.

— Je n'aurais pas dû supposer que tu pouvais tout simplement passer le weekend ici.

Je n'ai même pas envie de passer tout le weekend avec Mimi. J'ai besoin d'un peu de solitude pour recharger mes batteries avant lundi.

— J'ai une voiture. Je peux aller quelque part si besoin et revenir ensuite.

Mimi lisse ses vêtements. Elle est douée pour trouver des formules donnant l'impression que mes propos sont ridicules.

Je boutonne mon jean et tente de refermer mon soutien-gorge. Mes doigts me paraissent cependant trop maladroits, et je baisse rapidement les bras. Je me sens soudain plus abattue qu'autre chose.

— Tu as besoin d'aide ? me demande-t-elle.

— Non, Mimi.

Je me dirige vers un fauteuil et m'avachis dessus.

— Désolée. Je suis vraiment fatiguée, et…

Ne le dis pas.

— C'était peut-être une erreur.

— Qu'est-ce qui est une erreur ? m'interroge Mimi. Je ne vois pas ce que tu veux dire.

Quelle image est-ce que je lui renvoie ? Il y a quelques instants seulement, elle ne me lâchait pas. Ses doigts s'apprêtaient à glisser dans ma culotte. Maintenant, j'ai recommencé à souffler le chaud et le froid. Comment pourrais-je me reprendre rapidement ? Je suis incapable de me ressaisir.

— Il y aura plein de moments où tu ne verras pas ce que je veux dire.

— Nora, m'interpelle-t-elle d'un ton soudain sec. Que se passe-t-il ? On passait du bon temps, non ? Ou ai-je mal interprété la situation ?

— Non. C'était le cas, mais… je n'aurais pas dû t'inviter, ce soir. Je suis tellement fatiguée. Épuisée, même. Je n'ai pas autant d'énergie que toi. J'ai besoin de me reposer.

Elle rapproche son fauteuil du mien, nos genoux presque en contact.

— Et si on regardait ce film, alors ? s'enquiert-elle en posant une main sur mon genou. Parce que je ne vais nulle part.

— Oui. D'accord.

Suis-je déjà en train de tout gâcher ? Aussi vite ? Je contemple l'expression patiente de Mimi. Je ne suis pas comme toi, ai-je envie de lui avouer, mais je me retiens parce que ça ne servirait à rien – et je ne doute pas qu'elle en a conscience, à l'heure qu'il est. Je ne sais pas comment gérer tout ça. Comment m'ouvrir à quelqu'un et simplement être moi-même. Je ne l'ai jamais su. Si c'est censé être naturel, comme veulent me le faire croire Juan et Imani, pourquoi est-ce si compliqué ?

Je la guide jusqu'à ma salle de cinéma privée, puis nous regardons Faye Fleming et Ida Burton tomber amoureuses sur le grand écran. Leur alchimie est extraordinaire. Ce film, *A New Day*, n'est pas mon préféré pour rien. Je me sens toujours mieux après l'avoir vu, peu importe la journée que j'ai passée.

CHAPITRE 28
MIMI

Après nous être réveillées ensemble samedi, Nora et moi avons décidé de passer le reste du weekend chacune de notre côté, jusqu'au dimanche soir. Comme d'habitude, mes enfants viennent chez moi pour un long et somptueux brunch. Je ne peux qu'espérer qu'Austin n'a rien dit à ses sœurs, parce que je commence à comprendre pourquoi Nora est si fermée aux relations. J'ai comme l'impression qu'elle ne comprend pas ce qu'elles sont ou comment elles fonctionnent. Je vois bien qu'elle éprouve quelque chose pour moi, cependant, ce qui me suffit pour l'instant. Pour le moment, je peux faire avec ce qu'elle a à me donner.

— Coucou, maman, me salue Austin en m'étreignant. Regarde qui j'ai ramené.

— Coucou, maman, répète Juan.

Il est si charmant que je le laisse s'en sortir.

— Quel plaisir de te revoir.

Il m'embrasse rapidement sur la joue – contrairement à la majorité des amis d'Austin qui préfèrent les baisers sans contact.

— Ne t'inquiète pas, me murmure Austin à l'oreille. Je n'ai rien dit aux filles.

— Bravo, bébé.

Juan souffle un baiser à Austin avant de reporter son attention sur moi.

— Entre nous, il est insupportable depuis qu'il est au courant. Comme si Nora était amoureuse de lui et non de toi.

Nora est amoureuse de moi ? Elle ne m'en a certainement rien dit, ou peut-être ne l'a-t-elle simplement pas exprimé avec des mots. L'espace d'un instant, vendredi soir, j'ai sincèrement cru qu'elle allait me demander de m'en aller. Je serais partie si elle m'avait formulé cette requête, bien entendu, même si j'aimerais croire qu'elle voulait que je reste. Je suis sûre d'une chose : cette relation n'aura rien d'une idylle éclair. Ce n'est pas une option, avec Nora Levine.

Le reste de la famille arrive, et Austin me lance un regard à chaque fois que le sujet de Nora est abordé, ce qui n'est pas rare avec ma famille, surtout depuis l'après-midi autour de sa piscine le weekend dernier. S'il continue, les filles découvriront bien vite la vérité. Elles ne sont pas stupides. Heureusement, elles ne sont pas très observatrices non plus. L'attention de Heather et de Laurent est accaparée par leurs enfants, et Jennifer a toujours été plus centrée sur elle-même que sur les autres. Elles n'ont également aucune raison de suspecter que leur mère entretient une relation romantique avec Nora Levine.

Lorsque je me retrouve seule avec Juan, je ne peux me retenir de l'interroger.

— Tu as parlé à Nora, ce weekend ?

Il perd rapidement son sourire.

— Je parle à Nora tous les jours. Je sais que votre soirée film ne s'est pas exactement passée comme prévu. Nora m'a dit qu'elle avait flippé.

— Elle va bien ?

Ces foutus papillons reprennent leur envol dans mon ventre.

— Elle est un peu gênée, j'imagine, mais en-dehors de ça, elle va bien.

Il me sourit avec tendresse.

— Notre copine est une dure à cuire. Tout va bien pour un homme gay comme moi, sans la moindre vue romantique sur elle.

Un soupir lui échappe.

— Elle ne va pas changer uniquement parce qu'elle a des sentiments pour toi qu'elle ne sait pas gérer, mais je te promets qu'elle en vaut la peine, Mimi. Même si elle est convaincue que c'est faux, ce qui est de loin son plus grand problème. Je te le promets, et j'aimerais que tu gardes ça en tête en cas de coup dur, parce qu'il y en aura. Nora est sa propre pire ennemie, elle ne sait pas être autrement.

— Tu l'aimes énormément, c'est évident.

Le plaidoyer de Juan semble venir du fond de son cœur, je croirais presque qu'il me supplie de reprendre Nora après une vraie rupture.

— L'aimer ? Elle est comme une sœur pour moi. Elle est ma famille. On pourrait tout aussi bien être liés par le sang.

Il me jette un coup d'œil.

— Et toi ? Tu l'aimes ?

Malgré sa voix douce et basse, sa question est très claire.

— Je l'aime beaucoup, et je tente ma chance avec elle. Mais, euh… elle n'est pas très directe, si ? C'est un défi, mais je peux le relever.

Je pense pouvoir, en tout cas. Le moindre doute exprimé auprès de Juan parviendra sûrement aussitôt aux oreilles de Nora, je dois donc faire attention à ce que je dis.

— Pour information, elle t'aime beaucoup, elle aussi. Tu pourrais lui faire tant de bien, Mimi. Tu pourrais être exactement ce dont elle a besoin.

— On verra.

— Tu la vois ce soir, n'est-ce pas ? s'enquiert Juan.

— Qui est-ce que tu dois voir ?

Je me suis tellement laissé captiver par ce que Juan avait à me dire au sujet de Nora que je n'ai pas entendu Heather approcher.

— Nora, avoué-je avec franchise.

Nous sommes amies. Il est parfaitement plausible que nous passions du temps ensemble.

Toutefois, Heather écarquille les yeux.

— Elle vient ici ?

— Non, chérie.

Je prends mentalement note de ne pas inviter Nora chez moi tant que je n'ai rien annoncé à tous mes enfants. Ils ont la mauvaise habitude de passer aux pires moments.

— Je vais chez elle.

Heather tire un tabouret afin de s'installer avec nous.

— Quelle chance. Austin et toi y allez aussi ? demande-t-elle à Juan.

— Austin et moi avons bien mieux à faire, répond-il en remuant les sourcils.

— Oh, s'esclaffe Heather. Pitié. Tu gagnes, je regrette d'avoir posé la question. J'allais demander si tu pouvais garder les garçons, ce soir, maman, mais je ne voudrais pas imposer ces petits monstres à Nora Levine.

— Austin et moi pouvons les garder, propose rapidement Juan.

Peut-être craint-il que j'accepte d'emmener Wyatt et Lucas chez Nora.

— Vraiment ? Après tout ce que tu viens de dire concernant vos plans pour ce soir ?

Heather n'a pas l'air très convaincue.

— Ce n'est pas parce qu'on est gays qu'on ne sait pas se tenir.

Le dos droit, Juan feint de s'indigner.

— Austin gardait tout le temps ses neveux, *avant*, je te ferais dire. Jusqu'à ce qu'un certain homme entre dans sa vie et l'accapare.

Juan hoche la tête avant d'appeler Austin.

— On garde tes neveux ce soir, bébé, annonce-t-il.

———

Quand je la rejoins ce soir-là, Nora m'a l'air d'une tout autre personne. Parfaitement reposée, et plus enjouée que jamais. Je n'aperçois pas la moindre trace de déprime du dimanche soir dans ses yeux.

Elle m'interroge sur mon weekend, et je la régale d'anecdotes sur ma famille.

— Heather a convaincu Juan de garder ses enfants, répète Nora.

Qu'elle se concentre là-dessus me rappelle l'étroitesse de son lien avec Juan.

— C'est une première, pour lui. À la place de Heather, je confierais bien plus facilement mes enfants à Imani qu'à Juan.

— Les garçons adorent leur oncle Austin, qui le leur rend bien, donc je ne doute pas que tout se passera bien pour tout le monde.

— Je te dirai comment Juan a survécu, plaisante Nora. Leur relation semble prendre un tournant incroyablement sérieux. Juan se fait une place dans ta famille. Ce n'est pas dans ses habitudes.

— Ma famille doit avoir un petit quelque chose.

Je plonge mon regard dans celui de Nora. Ses yeux scintillent, comme s'il s'y cachait une lueur de malice.

— C'est ce qui vous fait revenir, Juan et toi.

— Tu as sans aucun doute un petit quelque chose.

Nora me tend la main, et je la prends dans la mienne.

— Je suis désolée, pour vendredi soir. J'étais au bout du rouleau. C'est toujours comme ça, après une semaine de tournage.

Elle plisse les yeux.

— Et dire que je suis la plus jeune dans cette… relation.

— J'ai l'habitude de traiter avec des acteurs. J'apprécie ton travail à sa juste valeur, Nora. Inutile de t'excuser de ta fatigue, je comprends.

— Est-ce qu'il y a quelque chose que tu ne comprends pas ? me demande-t-elle.

Les quatre-vingt-dix pour cent de toi que tu continues de me dissimuler, pensé-je, *et les raisons pour lesquelles tu portes ce masque.*

— Oh, que oui. Mais ne nous lançons pas sur ce sujet ce soir.

Nora acquiesce.

— Que tu sois prévenue, je dois me lever à 5 h, demain.

— Oh, pitié, grommelé-je.

Je ne sais pas comment me préparer à un autre réveil brutal.

— Adieu, sommeil réparateur.

— Tu n'es pas obligée de passer la nuit ici, si c'est trop pour toi.

— J'ai envie de dormir ici.

— C'est toi qui vois. Quoi que tu décides, je ne me vexerai pas. Tant que tu restes avec moi un bon moment ce soir.

— Tu veux regarder un autre film ? je m'enquiers en remuant les sourcils.

— Je te veux, toi. Vraiment, Mimi.

Nora tire sur ma main.

Je me sors de la tête toute envie de la peloter sur le patio, gardant l'idée pour plus tard, et je laisse Nora m'emmener jusque dans sa chambre. Nous nous embrassons, et c'est parfait. Le désir qu'éprouve Nora à mon égard est évident, tant dans la fermeté de ses lèvres contre les miennes que par sa langue qui s'insère profondément dans ma bouche. Nora Levine a envie de moi, je n'ai pas le moindre doute là-dessus. Et j'ai envie d'elle, moi aussi – vraiment. Tranquillement, je commence à gratter la surface. Elle me laisse entrevoir ce qui se cache sous cette façade minutieusement érigée. Je suis extrêmement intriguée, et je me trouve donc pile où je dois être.

Nous nous déshabillons, parce que nous n'avons pas de temps à perdre. Ce fichu réveil sonnera bien trop tôt. Toutefois, Nora est tout à moi pour le moment, et je veux la voir onduler sous mes caresses.

Je m'allonge à côté d'elle, mon corps collé au sien. Mes doigts effleurent sa peau. Je suis incapable de détacher mes lèvres des siennes, même si je meurs d'envie de goûter une autre partie de son corps. Impatiente, Nora écarte les jambes, et mes mains se faufilent vers le bas. Je me délecte de pouvoir la caresser à cet endroit, de faire naître toutes ces sensations en elle – non seulement parce que je suis bel et bien en train de tomber amoureuse d'elle, mais également de par sa façon d'être. Ceci est rare, pour elle, et j'ai bien conscience de mon privilège.

Je glisse les doigts dans sa moiteur, jaugeant si elle est suffisante, si elle est prête pour moi. Comme par miracle, nous sommes sur la même longueur d'onde puisque Nora cesse momentanément de m'embrasser afin de récupérer un tube sur la table de chevet. Elle me tend le lubrifiant, cet acte aussi intime que touchant. Elle doit avoir confiance en moi et s'être préparée à ceci. Cette organisation ressemble bien à Nora – la confiance, je n'en suis pas si sûre.

Je m'assure que Nora soit trempée avant de la pénétrer. Elle me reprend dans ses bras et m'attire à elle pour un nouveau baiser alors que mon doigt entre en elle, mais j'ai besoin de voir son visage. Son souffle se coupe tandis que j'insère mon doigt plus loin, et Nora s'agrippe à moi. Elle ne détourne pas le regard, même si ses paupières se ferment d'elles-mêmes lorsque mon doigt la pénètre entièrement.

Elle ouvre les yeux quand je commence des va-et-vient en

elle. Nora me dévisage, son plaisir évident dans son regard, et je dois ravaler une boule qui se bloque dans ma gorge. Mes propres émotions menacent de déborder, mais en cet instant, seule Nora compte. Je me concentre sur mon doigt. Je le sors de son sexe et en ajoute un second. Je la pénètre profondément sans la quitter des yeux, contemplant son si beau visage et jouissant de son abandon. Nora n'a pas besoin de mots pour me dire que ceci est inhabituel pour elle. Que c'est spécial pour elle – ça l'est pour moi aussi.

J'appuie la paume de ma main sur son clitoris sans cesser le va-et-vient de mes doigts en elle. La regarder dans les yeux est presque trop intense pour moi. Je baisse le regard sur ses seins sublimes ainsi que sur la douce courbe de ses biceps alors que Nora referme la main sur mon poignet libre.

Malgré les possibles obstacles sur notre chemin, les anicroches dans ce que nous essayons de construire ensemble, nous pourrons toujours nous remémorer des instants tels que celui-ci. En cas de coup dur, comme Juan a prédit qu'il y en aurait sûrement, je n'aurai qu'à me rappeler la magie de ce moment, mes doigts enfoncés en elle, son pelvis ondulant sous ma paume.

Nora halète. Elle gémit sous mes caresses. Elle lâche prise de tout ce qui pourrait la retenir, dans d'autres circonstances. Elle s'offre totalement à moi. Nora se resserre sur mes doigts. Ses muscles se crispent avant que son corps se détende, et elle laisse échapper un gémissement si guttural qu'une vague de bonheur me submerge.

En silence, elle m'attire tout contre elle. Je disparais dans son étreinte chaleureuse. Sans piper mot, elle m'exprime tout ce que j'ai besoin de savoir.

CHAPITRE 29
NORA

Je parviens à peine à porter ma fourchette à ma bouche, après l'entraînement que m'a infligé Marcy ce matin. Mimi pose sur moi un regard brûlant mais ne dit rien. Je ne l'interroge pas sur ses pensées, parce que je ne suis pas d'humeur à entendre sa réponse. Je préfère largement savourer le bien-être que m'a apporté notre nuit incroyable, la prise de conscience de ce dont je suis capable avec elle.

— Et si vous veniez fêter Thanksgiving chez moi, tous les trois ? propose Mimi.

— Hmm.

Est-elle sérieuse ? Malgré tout ce que j'ai pu laisser échapper l'autre soir, il s'agit d'une étape importante.

— Je ne sais pas.

— Je te pose la question maintenant, pour que tu aies le temps d'y réfléchir et d'en discuter avec Juan et Imani.

Pas bête.

— Il n'y aura que tes enfants et leurs familles, ou est-ce qu'il y aura d'autres invités ?

— Mon ex-mari et sa femme seront présents.

— Vraiment ?

Mimi hoche la tête, comme si tous les couples divorcés fonctionnaient ainsi.

— Eric et moi sommes encore amis. On trouvait important de conserver ce lien, pour le bien des enfants.

— Tu veux que je passe Thanksgiving avec ton ex-mari ?

Je n'imagine pas pire façon de passer ce jour de fête, à part peut-être avec ma propre famille.

— Je t'informe simplement que ça me ferait très plaisir de passer Thanksgiving avec toi, mais je reconnais que ma famille est envahissante. Je ne t'en voudrais pas si tu refuses. Si tu penses que ça va trop vite pour toi.

— Tes familles ne sont même pas encore au courant, pour nous. Je suis une excellente actrice, mais il y a certaines choses que je suis incapable de dissimuler.

— Il faudra leur en parler avant. Je ne te demanderai pas de mentir.

— On pourrait se faire un petit repas de Thanksgiving le lendemain, rien que toutes les deux ? suggéré-je.

— Bien sûr.

— Attends, rectifié-je en laissant tomber ma fourchette. Tu me demandes vraiment si tu devrais parler de nous à tes autres enfants ?

— Non, réfute Mimi. Je t'invite simplement à un dîner de Thanksgiving. Toi, Juan et Imani. Que faites-vous, d'habitude ?

— On est très doués pour faire comme si cette fête n'existait pas, rétorqué-je avant de marquer une pause. Mais Juan pourrait vouloir le passer avec Austin, cette année.

— Même s'il en a envie, j'ai le pressentiment qu'il le passera quand même avec Imani et toi.

Mimi n'a pas tort.

— Je lui dirai que ce n'est pas nécessaire. Dans tous les cas, ça ne me dérange pas, et Imani sera d'accord avec moi. Quoique, elle a passé les deux derniers Thanksgiving avec son ex. Elle aura peut-être besoin qu'on lui remonte le moral, cette année.

— Vous êtes tous les bienvenus chez moi, insiste Mimi avec un sourire. Et il n'y a aucun problème si tu ne le sens pas, pour quelque raison que ce soit.

— Merci. J'y réfléchirai.

— Bien. Alors, quand est-ce qu'on se revoit et, selon ta réponse, à quelle heure dois-tu partir ce matin ?

Elle me dévisage comme si elle n'avait pas mangé depuis des jours, et que j'étais la nourriture la plus appétissante qu'elle ait jamais vue.

— Que demandes-tu ?

Je regrette l'effet que Mimi a sur moi. J'aimerais ne pas envisager de la laisser me séduire. Je travaille. Je dois me concentrer, et me préparer.

Mimi repousse son assiette.

— Je sous-entends que je peux te faire jouir avant l'arrivée de ta voiture.

Je déglutis bruyamment.

— Je ne suis pas fan des coups rapides.

— On parie ?

Mimi me rejoint, puis elle éloigne ma chaise de la table. Elle se penche sur moi et m'embrasse sur la joue.

— Je viens de me préparer, protesté-je.

Cependant, je n'y mets aucune conviction. Je ne sais même pas pour qui est-ce que je fais semblant.

— Je me remets encore de mon entraînement.

Mimi n'a pas conscience de la sévérité de Marcy à mon égard – du manque de pitié que je lui autorise.

— C'est toi qui décides, me murmure Mimi à l'oreille. Oui ou non ?

Elle pince le lobe de mon oreille entre ses lèvres avant de déposer un chemin de baisers dans mon cou.

— Merde, oui.

Je n'en reviens pas – je me surprends moi-même. Ça ne me ressemble pas et, sinon, il s'agit d'une partie de moi qui ne s'est pas exprimée depuis bien longtemps, voire jamais. Pour la mettre à jour, Mimi n'a eu qu'à entrer dans ma vie. Être elle-même, dans toute sa gloire et sa beauté.

— Voilà ce que j'aime entendre.

Elle m'embrasse sur les lèvres et sa langue s'insère dans ma bouche.

J'entends du bruit à l'extérieur. Ricky est encore là. Chad arrivera bientôt pour s'occuper des chiens. J'ai instauré un emploi du temps très rigoureux chez moi. J'ai établi des règles strictes pour optimiser mon temps en solitaire, bien que la majorité de ce temps soit partie en fumée depuis que j'ai laissé entrer Mimi dans ma vie.

— Ricky est dans la cuisine, déclaré-je lorsque nous rompons notre baiser. On ne peut pas faire ça.

— Ricky en a sans aucun doute déjà vu d'autres.

Mimi s'approche à nouveau, mais je la repousse.

— Non, Mimi. Je ne peux pas. Ça ne se fait pas.

— Ne t'inquiète pas. Je vais aller lui parler, lui dire de ne sortir qu'à ses risques et périls.

Avec un clin d'œil, Mimi ramasse nos assiettes vides et rentre rapidement. Mince, alors. Mes joues ont à peine eu le temps de refroidir après ma séance de sport qu'elles recommencent déjà à me brûler.

Quelques instants plus tard, Mimi revient. Elle me rejoint d'un pas assuré, comme à son habitude. Qui est donc cette femme ? Pour qui se prend-elle, pour chambouler ma vie ainsi ?

— Tout est réglé. Détends-toi.

Elle me tend alors une main.

— Viens ici.

Sans prendre le temps de réfléchir, je saisis sa main. Elle m'emmène vers une chaise longue installée de l'autre côté de la piscine.

— Tu te sentiras peut-être plus à l'aise ici, chuchote-t-elle en parcourant mon corps de ses mains.

Si seulement ses caresses n'étaient pas si agréables, je pourrais mettre un terme à cette folie. Je ne serais pas submergée par ces sensations au point d'en oublier toutes mes règles. Ma vie est devenue chaotique, ce qui peut s'avérer amusant l'espace d'un court instant, mais ça se retournera sûrement contre moi plus tard. Je l'ai appris à mes dépens.

Mimi est déjà en train de déboutonner mon jean. Elle le baisse sur mes cuisses, et je l'aide à me le retirer, étant donné que je ne peux plus faire marche arrière, maintenant. Une partie de moi est certaine que ceci ne peut pas fonctionner, qu'un coup rapide est impossible pour une femme de mon âge, mais Mimi m'a déjà donné tort, et je ne peux pas lui refuser cette tentative.

Son regard plongé dans le mien, elle me retire ma culotte. Je me retrouve alors allongée, les jambes écartées sur une chaise longue au fond de ma cour. Qu'est donc devenue ma vie ? Je ne fais rien de tel – et je ne tombe pas amoureuse ainsi. Mais, mince, ce courant d'air entre mes jambes est incroyable. Le silence nous entoure, et il n'y a que Mimi et moi. Elle s'agenouille et embrasse l'intérieur de mes cuisses. Elle ne perd pas de temps. En un éclair, sa langue souple se retrouve sur mon clitoris, et une vague de chaleur et de désir parcourt mes veines.

Je n'ai étonnamment aucun mal à m'abandonner à elle tant je la désire. Ou alors, c'est une magicienne avec sa langue. Peut-être un peu des deux. La langue de Mimi sur mon sexe fait naître un feu spectaculaire en moi et réveille des parties de moi en hibernation depuis des dizaines d'années. Si je ne porte pas attention, si je ne me protège pas suffisamment, elle risque de tout délier, un jour. Dieu sait ce qu'il se passera, alors.

Je m'en inquièterai plus tard. Je me concentre sur le présent. Mon corps est encore épuisé par ma séance de sport, mes muscles détendus et mes vaisseaux sanguins dilatés. Même si Mimi est une magicienne, ce n'est pas tout. Je suis tellement amoureuse d'elle que j'envisage sérieusement de passer Thanksgiving avec elle et sa famille. Je réfléchis à contourner toutes les règles que je m'impose depuis si longtemps. Il suffit de me regarder, les genoux écartés, à sa merci. Comment a-t-elle réussi cet exploit ? Ce n'est plus une question de croire aux coups rapides ou non, pas si je me fie à la sensation qui me donne le tournis ou aux palpitations dans mon bas-ventre. Je ne me lasse pas de ses coups de langue sur mon clitoris, qui résument parfaitement ce qu'est Mimi. Avec douceur et insistance, elle me convainc de faire des choses auxquelles je n'aurais jamais pensé de moi-même. Elle me permet de voir les choses sous un autre angle. Elle me fait atteindre l'orgasme avant 8 h du matin. C'est inconcevable, et pourtant bien réel.

———

— Je vote oui, annonce Juan en levant la main. Mais j'imagine que tu t'en doutais.

— Je ne sais pas trop, tempère Imani avant de me lancer un regard interrogateur. Je n'aime pas vraiment les réunions de famille. Et, Nora, je croyais que ce n'était pas ton truc non plus.

— Nora est amoureuuuuuuse, clame Juan. Elle souhaite simplement passer du temps avec sa chérie.

— Ce n'est pas mon truc, confirmé-je. Mais Jay a raison.

Je laisse ma tête retomber en arrière.

— Aaah, soufflé-je. Je suis amoureuse. Je ne comprends rien à ce qui m'arrive.

— Je suis tellement fier de toi, ma belle, déclare Juan d'un ton soudain très solennel. De t'être ouverte à cette possibilité. Je sais que ce n'est pas trop ton truc, non plus.

— C'est Mimi.

Il me suffit de parler d'elle pour avoir des papillons dans le ventre.

— Je suis incapable de lui résister, je ne sais pas pourquoi.

La tête inclinée, Imani me jette un coup d'œil. Je connais ce regard.

— Oui ? demandé-je.

— Ce n'est pas vraiment sorcier. Je ne juge pas.

Elle porte ses mains à sa poitrine.

— On est tous en conflit avec l'image maternelle, et Mimi est une mère absolument géniale. Inconsciemment, cet aspect de sa personnalité t'attire.

— Objection ! s'exclame Juan. C'est de ma belle-mère que tu parles.

— Et ? rétorque Imani. Ne me dis pas que la grande famille heureuse d'Austin ne te plaît pas, à toi aussi.

— Honnêtement, répond Juan, je m'en fiche. Je suis épaté d'être toujours aussi fou de lui. Sa famille accueillante et incroyable est un bonus, bien sûr, mais ce n'est pas la raison pour laquelle je suis amoureux d'Austin.

Il marque une courte pause.

— Je veux seulement dire qu'il est inutile d'analyser les raisons derrière ce qu'éprouve Nora. Pourquoi est-ce qu'on ne pourrait pas simplement être heureux pour elle ?

— Oh, mais je le suis, affirme Imani en reportant son attention sur moi. Nora, tu sais que je le suis. Je suis ravie pour toi. Mais un peu de lucidité n'a jamais fait de mal à personne.

J'acquiesce sans rien dire. Imani n'a peut-être pas tort, mais Juan a raison, lui aussi. Quelle importance ? Je n'ai rien éprouvé de tel depuis si longtemps, analyser mes sentiments pourrait s'avérer risqué – même si l'analyse du pourquoi du comment, et en détail, est l'un de mes passe-temps préférés. Je ne peux toutefois pas approcher ainsi ma relation avec Mimi. Je n'ai aucune envie de la décortiquer et d'y assigner des émotions inconscientes. J'ai tout simplement envie de profiter de sa compagnie – et de la personne que je suis avec elle. J'aime cette version de moi.

— On devrait peut-être y aller, proposé-je en me surprenant

moi-même une fois de plus. Juste y aller, sans passer toute une soirée à débattre sur le sujet.

— Merde, alors, commente Imani. Tu craques vraiment pour elle.

— Oui.

Je lance un regard à la chaise longue, au fond du jardin, sur laquelle Mimi m'a fait jouir si vite en début de semaine que j'ai cru être devenue une tout autre personne.

CHAPITRE 30
MIMI

La bannette de pain tremble dans ma main. Je fais en sorte de ne pas la poser trop près de la place de Nora, comme si elle y était allergique.

Thanksgiving est dans une semaine, et nous devons parler aux filles aujourd'hui. Je suis étonnée que Nora ait accepté d'être là pour cette annonce, mais quand j'y pense, elle n'a cessé de me surprendre depuis notre rencontre. Ces dernières semaines se sont déroulées comme dans un rêve. Thanksgiving ou non, j'ai envie que tous mes enfants soient au courant de notre relation. Le risque d'un pétage de plomb n'est pas négligeable, mais c'est la raison pour laquelle je me suis dit que la présence de Nora serait une bonne idée. Elles sont déjà toutes à deux doigts de la crise de nerfs, en sa compagnie. De plus, elles me croiront plus facilement si Nora peut leur confirmer notre relation de vive voix.

— Bien.

Je me poste derrière ma chaise, les mains serrées sur le dossier. Pourquoi suis-je si nerveuse ? Je ne l'étais pas tant, quand je l'ai annoncé à Austin. Peut-être parce que Nora et moi sommes passées à l'étape supérieure. Lorsque j'en ai parlé à mon fils, c'était surtout à cause de sa propre relation avec Juan, tandis qu'il s'agit aujourd'hui d'une réelle annonce à ma famille. Je me demande si celle de Nora est consciente de mon existence. Elle doit bien leur parler, parfois.

— J'ai quelque chose à vous dire.

Je survole du regard mes enfants et leurs partenaires.

— *On* a quelque chose à vous dire.

Je pose une main sur l'épaule de Nora, qui remue sur sa chaise.

— Nora et moi, on… euh… on se fréquente.

— Enfonce le couteau, maman, commente Heather.

— La ferme, Heather, la réprimande Jennifer. Laisse maman parler.

— Tu devrais *vraiment* la laisser parler, intervient Austin.

J'aimerais pouvoir effacer son petit sourire suffisant, mais je ne suis pas surprise par son arrogance, étant donné qu'il était le premier à connaître cette nouvelle.

— Qu'est-ce que tu veux dire ? interroge Lauren. Que sais-tu de plus que nous ?

Avec un lourd soupir digne du plus infect des adolescents, elle reporte son attention sur moi. Son regard se pose sur ma main, qui serre l'épaule de Nora.

— Oh. Non.

Elle secoue la tête.

— Quoi ? s'enquiert Heather.

Son regard navigue entre sa sœur et moi. Afin de mieux faire passer le message, Nora pose sa main sur la mienne.

— Votre mère et moi sommes amoureuses.

Je pourrais mourir sur place. Le silence stupéfait m'inquiète un peu. L'ambiance n'est jamais aussi calme, quand ma famille se réunit. Même les petits-enfants sont abasourdis.

— Ne nous félicitez pas tous en même temps.

Encore une fois, c'est Nora qui rompt la tension. Je ne l'en pensais pas capable, mais elle reste une actrice, après tout. Je ne peux pas lui en vouloir de puiser dans ses talents pour survivre à cette épreuve. En fait, je n'en l'aime que plus.

— C'est une blague ? nous demande Jennifer avec un regard noir. Ma mère et toi ? C'est juste… impossible.

— Pourquoi pas ? rétorque vivement Austin.

— Évidemment, tu étais au courant.

Heather fusille son frère du regard. Nora se lève et vient se poster à mes côtés.

— Les filles, s'il vous plaît. Ce n'est pas une mauvaise nouvelle. Et, si, Jennifer, c'est bien possible.

Elle passe un bras autour de ma taille et m'attire contre elle. Si les filles n'étaient pas en train de se remettre de leur choc initial, j'embrasserais Nora devant elles.

— Mais tu es Nora Levine, bredouille Bobby. Et Mimi est ma belle-mère.

— Et ?

Nora leur tient tête, ce que j'aime beaucoup. Et dire que j'envisageais d'annoncer cette nouvelle à mes enfants sans elle. Cependant, je ne l'aurais jamais imaginée ainsi – si fière et ouverte.

— J'espère que vous ne remettez pas en question mon goût en matière de relations amoureuses.

— Mais Nora… reprend Jennifer. Je te croyais… euh… comme moi.

— Être en couple avec soi-même est déjà passé de mode.

Si seulement Austin pouvait parfois se montrer un peu moins casse-pieds avec ses sœurs. Cependant, il ne s'agit sûrement que d'une façon de se défouler. Il a parfaitement réussi à garder ce secret.

— Viens ici, bébé.

Juan attire Austin contre lui. Je le vois ensuite faire un rapide clin d'œil à Nora.

— Lâche l'affaire, conseille Juan à mon fils. Laisse tes sœurs digérer l'information en paix.

C'est apparemment Laurent qui retrouve le plus vite ses esprits.

— Depuis combien de temps est-ce que ça dure ? Vous étiez déjà ensemble quand on est venus chez toi ?

Nora n'a manifestement plus droit au moindre égard. C'est l'heure de l'interrogatoire.

— Non, mais ça a commencé peu de temps après.

Le souvenir de ce massage est encore très vif dans mon esprit – et nous avons créé tant de nouveaux souvenirs tout aussi excitants depuis.

— Qu'est-ce qu'il se passe ? hurle Wyatt.

Cet enfant a autant d'énergie que s'il venait de manger le donut le plus sucré du monde.

— Mamie et Nora sont… euh… en couple, répond Heather. Comme papa et moi.

Wyatt grimace.

— Mais mamie est tellement vieille.

Ne pouvant pas être vexée par mon petit-fils, j'explose de rire.

— Elle n'est pas si vieille, le reprend Bobby.

Voilà qui me contrarie un peu, en revanche.

— Ta grand-mère est une femme incroyable, s'exclame Nora.

Elle ne sait pas comment parler à des enfants, contrairement à Imani, mais ses mots sont tout de même doux à mes oreilles.

— On souhaitait simplement tous vous en informer, résumé-je. On peut manger, maintenant ?

Nora et moi prenons place à table. Assise à côté de moi, Heather se penche et m'embrasse sur la joue.

— Je suis ravie pour toi, maman.

— Moi aussi, évidemment.

Comme toujours, Jennifer suit bien vite l'exemple de sa sœur.

— Bien sûr qu'on est ravis, confirme Lauren en levant son

verre. Je suis aux anges d'avoir Nora Levine comme future belle-mère.

— Nora, Imani et moi allons nous incruster dans la journée de Thanksgiving de la famille St James, annonce Juan. Vous avez plutôt intérêt de vous faire à l'idée d'ici là. Nora n'est pas la seule addition à votre famille, vous savez.

— Imani vient ! se réjouit Wyatt, ses petits poings serrés. Ouiiiii !

— Tu vois, murmuré-je à l'oreille de Nora. Tout le monde est heureux.

Elle se tourne vers moi, son sourire redoublant d'éclat.

— Je suis heureuse, moi aussi.

———

Bobby et Gus ont été bien éduqués. Ce sont toujours eux qui m'aident à débarrasser la table. Les filles, elles, se ruent sur Nora. Je dois croire que je les ai suffisamment bien élevées pour qu'elles se comportent comme il faut – ce sont des adultes, de toute façon. Néanmoins, les célébrités peuvent faire ressortir les comportements les plus étranges chez les personnes les plus raisonnables.

Alors que je vide les assiettes, je prends conscience, et pas pour la première fois, que j'ai à peine vu Nora manger la moindre nourriture. Les seules fois où je l'ai vue manger de bon cœur, c'est après son entraînement sportif matinal. Si n'importe lequel de mes enfants faisait autant de sport que Nora et se nourrissait comme elle, j'aurais une sérieuse conversation avec. Mais Nora n'est pas mon enfant. C'est ma... petite amie ? Partenaire ? J'ai appris à connaître très intimement son corps, au cours de ces dernières semaines. De ce que j'en vois, elle est en excellente forme, chaque partie de son corps fonctionnant de manière optimale.

— Nora et toi, alors, commente soudain Bobby. Je ne l'avais pas vu venir, Mimi. Mais tant mieux pour toi.

— Merci.

Que pourrais-je répondre d'autre ? Je ne l'avais pas vraiment vu venir, moi non plus, et pourtant.

Comme d'habitude, Gus est plus réservé, plus pensif. Il n'a jamais été très loquace. Juan nous rejoint. Il est l'opposé de Gus : quand Juan est dans votre espace, l'espace est tout à lui.

— Coucou, maman. Laisse-moi faire.

Il m'arrache presque des mains l'assiette que je suis en train de vider.

— Comment se fait-il que tes enfants fassent semblant d'ignorer l'existence de la vaisselle quand tu leur prépares un repas ?

— C'est pour cette raison qu'elle a des gendres, répond Bobby.

Nous rions tous en chœur.

— C'est ma faute. J'aurais dû me montrer plus stricte sur les corvées.

— Hors de question, réfute Juan. Écoutez, les St James !

Il tapote une cuillère contre une casserole sale.

— Maman Mimi va aller se reposer, et on va rendre cette cuisine impeccable.

Inclut-il Nora dans cette réprimande ? J'en doute fort.

— Mais la femme de ménage vient demain, proteste Jennifer.

— Comment oses-tu, petite ?

Juan leur fait signe de venir auprès de lui.

— Tout le monde aime retrouver une cuisine rangée après un bon repas.

Je me demande qui nettoie la cuisine de Juan lorsqu'il prépare à manger. Maintenant que j'y pense, je me demande qui paye ses factures. De ce que j'en sais, il fait beaucoup de bénévolat pour le Centre LGBT et passe beaucoup de temps avec Nora.

— Allez.

Nora reste assise, un grand sourire aux lèvres. Elle est très douée pour laisser ses employés rendre sa maison parfaite en son absence. Je n'ai rencontré que Richy et Chad – et Marcy, bien entendu.

Juan me tend une main.

— Sors d'ici, maman.

— Mince, maman, se plaint Heather. Ça va être tout le temps comme ça, maintenant ?

— Contrôle ton mec, Austin ! ajoute Lauren. J'ai un enfant d'un an. C'est le seul moment que j'ai pour me détendre.

— Tout le monde dans le salon, ordonné-je par-dessus le brouhaha. Sortez tous, et toi aussi, Juan.

Il a de bonnes intentions, mais dans ma maison, les choses se passent à ma façon.

— Je voulais seulement aider.

Il n'est pas du genre à se vexer facilement – il a sûrement déjà connu bien pire.

Nora reste derrière moi. Au lieu de m'aider, elle s'affale sur un tabouret de l'îlot de cuisine. Je m'arrête de nettoyer et prends ses mains dans les miennes.

— Tu as été géniale avec eux.

— Ils m'aiment déjà, donc c'est assez facile.

— Est-ce que tu voudrais… rester ici, ce soir ? Passer la nuit ici ?

Nora écarquille les yeux, comme si je venais de lui poser une tout autre question.

— Je vois Marcy, demain matin. Ou est-ce que je devrais lui demander de venir ici ?

Elle me sourit avec malice.

— Jamais, par pitié, plaisanté-je en caressant la paume de

Nora du pouce. Ce serait vraiment si inconcevable pour toi, de rater une séance de sport ?

— Oui, répond-elle sèchement. Je ne rate aucune séance de sport. Ce n'est tout simplement pas moi.

— Nora, je reprends d'une voix la plus sensuelle possible. La situation est peut-être légèrement différente, maintenant.

Je serre sa main.

— Oui, mais, euh… Quand même, soupire-t-elle. Si je rate ma séance de sport du lundi, ça va perturber toute ma semaine.

— Vraiment ?

J'insiste un peu, bousculant à peine ses limites – uniquement parce que je pense que Nora a besoin d'être un peu secouée de temps à autre.

— Oui, confirme-t-elle avant de libérer sa main. Je ne te demande pas de comprendre, mais je fonctionne comme ça.

Je l'ai manifestement un peu trop poussée dans ses retranchements.

— Bien. Tu veux que je rentre avec toi ?

Nora secoue la tête.

— Je vais avoir besoin d'un peu de solitude pour décompresser, après tout ça. C'est beaucoup.

— D'accord.

Elle est franche, je dois bien le lui accorder. Je sais toujours à quoi m'attendre, quand je lui pose une question – même si je ne reçois pas toujours la réponse que j'espère.

— Désolée. Je suis difficile, je sais.

Elle reporte son attention sur la vaisselle.

— Et pourrie gâtée. Tu aurais vraiment dû laisser tes enfants s'occuper de ça.

Son sourire est tellement troublant que je me retrouve incapable de la contredire.

CHAPITRE 31
NORA

Nous sommes le lundi avant Thanksgiving, et nous ne tournons pas cette semaine. Je suis au paradis, allongée avec la tête posée sur les cuisses de Mimi, Izzy ronflant joyeusement sur mon ventre. Mimi me caresse les cheveux, et nous profitons simplement de la compagnie de l'autre dans un silence agréable.

— Je peux te poser une question ? s'enquiert soudain Mimi.

Je lève les yeux vers elle.

— Bien sûr. Tout ce que tu veux.

— Vraiment ? rétorque-t-elle avec un sourire. Même une question qui risque fortement de t'agacer ?

— Qui ? Moi ? plaisanté-je. Tu sais que je ne m'agace pas si facilement.

— J'essaye simplement de jauger ton humeur.

— Tu as parfaitement réussi à me détendre. J'aurais peut-être besoin que tu restes en permanence à mes côtés afin de constamment passer tes doigts dans mes cheveux comme ça.

— Génial. En passant, quand je t'aurai posé ma question et peut-être ou peut-être pas agacée, n'hésite pas à profiter de mes talents incomparables de masseuse, d'accord ?

— D'accord.

Que compte-t-elle donc me demander ?

— Je t'écoute.

— Oui, mais je tente une nouvelle approche où je te préviens que tu ne vas pas apprécier ma question et je sais que tu vas te mettre sur la défensive, et je suis prête à recevoir ta réaction. Je suis préparée, et j'aimerais que tu le sois aussi. Mais…

Elle se penche sur moi et m'embrasse sur le front.

— Je t'aime et je ne veux que le meilleur pour toi.

— Mince.

Elle sait tuer l'ambiance. Au moins, elle ne va pas rompre avec moi, puisqu'elle vient de me dire qu'elle m'aime. Je soulève Izzy et me redresse.

— Pareil.

Malgré ma piètre réponse, je suis parfaitement sincère.

Mimi me dévisage, son expression très douce.

— Est-ce que tu as l'intention d'appeler tes parents, cette semaine ? Pour leur souhaiter un bon Thanksgiving.

Tout mon corps se crispe, mais je ne peux pas simplement la rabrouer, après son si long préambule. Elle s'est montrée plus maline que moi, en prévoyant ma réaction.

— Ma mère m'appellera sûrement ce jour-là.

— Et si… tu appelais ta mère en premier, suggère Mimi.

— Pourquoi est-ce que tu fais ça ?

— Parce que, Nora, je suis une mère. Peu importe la tension qui subsiste dans ta relation avec tes parents, ça doit les tuer. Ne pas être en contact avec toi. Ne pas avoir de tes nouvelles. Est-ce qu'ils sont au courant de mon existence ?

Désormais, je ne peux plus vraiment dire que ça ne la regarde pas. Nous sommes ensemble, maintenant. Elle vient de me déclarer son amour – ou n'était-ce qu'une technique vicieuse de manipulation ?

— Pour ton information, je suis très agacée.

— Oh, je sais.

— C'est trop dur, d'accord ? Je préfère donc ne rien faire. Je n'appelle pas, et j'envoie des messages de temps à autre. La moitié du temps, ils ne me répondent même pas. La moitié du temps, je ne sais même pas s'ils en ont quelque chose à faire.

— Évidemment qu'ils en ont quelque chose à faire.

Je secoue la tête.

— Simplement parce que tu aimes tes enfants plus que tout au monde, ça ne veut pas dire que c'est le cas de tous les parents. Loin de là.

— Je sais bien. Mais as-tu la moindre preuve que *tes* parents s'en fichent ?

— Des preuves ?

Mais que raconte-t-elle ?

— Non. Les choses sont simplement comme elles sont, et je l'ai accepté.

— Mais tu as le pouvoir de changer ça.

— Le pouvoir et l'envie ne sont pas la même chose.

— Mais tu n'as pas envie de leur parler ? Ou au moins de me parler d'eux ? Je ne sais absolument rien de tes parents, Nora. Il n'y a pas la moindre photo de ta famille dans cette maison.

— Pourquoi insistes-tu autant pour que je change les choses ?

Je remue mon index entre nous deux.

— Ça. Toi et moi, c'est déjà un assez grand changement. Je t'ai prévenue dès le départ de ne pas trop en attendre de moi, mais tu t'acharnes. Tu veux constamment me changer.

Je recule pour m'éloigner d'elle.

— Je suis comme ça. Si ça ne te convient pas, tu es libre de partir quand tu veux.

Maintenant que j'y pense, elle devrait s'en aller. Mimi découvre manifestement toujours quelque chose qui lui déplaît chaque fois qu'elle commence à gratter la surface.

— Je n'essaye pas de te changer, Nora.

— J'aurais cru, pourtant.

— Je comprends pourquoi Juan et Imani ont coupé les liens avec leurs familles. Ce que je ne comprends pas, c'est ce qu'a bien pu faire ta famille pour te donner envie de les ignorer.

Elle lève une main.

— S'il te plaît, ne me dis pas que je ne comprendrai pas. Ce n'est pas un argument valable.

— Je te l'ai *déjà* expliqué.

— Pas suffisamment.

— C'est tellement injuste.

Mais qu'est-ce qu'il se passe, merde ? Comment suis-je passée de cette détente sur les genoux de Mimi à ça ?

— Quelle importance ? Ça me regarde. C'est mon passé. Ça ne te concerne pas.

— Ça me peine, que tu évites ta famille ainsi.

— Mimi, tu ne sais rien de notre histoire.

— Raconte-moi, alors.

— Je n'ai pas envie de parler de tout ça. Ça me déprime, et je n'arrive pas à trouver les mots.

— Je sais que c'est difficile, Nora. Je comprends. Mais parfois, il faut affronter ce qui est compliqué. Je te demande simplement d'essayer de m'expliquer afin que je puisse comprendre. C'est tout.

— Oh, vraiment ? Il y a deux minutes à peine, tu me demandais de les appeler.

— Commençons avec des explications.

— Je ne te dois aucune explication ! Merde, alors !

Chaque cellule de mon corps se rebelle et refuse d'obtempérer. Je ne me laisserai pas manipuler ainsi.

— D'abord, tu penses que je devrais faire moins de sport. Et je vois ton regard quand je refuse de manger quelque chose. Maintenant, tu veux que j'appelle mes parents parce que ça te peine, pour une quelconque raison. Qu'est-ce que ce sera, ensuite ? Hmm ? En gros, tu voudrais que je sois quelqu'un d'autre – quelqu'un que je ne suis pas.

Cette situation devient rapidement hors de contrôle. Je m'en rends bien compte, mais je suis incapable de l'empêcher. Je bondis du canapé.

— Je me suis déjà rendue vulnérable pour toi, Mimi. J'ai…

Je perds soudain toute capacité à formuler des phrases cohérentes.

— C'est pour ça que… Je ne fais pas ça. J'évite les relations. C'est pour cette raison exacte. Laisse tomber. C'est fini. Va-t'en. Je t'en prie. Va-t'en.

Mimi se lève. Elle me rejoint et prend mes mains dans les siennes.

— Respire, Nora. S'il te plaît.

Elle tente de croiser mon regard, mais je suis incapable de soutenir le sien pour le moment.

— Tu te souviens du début de cette conversation ? On savait toutes les deux qu'elle pourrait tourner ainsi, mais tout va bien. Je suis là, et je ne vais nulle part.

J'aimerais tellement que ce soit vrai, mais j'imagine déjà dans mon esprit le déroulement des prochaines minutes. Je la vois déjà s'en aller sans un regard en arrière. Je ressens déjà le soulagement qui me submergera à son départ.

— Tout ne va pas bien, articulé-je. Vraiment pas.

— Tu te souviens de ce que je t'ai dit ?

Mimi est tenace, je dois bien l'avouer.

— Je t'aime, Nora. Je ne veux que le meilleur pour toi.

— Si tu le dis… mais tu n'as manifestement pas la moindre idée de ce qui est le mieux pour moi. Tu penses le savoir, et tu penses pouvoir me juger simplement parce qu'on couche ensemble depuis quelques semaines. Et je t'en prie, juge-moi tant que tu veux, mais si c'est ainsi que tu vois notre relation, non merci.

Je libère ensuite mes mains de sa prise.

— Je ne te juge pas. J'essaye de t'aider.

— M'aider avec quoi ? Je n'ai pas besoin de ton aide.

Je n'ai assurément pas besoin de tout ça. Le fil barbelé que Mimi avait si patiemment et prudemment démantelé a repris sa place autour de mon cœur. Quoi qu'elle tente, elle ne peut désormais plus que se faire du mal.

— Je n'ai besoin de rien de tout ça.

— Allez, plaide Mimi. S'il te plaît. Sois raisonnable.

La douleur remplace son habituelle confiance en elle alors qu'elle se rend compte que, même si elle s'est efforcée de prendre des pincettes, bien que de façon relativement saugrenue, son plan s'est retourné contre elle.

— Je suis difficile. J'en suis consciente. Il y a des choses que je fais, et d'autres non. Des choses sur lesquelles je refuse de faire des compromis pour quiconque, y compris pour toi. C'est manifestement un problème, puisque tu essayes déjà de négocier avec moi. Et je comprends. J'aimerais être différente, moi aussi, mais j'ai fini par accepter cette partie de moi. Et d'accord, tu penses être amoureuse de moi, mais tu sais quoi ? Ce n'est pas le cas. Tu aimes une version de Nora Levine que tu aimerais que je sois. Comme tout le monde.

Tout se passe toujours de la même façon. Je désigne mon corps d'un grand geste maladroit.

— Ça… Ce n'est pas une personne qu'on peut aimer. Tu le sais, maintenant.

— Ne parle pas de toi comme ça, Nora, je t'en prie.

— J'ai commis une erreur. Je pensais pouvoir y arriver parce que tu es tellement… gentille et affectueuse et…

Ma voix se brise, mais je continue sur ma lancée.

— Mais je ne peux pas. J'en ai assez de faire semblant pour toi. Je veux être seule.

— Nora, je ne te laisserai pas dans cet état.

— Oh, mais si.

Les premières larmes commencent à couler sur mes joues.

— C'est terminé. Je ne veux pas continuer comme ça.

Si seulement elle n'était pas si patiente. Si seulement elle pouvait s'en aller.

— Je t'aime réellement, insiste Mimi avant de déglutir bruyamment. En fait, je pense t'aimer bien plus que tu ne t'aimes toi-même.

Oh, bordel. Elle ne va pas recommencer.

— Je t'en supplie, va-t'en.

— D'accord. Mais ça n'est pas obligé d'être la fin, Nora. Sincèrement.

Peut-être si elle s'excusait de m'avoir autant poussée dans mes retranchements, mais je n'entends même pas le moindre semblant d'excuse. C'est *vraiment* la fin de notre relation. Sans le moindre doute. Les larmes dévalent mes joues alors que ma prédiction se réalise, alors que je réussis à la faire fuir, et Mimi sort de chez moi – pour toujours, je l'espère.

———

— Que s'est-il passé ? m'interroger Juan.

— Je n'ai vraiment pas envie d'en parler, Jay. J'ai simplement besoin de ta présence.

— D'accord.

Juan comprend. Il ne pose pas de questions et n'essaye pas de me convaincre d'appeler mes parents. Il me laisse tranquille – il me connaît et m'aime quand même, de la seule façon dont je peux être aimée. Il prend place à côté de moi et pose sa tête sur mon épaule.

— J'imagine que le Thanksgiving chez les St James n'est plus à l'ordre du jour.

— Pour moi, oui, mais tu devrais quand même y aller. Je suis désolée si ça rend la situation étrange pour toi.

— Ça ne te dérange pas, tu es sûre ? Je n'irai pas si tu as besoin de moi. Je suis là pour toi, Nora. Je peux rester avec toi et broyer du noir pendant quelques heures, voire quelques jours, si ça peut t'aider.

— J'apprécie, mais je ne veux pas que tu changes ce que tu as prévu avec Austin pour moi. C'est ton petit ami. Tu dois être avec lui.

— Tu es mon âme jumelle. C'est plus fort que tout.

— Merci, mais tout va bien.

— D'accord. Imani va rester avec toi. Elle ne voulait pas vraiment y aller, au départ.

Je hoche la tête.

— Mimi est trop insistante, Jay. Beaucoup trop.

— Je suis désolé.

— Je ne suis pas faite pour ça. Pour une relation. Mais je suis ravie que tout se passe bien, entre Austin et toi. Qui l'aurait cru ? Juan Diaz, fou amoureux d'un homme respectable.

Mon ami me serre doucement le genou.

— Pas moi, frangine. Pas moi. Et pourtant…

Un soupir m'échappe.

— D'une échelle de un à dix, Juan, quel est ton niveau de douleur ?

Juan est toujours à dix, dans notre monde.

— Beaucoup trop.

Parce que je l'ai laissée s'approcher de moi. Je me suis ouverte à Mimi. Une partie de moi devait vraiment avoir envie d'elle, mais je reste moi. Mimi a beau être incroyable, je m'en sors mieux seule. Cette souffrance s'atténuera avec le temps, et dans quelques mois, voire quelques semaines, je l'aurai oubliée. C'est ce dont je tente de me convaincre, en tout cas.

CHAPITRE 32
MIMI

J'ai déjà parlé à mes enfants ma rupture avec Nora, afin de ne pas avoir à leur annoncer aujourd'hui – le jour de Thanksgiving. Mais, merde. Je dois refouler mes larmes à l'arrivée d'Austin avec Juan. Mon fils me prend dans ses bras.

— Oh, maman. Je suis tellement désolé.

— Hey, maman.

L'étreinte de Juan est encore plus ferme que celle de mon fils.

— On va discuter tout à l'heure, tous les deux, d'accord ? me murmure-t-il à l'oreille. Il se trouve que personne ne connaît mieux Nora Levine que moi.

Que veut-il dire ? J'aimerais pouvoir parler avec lui maintenant, parce que j'ai essayé d'appeler Nora plusieurs fois avant de baisser les bras, mais j'ai l'impression qu'elle a bloqué mon numéro, ce qui ne serait pas étonnant de la part de Nora, maintenant que j'y pense. Cependant, à l'heure qu'il est, tout le monde est en train d'arriver chez moi, y compris mon ex-mari et sa femme.

— Tu tiens le coup ?

Jennifer range dans le réfrigérateur quelques plats, qu'elle a soi-disant préparés elle-même – mais qu'elle a sûrement achetés chez le traiteur au coin de sa rue. Mes enfants ont été aux petits soins pour moi. Je les ai suffisamment bien élevés pour qu'ils ne piquent pas de crise en apprenant la rupture de leur mère avec l'idole de leur adolescence.

— Je vais bien, ma chérie.

C'est un mensonge, étant donné que cette séparation m'a bien plus profondément touchée que je veux bien leur montrer. D'autant plus qu'à mon départ de chez Nora, lundi dernier, j'étais sincère. Ce n'était pas obligé d'être la fin de notre histoire. Manifestement, Nora n'est pas d'accord avec moi.

Cependant, je suis entourée de ma famille, des personnes que j'aime le plus au monde. Et j'ai un repas à gérer. Des boissons à préparer. Les enfants m'ont proposé leur aide, bien plus qu'à leur habitude, mais j'ai besoin de m'occuper, de m'activer, parce que je ne sais pas si ma relation avec Nora peut être sauvée. Dans tous les cas, je vais passer sur le plateau d'*Unbreak My Heart* à la reprise du tournage, la semaine prochaine. Même s'il ne reste rien entre nous, j'ai besoin de plus pour tourner la page que les miettes données par Nora.

Alors que je vérifie la cuisson de la dinde, la question qui me hante depuis lundi s'impose de nouveau dans mon esprit : ai-je encore envie d'être avec elle ? Nora a beau affirmer que c'est impossible, je suis amoureuse d'elle. Je ne suis toutefois sûre de rien de plus.

Leur père étant présent, j'ai demandé aux enfants de ne pas parler de ma bien trop brève aventure avec Nora. Eric et moi sommes restés bons amis, liés à jamais par nos enfants, mais je n'ai aucune envie d'être interrogée au sujet de Nora. Pas aujourd'hui, en ce jour de fête et de grâce. J'ai de quoi être reconnaissante, quand je regarde autour de la table. J'aimerais tout de même avoir Nora à mes côtés aujourd'hui. J'étais aux anges quand elle a décidé de venir, étant donné que je ne m'y attendais pas vraiment. Lui demander de fêter Thanksgiving avec ma famille était ma première erreur.

Après le repas, Juan m'attire hors de la cuisine et m'emmène dans l'ancienne chambre d'Austin.

— Parle-moi, Mimi. Que s'est-il passé ?

— Tu n'es pas au courant ?

— Je sais seulement que tu l'as trop poussée dans ses retranchements, d'une façon ou d'une autre, mais ça pourrait signifier n'importe quoi avec Nora. Je la connais.

— Apparemment, j'ai commis l'impardonnable erreur de lui demander d'appeler ses parents pour Thanksgiving.

Juan en reste bouche bée avant de secouer la tête.

— Oh, merde. Ce n'est pas bon.

— Oui. J'ai remarqué.

— Elle ne t'a rien dit de sa famille ? s'enquiert-il.

— Elle m'a vaguement expliqué qu'ils ne se parlent jamais vraiment et qu'ils ne savent soi-disant pas du tout communiquer, quoi que ça veuille dire.

— Même moi, je n'en sais pas beaucoup plus que ça, et je connais Nora depuis vingt ans.

— Tu as rencontré ses parents ?

— Quelquefois. Il y a des années, quand il leur arrivait encore de venir à L.A. de temps en temps. Mais ça remonte à loin.

Juan s'éclaircit la gorge.

— Nora peut paraître très évasive sur ce sujet, mais je ne pense pas que ce soit fait exprès. C'est un sujet très sensible pour elle, raison pour laquelle on ne l'aborde jamais. On a cet accord tacite, dans notre trio : on ne porte aucun jugement sur tout ce qui touche à nos familles de sang. Mais la raison de la haine de ma famille à mon égard ou du rejet d'Imani par la sienne est bien plus évidente. C'est bien plus compliqué, pour Nora, et je pense sincèrement qu'elle ne sait pas exprimer la situation. Elle en souffre sûrement bien plus qu'elle ne le montre, mais elle a appris à vivre avec.

Je ne suis pas naïve au point de croire que toutes les familles ressemblent à la mienne, avec des enfants qui appellent constamment leur mère et où l'amour est tellement évident qu'il n'est jamais remis en question. Tout est simplement là.

— C'était une simple question.

— Pour Nora, il n'y a pas de simple question lorsque ça concerne sa famille.

— Peut-être, mais elle n'était pas obligée de sortir de ses gonds. Je l'ai prévenue avant, je lui ai clairement expliqué que j'avais de bonnes intentions.

— Tu as quand même dû lui donner l'impression d'être jugée, de lui porter un amour conditionnel.

Juan lève un doigt.

— Ce n'était pas ton intention, je n'en doute pas, mais c'est sûrement ainsi que l'a interprété Nora.

Je laisse échapper un profond soupir.

— Je ne sais pas vraiment quoi faire de tout ça.

Je plonge mon regard dans ses doux yeux bruns.

— Grande nouvelle : maman aussi éprouve des émotions.

Oh, merde. Et voilà. J'ai plutôt bien réussi à retenir mes larmes jusqu'ici, mais les vannes s'ouvrent.

— Ce n'était pas rien, ce qu'il y avait entre Nora et moi. Ce n'était pas une liaison insignifiante. Ça comptait beaucoup pour moi.

Je m'essuie les yeux.

— Je sais. Je suis vraiment désolé, Mimi.

Juan m'ouvre les bras et, tant pis, je me fiche de pleurer sur l'épaule du petit ami de mon fils.

— On pourrait peut-être encore arranger tout ça, murmure-t-il en me caressant les cheveux.

— Comment ? demandé-je entre deux sanglots.

Je m'efforce de carrer les épaules et de me tenir plus droite. Je trouve ensuite un mouchoir dans ma poche et en tapote mes joues humides.

— Je ne sais pas encore. Cette situation est nouvelle pour moi aussi. À part quelques brèves aventures il y a des dizaines d'années, Nora n'a jamais vraiment fréquenté qui que ce soit. Personne, vraiment. Je ne sais pas encore trop comment gérer tout ça. Elle déteste plus que tout se sentir manipulée.

Il tapote son index sur son menton.

— Je vais d'abord parler à Nora.

— Est-ce qu'elle t'a laissé entendre qu'elle serait disposée à, euh… recoller les morceaux ?

Il grimace doucement.

— Honnêtement… Non.

Mon estomac se retourne. Pourquoi avons-nous cette conversation, dans ce cas ?

— J'ai soixante-cinq ans, Juan. Oui, Nora m'a bouleversée. Je suis prête à lui donner une autre chance, si elle le souhaite et si elle l'accepte. Cependant, je refuse de recommencer ma vie avec une personne qui se comporte comme une adolescente irascible simplement parce que je lui ai posé une question qui ne lui plaît pas. Je suis trop vieille pour de telles conneries.

— Compris, acquiesce-t-il.

J'entends le cri d'un enfant, puis des pas dans les escaliers.

— On devrait y retourner.

— Ouais.

Juan prend ma main dans la sienne et la serre doucement.

— Je vais essayer d'accomplir un miracle à la Diaz rien que pour toi, maman.

— Merci.

Toutefois, je ne retiendrai pas mon souffle.

———

Il est tard. Je suis épuisée, autant physiquement qu'émotionnellement, et il ne reste plus que Jennifer chez moi.

— Je pense passer la nuit ici, si ça te va ? demande-t-elle.

— Bien sûr, ma chérie.

Je suis plus que ravie d'avoir de la compagnie. Nous nous laissons toutes les deux tomber sur le canapé.

— Quand tu es descendue avec Juan, tout à l'heure, j'ai bien vu que tu avais pleuré, m'annonce-t-elle.

— Oui, confirmé-je en ravalant la boule dans ma gorge.

— Tu l'aimes ? s'enquiert-elle.

Je hoche la tête et hausse les épaules en même temps.

— Je sais que tu idolâtres Nora, ma chérie, mais elle peut être exaspérante et compliquée.

— J'ai dû me faire à l'idée de votre couple parce que c'est Nora Levine, tu vois ? Mais je n'imagine pas comment quiconque pourrait ne pas vouloir être avec toi. Je sais que ça doit dépendre d'elle.

— C'est gentil de ta part, ma chérie.

Je n'ajoute pas qu'elle a tort. Cathy a trouvé de nombreuses raisons de rompre avec moi, il y a quelques années. Cependant, je ne crois pas vraiment que cette rupture avec Nora soit ma faute. Je ne cesse néanmoins de ruminer tout ce que m'a dit Juan. Que j'ai pu donner l'impression à Nora qu'elle n'était pas suffisante, même si ce n'était pas mon intention. Que mon amour pour elle était sous condition d'un certain comportement. Il n'y a rien de vrai dans tout ça, mais si c'est ainsi que Nora l'a interprété, que puis-je y faire ? Je peux l'aimer de tout mon cœur, mais je ne peux pas la forcer à s'aimer suffisamment elle-même pour qu'elle n'éprouve plus ce besoin de transformer mes propos.

— Lors de cette fête chez elle, il y a un moment, elle avait bu quelques verres et j'ai eu l'occasion de bien discuter avec elle, me confie Jennifer. Je croyais qu'on était sur la même longueur d'onde, puisqu'on était toutes les deux en couple avec nous-mêmes.

Elle hausse brièvement les sourcils.

— Bien entendu, je ne savais pas qu'il se passait quelque chose entre vous. De cette conversation, j'ai compris que ses raisons pour rester célibataire étaient à l'opposé des miennes. Nora n'est pas en couple avec elle-même. Pas comme moi. Elle se fait passer en priorité, mais pas pour les mêmes raisons que moi. Elle ne s'aime pas comme une partenaire l'aimerait. Son manque de confiance en elle m'a plutôt choquée, pour être honnête.

— En effet.

Ma fille a sûrement tapé dans le mille. Nora n'est pas en couple avec elle-même parce qu'elle puise tout l'amour dont elle a besoin en elle-même. Elle est célibataire parce qu'elle ne s'autorise pas d'être aimée.

— Elle est peut-être tout simplement incapable d'entretenir une vraie relation. Elle est célibataire depuis vraiment très longtemps.

— Et j'ai été idiote de croire que je pouvais changer ça.

— Tu n'es pas idiote d'être tout simplement tombée amoureuse. N'importe quoi.

Va dire ça à mon stupide cœur.

— Et si on regardait une émission abrutissante ?

Je n'ai plus envie de parler. Je n'ai plus envie de penser à Nora.

— D'accord.

Jennifer allume la télévision. Devant nos yeux se trouve Emily Brooks dans une inévitable rediffusion de *High Life*. Jennifer change rapidement de chaîne.

— On ne peut pas l'éviter, ces temps-ci, n'est-ce pas ?

— Maintenant, si.

Je ferme les yeux et m'efforce de ne pas penser à Nora,

encore une fois, mais je me demande ce qui est arrivé à cette fille d'une vingtaine d'années que je viens de voir à l'écran. Quels tours Hollywood a-t-il bien pu lui jouer pour qu'elle ne parvienne à exister qu'en tant que recluse célibataire ? Je ne le saurai sûrement jamais.

CHAPITRE 33

NORA

Le samedi suivant Thanksgiving, Juan et Imani se liguent contre moi.

— Une femme telle que Mimi ne va pas attendre que tu t'excuses à tout jamais, déclare Juan. J'ai entendu dire que son ex traînait dans les parages.

— Mimi n'éprouve plus rien pour son ex, rétorqué-je vivement.

— Peut-être qu'elle ne l'était pas quand vous vous fréquentiez, mais tu l'as larguée, donc…

— Jay, l'interrompt Imani en secouant la tête. Je ne suis pas certaine que ce soit la meilleure solution.

— Je lui dis simplement les choses telles qu'elles sont. Je vous le dis, Cathy va bientôt passer à l'action. Elle veut récupérer Mimi.

— C'est un peu trop tard pour ça, affirmé-je.

Cependant, qu'est-ce que j'en sais ? Mimi a tout laissé tomber pour aller la chercher dans ce bar. Ça n'a pas la moindre importance. Ça ne me regarde plus. Juan essaye simplement de me rendre jalouse. Ça fonctionne, mais juste un peu.

— Nora, reprend Imani.

Nous sommes installés autour de la table extérieure, comme si nous étions en réunion pour discuter d'un sujet vital.

— Es-tu parfaitement sûre d'en avoir fini avec Mimi ?

— Que j'en sois sûre ou non, ce n'est pas la question. C'est comme ça.

Juan lève les yeux au ciel.

— Oh, pitié, Nora.

— Quoi ?

Je sais ce qu'il veut dire. Je m'agace moi-même avec mes conneries.

— Si tu attends des excuses de la part de Mimi, tu vas attendre jusqu'à la fin de tes jours. Elle ne va pas s'excuser pour ce qu'elle a dit, parce qu'elle n'est pas désolée, peu importe ce que tu as ressenti.

— Très bien, alors.

Je sais qu'il n'est pas très juste de ma part d'attendre des excuses de la part de Mimi.

—Nora.

Tout ce que Juan a exprimé en quelques phrases, Imani parvient à le concentrer rien que dans mon nom.

— Je pense que tu commets une grave erreur.

— Ma vie était très bien avant ma rencontre avec Mimi. Évidemment, je suis déçue que notre relation se soit terminée ainsi, parce que j'éprouve… *j'éprouvais* réellement quelque chose pour elle. Vous le savez. Mais je vais vite m'en remettre.

— Ah, grogne Juan.

Il tapote ensuite son épaule.

— Elle a pleuré sur mon épaule. Tes sentiments ne sont pas les seuls à prendre en compte. Tu l'as blessée.

— *Je* l'ai blessée ?

Elle est bien bonne, celle-là.

— Je pense que tu le sais, ajoute Imani.

— Je pensais ne pas avoir à subir ça avec vous. Ne pas être obligée de m'expliquer.

C'est nouveau. Depuis quand mes deux meilleurs amis ne me soutiennent-ils plus inconditionnellement ?

Imani me dévisage avec tendresse.

— Ça n'a rien à voir avec nous. Tu as blessé quelqu'un d'autre. Ça ne va pas.

— Je ne lui ai pas délibérément fait du mal. Je ne voulais pas… C'est elle qui a commencé.

J'ai l'impression d'entendre un enfant qui se chamaille avec un frère ou une sœur, alors même que je n'en ai jamais eu.

— Je sais ce qu'a dit Mimi, intervient Juan. Et je sais que c'est un grand non, pour toi, dans cette bulle que tu t'es créée, mais ce n'était vraiment pas si mauvais. Elle essayait simplement de t'aider.

— Pardon ?

Juan est en train de briser notre pacte. Il aborde le sujet de la famille.

— Jay a raison, le soutient Imani.

Mon souffle se coupe. La vive brûlure de la trahison se fraye un chemin jusqu'à mon âme. Un goût amer me remplit la bouche. Qu'est-ce que c'est ? Une intervention ?

— Tu as des parents qui décrochent quand tu les appelles, continue Imani.

Je n'aurais jamais imaginé un tel coup bas de sa part.

Je n'en reviens pas. Je n'ai jamais signé pour ça. C'est quoi, ce bordel ?

— Je vais monter à l'étage, annoncé-je en repoussant ma chaise. Quand je reviens, dans quinze minutes, je veux que vous soyez tous les deux partis.

— Nora.

Juan me fusille du regard. Pourquoi tant de colère ?

— On ne va nulle part.

— C'est ce qu'on va voir.

Je suis trop déroutée pour avancer alors que j'essaye de comprendre leur manœuvre.

— Tu ne peux pas simplement jeter dehors tous ceux qui sont en désaccord avec toi sur quelque chose, me raisonne Imani. Sauf si tu souhaites finir complètement seule.

Cette perspective m'a l'air divine, à l'heure actuelle.

— En désaccord sur *quelque chose* ? répété-je en croisant les bras sur ma poitrine. Ce n'est pas n'importe quoi. Il s'agit d'une des choses qui nous unit, autour de laquelle nous avons noué un lien pendant des années. Et maintenant, vous me jetez ça en pleine face ? Vous invalidez mes émotions en les comparant aux vôtres, et c'est vraiment nul de la part de mes amis.

— Ce n'est pas ça du tout, rétorque Juan avec un calme infaillible très agaçant.

— Et si Austin *te* suggérait d'appeler *ta* mère ? Comment réagirais-tu ?

— J'aurais une conversation adulte avec lui, répond Juan. Je ne le jetterais pas dehors simplement parce qu'il a de bonnes intentions.

— J'ai essayé d'avoir une conversation avec Mimi, mais elle n'arrêtait pas d'insister, de dire que ça *lui* faisait du mal que *j'ignore ma famille*, comme elle dit, uniquement parce que je ne suis pas impatiente d'appeler ma mère pour Thanksgiving.

Juan se lève et me rejoint.

— Nora. Pourquoi n'arrives-tu pas à lâcher l'affaire ? Pourquoi n'arrives-tu pas à te faciliter un peu la vie ?

— Mais c'est moi, je suis comme ça. Vous le savez, vous l'avez toujours su. Pourquoi est-ce que je ne vous suffis soudain plus, à tous les deux aussi ?

Juan m'ouvre les bras.

— Ce n'est pas à nous que tu ne suffis pas, contre-t-il d'une voix rauque. C'est à toi-même.

Et c'est reparti pour ces conneries. Je préfèrerais encore sauter dans ma piscine tout habillée qu'accepter son étreinte.

— Et puis merde.

Je me rue à l'intérieur, et les chiens me suivent à l'étage. Je m'étale sur mon lit, mais un caprice ne va rien changer à la situation. J'envoie un message à Juan afin de leur demander une fois de plus de s'en aller. Je ne suis toutefois pas certaine qu'ils le feront. Je ne suis manifestement plus capable de prédire leur comportement à mon égard.

Le temps passe lentement, et j'entends Juan et Imani au rez-de-chaussée, qui ignorent clairement mon souhait de rester seule. Mais je peux attendre. Ils se rendront sûrement vite compte qu'ils n'ont rien à me dire de plus. Je ne les écouterai pas. Qu'est-il arrivé à leur soutien inconditionnel, sans poser la moindre question ?

Un coup est toqué à ma porte.

— Nora, m'appelle Imani. Je peux entrer, s'il te plaît ?

J'ai envie d'accepter et de refuser à la fois. Je ne peux pas céder à leur chantage émotionnel, mais ce sont mes deux meilleurs amis au monde. Personne ne me connaît mieux qu'eux. Ils ne peuvent pas m'avoir totalement tourné le dos, il doit y avoir une autre explication.

— Oui, soupiré-je.

— Ce n'est que moi, me rassure-t-elle avant de fermer le battant derrière elle. On peut parler ?

N'est-ce pas ce que nous avons déjà fait ?

— Ça dépend. Tu comprends pourquoi je me sens trahie ?

Le regard d'Imani est indéchiffrable, alors que je lis d'habitude en elle comme dans un livre ouvert.

— Je peux dire quelque chose ?

Je me prépare mentalement le temps qu'Imani s'installe dans le fauteuil en face de mon lit.

— Cette situation avec Mimi, la raison pour laquelle tu as rompu avec elle… Je pense qu'on sait toutes les deux que ça n'a rien à voir avec ta famille ou plus précisément avec ce que Mimi t'a demandé à leur sujet. C'est ce que voulait dire Jay, tout à l'heure. Tu sais qu'on ne te jugerait jamais là-dessus. Tu le sais, n'est-ce pas ?

— C'était ce que je pensais.

— Allons, Nora.

— Ta remarque sur mes parents qui décrochent quand j'appelle, c'était vraiment déplacé.

— D'accord. Je suis désolée. Je n'aurais pas dû dire ça. Je simplifiais tout pour soulever un point important, mais j'aurais dû m'abstenir. On peut passer à autre chose ?

— Aussi simplement que ça ?

Est-elle sérieuse ?

— Aussi simplement que ça, oui, parce que tu te concentres là-dessus uniquement parce que c'est la solution de facilité. Ça t'évite d'avoir à penser à Mimi.

La solution de facilité ? Mais bien sûr.

— Mimi était une erreur. Un coup de folie. Elle me l'a très vite démontré, ce dont je devrais la remercier, en fait. Ce n'est manifestement pas moi qu'elle désire. Elle veut me changer, et je n'ai pas la moindre envie de changer.

— Tu devrais peut-être revoir ta position là-dessus.

— Pardon ?

L'ai-je bien entendue ?

— Je suis ton amie, Nora. Je t'aime. Je veux te voir heureuse.

— Mais je suis heureuse.

Tout du moins, je l'étais avant l'arrivée de Mimi dans ma vie.

— Tu penses vraiment pouvoir balayer votre relation d'un simple revers de la main ? Tu es tombée amoureuse de quelqu'un, tu lui as ouvert cette partie de toi que tu gardes fermée depuis des décennies. Tu ne crois pas avoir déjà changé ? Parce que c'est le cas, et je t'assure que tu auras bien plus de mal que tu le penses à reprendre ta vie telle qu'elle était avant ta rencontre avec Mimi.

— Ça restera plus facile qu'essayer de devenir la femme qu'elle veut que je sois.

Imani secoue la tête.

— Il te suffit d'être toi-même, Nora.

— Mais oui, c'est ça.

Et ensuite ? Je vais devoir appeler ma mère tous les jours ?

— La personne que tu es derrière ce mur immense que tu as érigé.

Pas Imani aussi. Les larmes me montent aux yeux, parce que je viens de perdre ma dernière alliée.

Je plonge mon regard dans le sien.

— Tu sais quand est-ce que je suis réellement moi-même ? Quand je n'ai pas besoin de faire semblant pour qui que ce soit. Quand je suis seule. C'est ce que j'aimerais, maintenant.

Je hoche sèchement la tête, espérant qu'elle comprenne le message.

— Ne nous repousse pas, Jay et moi.

Imani se lève, mais elle vient s'accroupir à côté du lit, sur lequel je suis assise.

— On va te donner l'espace dont tu as besoin pour le moment, mais on est là pour toi dès que tu auras besoin de nous.

Comme si elle comprenait notre conversation, Izzy geint à côté de moi.

Imani se redresse et dépose un doux baiser sur le sommet de mon crâne avant de tourner les talons.

— Tu n'as jamais besoin de faire semblant, avec nous. J'espère que tu le sais.

Apparemment, je ne sais rien du tout. Apparemment, je ne suffis plus pour mes meilleurs amis non plus. Et que sont ces sottises selon lesquelles je ne me suffirais pas à moi-même ? Je m'aime bien assez. Un peu moins quand je suis en présence d'autres personnes, mais j'ai trouvé des solutions pour parer à ce sentiment. Je m'allonge, et Izzy me saute aussitôt sur les genoux. Voilà pourquoi j'ai des chiens. Ils m'aiment tellement, de l'ouverture de leurs yeux le matin jusqu'à leur endormissement. Je ne peux pas dire ce qu'il ne faut pas, avec eux. Ils se fichent du lien que j'entretiens ou non avec ma famille.

Cependant, cette situation doit être bien plus qu'un malentendu. Mes problèmes de communication ne peuvent sûrement pas tout expliquer. J'ai beau en avoir conscience, je ne comprends pas comment je suis censée faire ce que tout le monde a soudain décidé de me conseiller : m'aimer plus.

CHAPITRE 34
MIMI

Malgré moi, mon cœur manque un battement lorsque la sonnette carillonne, peu après 16 h le dimanche. J'ai beau me répéter d'oublier Nora, je me dis qu'il pourrait s'agir d'elle. Elle pourrait avoir préparé un grand geste, ce n'est pas entièrement inconcevable.

J'ouvre la porte, accueillie par une énorme brassée de fleurs. Ce ne serait pas non plus la première fois que Nora m'envoie un beau bouquet en guise d'excuses.

— Je suis désolée.

La voix s'élevant derrière les fleurs n'est pas celle de Nora, mais je ne la connais que trop bien. Mon cœur se serre. En plus de devoir m'efforcer d'oublier Nora Levine, je dois désormais affronter mon ex. Cathy éloigne les fleurs de son visage et me sourit, l'air penaud.

— Désolée d'avoir été une telle garce. De t'avoir appelée sans prévenir et de t'avoir dit tout ça. D'avoir appelé Austin. C'était un coup bas.

Elle secoue la tête, puis elle me tend le bouquet.

— Même si tu n'acceptes pas mes excuses, accepte au moins ce bouquet, s'il te plaît.

Comme en pilote automatique, je lui prends les fleurs des mains.

— La cinquantaine ne me fait pas de cadeaux, déclare Cathy. Je suis un vrai cliché, mais je n'aurais jamais dû te mêler à tout ça. Je suis sincèrement navrée.

Je ne peux pas la laisser plantée là.

— Entre. On va parler.

Je mène le chemin jusqu'à la cuisine, où je place les fleurs dans un vase avant de préparer des cafés.

— Ravi et moi sommes de nouveau ensemble, m'annonce-t-elle. J'ai failli tout foutre en l'air avec elle aussi.

Elle n'est pas venue ici dans l'espoir de me récupérer, au moins.

— Tu dois laisser mes enfants tranquilles, Cathy. Promets-le-moi.

— Tu as ma parole.

Elle me jette un coup d'œil par-dessus le bord de sa tasse.

— Tu vas bien, Mimi ? Tu n'as pas l'air d'être aussi radieuse que d'habitude. Les enfants vont bien ?

— Tout le monde va bien. On a passé un bon Thanksgiving.

Au vu des circonstances, en tout cas.

— Et toi ?

— Je n'ai plus à passer Thanksgiving avec ton ex-mari, au moins, s'esclaffe-t-elle. Je vais bien. J'ai retrouvé la raison.

Nous échangeons des banalités au sujet du travail et des enfants pendant un moment.

— Ça ne me regarde pas, je sais, mais pourquoi as-tu l'air de porter le poids du monde sur tes épaules ? m'interroge Cathy.

Je lance un regard aux fleurs qu'elle m'a offertes. Elles me font penser au bouquet envoyé par Nora pour s'excuser d'avoir essayé de m'embrasser à cet endroit même.

— Mauvaise rupture.

— Je suis tellement désolée, Mimi. Tant pis pour elle, je n'en doute pas – je suis passée par là.

Elle s'éclaircit la gorge.

— J'étais incroyablement ivre et c'était complètement déplacé, mais tout ce que je t'ai dit l'autre jour était sincère.

Elle me sourit, une tendresse évidente dans ses yeux.

— C'était une décision mutuelle ? Cette rupture ?

Ce n'était même pas une décision. C'était une dispute devenue incontrôlable, après laquelle Nora a coupé tout contact avec moi. Même si Juan m'a dit qu'il allait lui parler, je n'ai pas eu de nouvelles de lui. Je ne peux qu'imaginer le pire.

— Cette relation n'était même pas encore établie.

J'ai conscience de mentir alors même que je prononce ces paroles. Je n'ai déclaré qu'à Nora mon amour pour elle, peut-être une autre erreur de ma part.

— Je la connais ?

Oh, oui. Tout le monde connaît Nora – ou pense la connaître. Je secoue néanmoins la tête.

— Tu ne l'as pas rencontrée.

C'est la vérité, au moins.

— Tu as l'air assez bouleversée par tout ça.

Les larmes me brûlent les yeux, mais je refuse de pleurer devant mon ex. Je m'efforce de conjurer d'heureuses pensées. Wyatt racontant quelque chose d'inapproprié. Lucas déployant son charme enfantin quand il veut un bonbon. Ma petite-fille dormant dans mes bras. Voilà ce qui compte. Nora se fiche peut-être de sa famille, mais j'aime la mienne de tout mon cœur. Ah. Foutue Nora.

— Ça va aller. C'est simplement encore frais et à vif.

— Je suis désolée que ça n'ait pas fonctionné. C'est dommage.

— Il va me falloir un peu de temps, mais ça va aller.

Si seulement je pouvais faire un bond de quelques semaines dans le temps. Alors qu'il y a quelques jours seulement, j'étais encore fermement décidée à affronter Nora sur le plateau afin d'obtenir une quelconque explication me permettant de tourner la page, je n'en suis désormais plus si sûre. Ça fait presque une semaine complète que je n'ai reçu aucune nouvelle de sa part. Si je prends en compte la confidence de Juan selon laquelle Nora refuse d'accorder la moindre seconde chance à quoi que ce soit, je sais à peu près à quoi m'en tenir. Pourquoi faire traîner l'affaire ? Pourquoi m'infliger une autre conversation aussi douloureuse qu'épineuse, au cours de laquelle Nora interprètera mal mes propos quoi qu'il arrive ?

Depuis jeudi, je ressasse sans cesse tout ce que m'a dit Juan, mais je reste incapable de réellement l'accepter. À cause de Nora, je me remets en question. Même si je n'avais que de bonnes intentions quand j'ai abordé le sujet de ses parents, j'aurais peut-être dû m'abstenir. Je refoule cette pensée. Contrairement à Nora, j'assume pleinement qui je suis, ainsi que les décisions que je prends à un moment donné.

La sonnette carillonne une fois de plus, et mon cœur s'emballe de nouveau. Ça ne peut pas être l'un de mes enfants : ils entrent toujours par la porte arrière.

— C'est le signal de mon départ, déclare Cathy. Sauf si tu as besoin que je reste.

Elle descend gracieusement de son tabouret.

— Tu es aussi blanche qu'un cachet d'aspirine, Mimi. Tu es sûre que tout va bien ?

J'inspire profondément avant d'acquiescer. Si j'ai tiré une leçon de cette situation, c'est que tomber amoureuse est une expérience déstabilisante à tout âge. Je ne suis pas mieux équipée pour gérer tout ça simplement parce que j'ai pris quelques années depuis la dernière fois que j'ai offert mon cœur à quelqu'un. Quelle ironie, que cette personne se trouve actuellement devant moi.

— Je ferais mieux d'aller ouvrir.

Mon cœur tambourine dans ma poitrine sur le chemin de la porte d'entrée. Il pourrait s'agir de n'importe qui mais, malgré mes réserves, toutes les cellules de mon être souhaitent que

Nora se trouve sur le pas de ma porte. J'ouvre le battant. Juan et Imani se tiennent devant moi. Pas la moindre trace de Nora.

Cathy me dit rapidement au revoir, puis je m'installe dans la cuisine avec les meilleurs amis de Nora.

— On va avoir besoin d'une bonne bouteille de vin, annonce Juan.

— Nora va bien ? je m'enquiers.

Leur présence chez moi me paraît de mauvais augure, je dois bien l'avouer.

— Physiquement, elle va bien. Aussi en forme qu'une médaillée d'or olympique.

Juan a visiblement besoin de vider son sac. Il souffle bruyamment.

— Mentalement…. C'est parfaitement chaotique.

Je sors une bouteille de vin blanc du réfrigérateur et leur sers un verre chacun.

— Elle s'est encore sabotée elle-même, explique Imani. Je suis désolée qu'elle t'ait blessée, Mimi.

— Je l'ai manifestement blessée aussi.

— Nora est très douée pour se faire du mal toute seule, reprend Juan. Elle essaye de nous punir aussi, à l'heure qu'il est, mais après une vingtaine d'années passées à ses côtés, on est plus ou moins immunisés à ses crises.

— Enfin, soupire Imani. C'est différent, cette fois-ci. Elle réagit autrement parce que… Nora ne tombe pas amoureuse comme ça. Elle ne se l'autorise pas. Cependant, elle s'est laissé aller à tomber amoureuse de toi, Mimi, et on ne peut pas ignorer ça.

— C'est comme si elle voulait se punir encore plus parce qu'elle se trouve incroyablement stupide d'avoir baissé ses défenses ainsi.

— Pauvre Nora, commenté-je sans réfléchir.

— Non, intervient vivement Juan. Nora n'a aucunement besoin de notre pitié, Mimi.

— De quoi a-t-elle besoin, alors ?

Pourquoi sont-ils ici ? Ils doivent bien avoir quelque chose en tête.

Imani remue sur son siège.

— Écoute. Ce qu'on va te demander n'a rien de juste ni de raisonnable. C'est plutôt fou, en fait.

Je hausse les sourcils, et Juan reprend le flambeau.

— Le temps que Nora soit prête à s'excuser, à admettre qu'elle se montre particulièrement difficile, tu auras tourné la page, Mimi, parce que ça va prendre une éternité. Elle n'en est pas incapable, mais elle est longue à la détente. Enfin, c'est surtout qu'elle n'y comprend rien, malgré les excellents conseils que lui donnent ses meilleurs amis.

Juan ponctue sa tirade d'un claquement de langue.

— Elle est bornée, et on sait que c'est beaucoup trop te demander, mais on est venus te supplier de nous apporter ton aide.

— Mon aide ? m'esclaffé-je. J'ai l'impression d'avoir soudain cessé d'exister, aux yeux de Nora.

— On sait, concède Imani. Ce qu'on va te demander est aussi égoïste qu'idiot. Un peu comme Nora peut l'être, en fait. Mais elle ne se résume pas à ça. On est amis avec elle, et même bien plus que ça et depuis si longtemps, pour une bonne raison. Nora a un cœur en or. Elle a tant fait pour tant de monde, y compris Jay et moi, et personne n'en saura jamais rien. Elle a bon cœur, Mimi, vraiment. Cependant, elle ne se rend compte de rien en ce qui concerne les relations amoureuses.

— Que voulez-vous que je fasse ?

Même si Nora était la femme la plus généreuse de la planète, ça ne lui donnait pas le droit de me briser le cœur à nouveau.

— Va la voir, répond Juan. Parce qu'elle ne peut pas venir à toi.

— Ne peut pas ou ne veut pas ? rétorqué-je.

— Ne peut pas, affirme Imani. Même si elle peut donner l'impression de ne simplement pas le vouloir. Elle est toutefois réellement amoureuse de toi, et c'est tout ce que je j'ai besoin de savoir.

Frustrée, je lève les bras.

— Enfin, les gars. Qu'est-ce que je pourrais même lui dire ?

— Malheureusement, on ne peut pas t'aider là-dessus, répond Juan avec un sourire désolé. Mais on pense que si on parvient à vous mettre dans la même pièce, Nora et toi, ça éveillera quelque chose en elle. Elle entendra raison, ou y sera tout du moins plus disposée.

— Qu'est-ce que ça veut dire, pour Nora ? Entendre raison ?

Je n'ai aucune envie de me lancer là-dedans. Non parce que je trouve impératif que Nora fasse le premier pas, ni parce que je suis trop fière pour l'effectuer moi-même. Toutefois, je ne sais pas si Nora a ne serait-ce qu'envie de me revoir. J'ai mes limites, moi aussi. Je ne souhaite pas me faire claquer une fois de plus la porte au nez.

— Elle est en état de crise, à l'heure qu'il est. Elle n'a pas les idées en place, même si elle est sûrement persuadée de prendre la seule décision possible dans cette situation : te repousser et faire comme si votre relation n'avait jamais existé. Jay et moi, on n'arrive pas à instaurer le dialogue, mais on pense que tu pourrais réussir. Ne serait-ce que pour la sortir de cette spirale infernale. Mais je comprends, si c'est trop te demander.

Imani conclut son discours d'un petit sourire.

— Pourquoi est-ce que j'accepterais ? Elle m'a mise à la porte, et ce n'était pas sa première tentative. Je n'ai pas très envie de subir une telle versatilité.

Je me souviens de la théorie exposée par Jennifer à Thanksgiving, selon laquelle Nora est célibataire parce qu'elle ne s'autorise pas à être aimée.

Juan me tend une main.

— Parce que... Parfois, dans la vie, il faut se dépasser pour quelqu'un, même si cette personne t'a traitée comme de la merde.

Il sait toucher la corde sensible. Je jette un œil à sa main ouverte. Je n'ai rien à perdre, si je la prends dans la mienne.

— Comme tu le fais pour Nora maintenant.

Je serre doucement sa main.

— Nora est notre meilleure amie. On traverserait les flammes pour elle.

— On ne te demande pas d'aller jusque-là, intervient Imani. Mais on te demande de regarder au-delà des apparences. De nous croire lorsqu'on te dit que Nora est une femme que tu peux aimer, et qui t'aimera en retour, même si elle s'efforce de tout son être de te convaincre du contraire.

Imani pose sa main sur la mienne.

— Si j'aime tant Nora, c'est en partie parce que je me sens profondément liée à elle. On est très différentes, avec des passés et des vies divergentes, mais on est pourtant très similaires, sur certains plans.

Imani déglutit ?

— Je ne me suis pas toujours intégrée si facilement partout. Pendant très longtemps, j'avais constamment l'impression de ne pas être dans mon élément. Quelles que soient ses raisons, c'est ainsi que Nora se sent la plupart du temps – et je comprends ce sentiment mieux que personne. Il te ronge et finit par éroder ton âme.

Elle marque une courte pause.

— Jay et moi, on n'est pas innocents dans tout ça. On a trop toléré. On l'a laissée se replier de plus en plus sur elle-même. Cependant, la voir tomber amoureuse de toi, c'était comme assister à un miracle, Mimi. C'est plus exceptionnel que tu l'imagines. C'est la raison de notre présence. On ne peut rien te garantir, mais on ne peut pas baisser les bras. On souhaite trop la voir heureuse. On te supplie d'accorder une dernière chance à Nora. S'il te plaît.

— Nora n'a pas la moindre idée de la chance qu'elle a, d'avoir des amis comme vous.

Je reporte mon attention sur ma main, piégée entre les leurs.

— Elle en a conscience, déclare Juan avant de plonger son regard dans le mien.

— D'accord, cédé-je. Je vais aller la voir.

CHAPITRE 35
NORA

Quelqu'un toque à la porte de ma loge, et tout mon corps se crispe. L'étendue de mon autorité est limitée : je ne peux pas exiger d'interdire l'accès au plateau à la directrice de notre compagnie de production. Il est donc possible qu'il s'agisse de Mimi.

— Oui, je réponds d'un ton peu avenant.

— Ce n'est que moi, annonce Stella. Voilà pour toi.

Elle entre dans la loge et me tend un Tupperware.

— Je sais que tu ne la mangeras pas, mais ma mère a insisté pour que je te donne une part de tarte à la noix de pécan. Mon devoir de fille est désormais accompli.

— Tu remercieras vivement Mary pour moi.

Stella s'assied.

— Comment s'est passée ta journée de Thanksgiving ?

— Elle était, euh, normale, marmonné-je. Et la tienne ?

— Kev et Bridget sont venus à la maison avec tous les enfants. C'était une fête de la famille Flack : bruyant, chaotique et incroyable.

Un soupir ravi lui échappe.

Ironiquement, Mimi devrait être fière de moi, étant donné

que j'ai appelé ma mère pour Thanksgiving – je n'avais pas grand-chose d'autre à faire.

— Tu l'as fêté avec Juan et Imani ? s'enquiert Stella.

— Seulement Imani. Juan a pratiquement déjà été adopté par sa belle-famille.

— Mimi et sa famille ?

Stella hoche la tête avant de pouffer de rire.

— En parlant de Mimi… Est-ce que tu aurais quelque chose à me dire ?

— Comment ça ?

Mon cœur se serre dans ma poitrine, comme s'il tentait physiquement de se dérober à cette question.

— Je ne suis pas aveugle, et je ne me cache pas dans ma loge entre deux prises comme tu le fais la plupart du temps. Je remarque les choses.

— Oui, eh bien quoi que tu aies remarqué, ça n'est plus d'actualité.

— Oh, commente Stella avec une moue. Je suis désolée. Il s'est passé quelque chose ?

— Je dois me préparer, Stella. Je n'ai pas envie de parler de tout ça. Il n'y a de toute façon rien à discuter.

— Si tu le dis.

— Désolée. Ce n'était rien, entre Mimi et moi.

Quel mensonge.

— Ça s'est tari avant même de prendre forme.

Je devrais recevoir un Emmy rien que pour cette phrase – cependant, jouer la comédie, c'est l'opposé du mensonge.

— Ça va aller ? s'inquiète Stella.

— Bien sûr.

— Si tu as besoin de te remonter le moral, tu es toujours la bienvenue chez nous.

— Merci, Stella.

— Ne t'en fais pas, je n'inviterai pas maman, plaisante-t-elle.

Néanmoins, je lui dirai que tu as dévoré cette part de tarte à la noix de pécan.

Stella et sa mère parfaite. Le genre de mère qui accepte que sa fille tombe amoureuse de la femme de son fils. Le genre de mère à la tête d'une famille capable de traverser tout ça et de se réunir pour Thanksgiving sans être à couteaux tirés. Même si nous ne pouvons choisir notre famille, nous avons la possibilité de choisir les personnes avec qui nous passons du temps – et heureusement.

— Je trouve ta mère vraiment formidable, Stella. N'oublie pas de lui dire que j'adore chaque minute passée en sa compagnie.

— Hors de question, proteste Stella. Ça ferait de toi sa fille préférée, et sans le moindre lien de sang.

J'ai passé bien trop de temps à méditer sur ma propre famille depuis que Mimi m'y a forcée sans ménagement. Cependant, je peux penser à eux autant que je veux, ça ne changera rien. Lorsque j'ai parlé à ma mère pour Thanksgiving, l'appel s'est déroulé exactement comme je m'y attendais. Poli, distant, avec cette gêne démoralisante de tout ce qui n'existe pas entre nous. La sensation qu'il devrait y avoir plus parce que nous faisons partie de la même famille, mais non.

Stella et moi sommes appelées, et je lance un regard prudent aux alentours à la sortie de ma loge, terrifiée à l'idée de croiser Mimi.

———

Juan m'a envoyé un message pour me prévenir qu'il comptait passer tout à l'heure, même si nous sommes lundi, et qu'aucune objection ne l'arrêterait. Il suivait manifestement l'exemple de Mimi, essayant d'anticiper mon refus avant même que je ne l'exprime. Toutefois, je n'ai aucune envie de rester en froid avec lui, ni avec Imani, pendant trop longtemps. Cette entrevue nous fournira une occasion régler la situation, maintenant que nous sommes tous calmés. De retrouver notre amitié telle qu'elle était, sans interrogations ni attentes.

D'habitude, Juan entre de lui-même mais, pour je ne sais quelle raison, il décide aujourd'hui de sonner. Je n'ai pas le temps de lui demander ce qui lui prend, puisque je me retrouve nez à nez avec Mimi.

— Comme tu peux le voir, je ne suis pas seul, annonce Juan. Mais je vais vous laisser en tête-à-tête.

— Bonjour, Nora.

Il s'agit peut-être d'une coïncidence, mais Mimi porte le même tailleur d'un blanc immaculé que lors de notre première rencontre. Je ne l'ai pas oublié – sûrement parce qu'elle m'a immensément agacée, ce jour-là.

— Je peux entrer ?

Juan m'a tendu une embuscade. C'est malin, je dois bien l'admettre. Je n'ai toutefois pas le temps de m'attarder sur sa stratégie. J'ai une décision à prendre.

Juan joint ses mains en prière.

— S'il te plaît, Nora. Accepte.

— D'accord.

Je m'écarte afin de laisser entrer Mimi. Je n'en reviens pas qu'elle soit venue chez moi après tout ce que je lui ai dit. Elle doit être sacrément masochiste.

— Merci, souffle-t-elle en me passant devant.

— Appelle si tu as besoin de moi.

Avec un très léger signe de tête, Juan retourne à sa voiture.

— Tes amis sont très persuasifs, déclare Mimi à notre arrivée dans le salon.

— En effet, oui.

Juan aurait pu m'avertir, me permettre de me préparer à cette conversation. Mais de qui est-ce que je me moque ? Il n'avait pas d'autre choix que de me surprendre pour éviter un refus de ma part.

Je reporte mon attention sur Mimi. Maintenant qu'elle se tient devant moi, tout ce que j'ai refusé d'éprouver depuis la semaine dernière me submerge. Je ne ressens pas uniquement du regret, mais aussi un désir brut et brûlant.

C'est agaçant.

L'espace d'un instant, je me suis sentie à l'aise en présence de Mimi. En sécurité. Jusqu'à ce que ça ne soit plus le cas. Jusqu'à ce qu'elle me prenne au dépourvu. Et je n'ai rien vu venir tant j'avais baissé ma garde.

Au lieu de la repousser une fois de plus, malgré tout ce que je suis et les règles que je m'impose, je meurs d'envie de l'embrasser. Néanmoins, nous allons devoir discuter avant. Tout doit toujours être exprimé, des mots incapables de retranscrire notre tourment intérieur doivent être formulés.

— Je peux t'apporter quelque chose ? lui demandé-je.

Mimi se rapproche de moi.

— Nora. La décision de venir ici n'était pas facile à prendre, parce que… eh bien, pour de nombreuses raisons, mais c'est ce que je veux clarifier. Pour l'instant, on devrait peut-être se ficher des raisons, du pourquoi du comment on agit comme on le fait. Pourquoi on a eu cette dispute, et tout ce qu'on aurait à en dire.

— M… Merci d'être venue, balbutié-je.

— Je ne suis pas venue ici pour avoir une autre conversation frustrante avec toi. Honnêtement, je n'en vois pas l'intérêt.

— D'accord.

Pourquoi est-elle ici, alors ? Elle souhaite sûrement des excuses de ma part. C'est sûrement la meilleure chose à faire, si je veux qu'elle reste plus longtemps – et c'est le cas, parce que mon désir pour elle ne s'éteindra pas de sitôt.

— Je suis désolée de la façon dont ça s'est termi… commencé-je.

— Non, m'interrompt Mimi en levant une main. Nora. Tu n'as pas besoin de t'excuser, et moi non plus. Pas pour le moment, en tout cas. Selon moi, ce qu'il nous faut, ce qu'on doit travailler, c'est notre lâcher-prise.

Elle effectue un pas de plus dans ma direction.

— Ensuite… advienne que pourra.

Pour être honnête, je ne comprends pas trop ce qu'il se passe, tout du moins pas consciemment, mais mon corps semble parfaitement capter le message. Ma peau réagit à sa proximité. Mon cœur s'emballe.

— Tu penses en être capable ? murmure Mimi.

— Putain, oui.

Même si je suis encore dans le flou, chacun de ses mots me ravit. Je ne vais pas subir une autre conversation exténuante. La plupart du temps, je préfère ne pas avoir à parler. Mimi va peut-être m'offrir le meilleur cadeau de ma vie, en m'évitant d'avoir à exprimer l'indicible.

— Je peux t'embrasser ?

Ses lèvres sont si proches des miennes qu'elles pourraient tout aussi bien y être collées.

Mon estomac se dénoue soudain lorsque j'acquiesce. Et je la laisse m'embrasser. Advienne que pourra.

J'entrouvre les lèvres et laisse entrer Mimi. Sa langue est encore plus douce que dans mes souvenirs, mais ses mains sont fermes dans mon dos. Elle m'attire contre elle, cette étreinte inattendue mais tellement parfaite. J'en oublie pourquoi je lui ai demandé de s'en aller, ce jour fatidique. J'en oublie même où je suis. Je m'abandonne, oubliant toutes les raisons pour lesquelles je refuse tant de choses.

Peut-être ne faut-il parfois qu'un baiser pour tout reprendre à zéro, pour évaluer le lien qui vous unit réellement à quelqu'un d'autre. Cependant, Mimi n'est pas n'importe qui, parce qu'elle est là. J'allais m'excuser, mais elle n'a pas besoin de ça.

Nous rompons notre baiser, et Mimi plonge son regard dans le mien.

— Viens ici.

Elle me serre fort dans ses bras.

— Tout va bien se passer, Nora.

Quatre-vingt-dix-neuf pour cent du temps, ces mots sont vides de sens, étant donné que personne ne peut prédire le futur. Toutefois, j'y crois lorsqu'ils sortent de la bouche de Mimi. Parce que j'en ai envie. Parce que je la désire, et je suis prête à disparaître dans son étreinte.

— Si tu veux parler, on peut parler, me chuchote-t-elle à l'oreille. Mais ce n'est pas une obligation.

— Tu veux monter ?

Elle acquiesce, son menton percutant doucement mon épaule. Nous restons toutefois immobiles, enlacées dans mon salon pendant un long moment, la chaleur de son corps collé au mien faisant fondre la glace de mon âme.

CHAPITRE 36
MIMI

Sur la route jusque chez Nora, j'ai failli céder à mes doutes. Cependant, dès que je l'ai vue sur le pas de sa porte, j'ai su que j'avais pris la bonne décision. J'ai su que je devais rester, et ce que je devais faire. J'ai su ce dont Nora avait besoin, et il ne s'agissait pas d'une autre conversation.

J'ai toujours enseigné à mes enfants l'importance de la communication, ce en quoi je crois réellement, mais il existe plus d'une façon de communiquer. Le nombre de câlins que j'ai pu distribuer quand mes enfants étaient trop furieux pour parler, trop tristes pour formuler des mots ou trop larmoyants pour sortir une phrase compréhensible, peut en témoigner. J'ai autant appris de mes enfants qu'eux de moi.

Je peux dire à Nora que je l'aime autant que je veux, mais il vaudrait peut-être mieux le lui démontrer. Pendant ce temps, nous pourrons jauger si ce qu'il y avait auparavant entre nous existe encore. Si nos sentiments mutuels sont suffisamment puissants pour survivre à ce que la vie a fait de nous.

Dans la chambre de Nora, notre sérieux laisse rapidement place à une ambiance plus espiègle. Je le lis dans les yeux de

Nora. Je ne saurais déchiffrer ses émotions, mais je distingue au moins ça.

— Tu es quelque chose, commente Nora. Te pointer chez moi et me séduire ainsi.

— Tu es quelque chose, rétorqué-je. Il s'avère que c'est exactement ce que tu attends de moi.

Nora me prend dans ses bras.

— Merci d'être venue.

— Pas encore, plaisanté-je.

Nora sourit, illuminant la pièce.

— D'accord.

Elle se mordille la lèvre inférieure.

— Remédions-y, alors.

Je toise Nora de la tête aux pieds. Comme d'habitude, elle est vêtue d'un jean ainsi que d'un débardeur, et ses épaules me paraissent encore plus impressionnantes que dans mes souvenirs. La courbe de ses biceps est délicieuse. Sa peau est si lisse qu'elle scintille. J'ai hâte de remonter ce débardeur, de révéler les abdominaux dissimulés en-dessous. Je ne suis néanmoins pas ici pour le corps de Nora – j'ai bien vu ce qu'il lui coûte. Non, je ne devrais pas penser comme ça. J'ai vu ce qu'il me coûterait, ou au commun des mortels, d'avoir un corps comme le sien. Deux heures quotidiennes avec l'impitoyable Marcy.

Nora prend ses propres décisions. Avoir un tel corps est son choix, et elle fournit tous les efforts nécessaires pour l'entretenir. Le choix de la nourriture qu'elle ingère lui revient, et elle devrait pouvoir se sustenter sans subir mon jugement, peu importe les raisons qui la motivent ou celles que je suppose– ou ce que j'en pense.

Nora a le droit d'être qui elle veut et de faire ce qui lui plaît. Autrement, elle ne serait pas Nora Levine. Je ne parle pas de la Nora que mes enfants idolâtrent, cet hybride de son physique et de la personnalité enjouée de son personnage de *High Life*. Je parle de la vraie Nora. Celle qui a dansé si librement avec mes enfants, mais également celle qui est effrayée par la possibilité d'une relation réelle, une relation qui déterre ce qu'elle a gardé enfoui si profondément en elle pendant si longtemps qu'elle m'a mise à la porte de chez elle par crainte de ce qui pourrait en découler.

Je suis ici pour tout ce qui fait de Nora la femme qu'elle est, pour tout ce qu'elle m'a déjà révélé et les nombreuses facettes d'elle qu'il me reste à découvrir. Pour sa bienveillance à l'égard de ceux qui ont besoin d'aide, pour la joie qu'elle a apportée à des millions de personne en étant irrésistible devant une caméra, mais surtout pour l'impossibilité qu'elle s'ouvre à moi. Qu'elle souhaite essayer. Qu'elle réponde à l'instinct qui m'a saisie dès l'instant où j'ai posé de nouveau les yeux sur elle. Qu'elle me laisse l'embrasser, consciente au plus profond d'elle-même qu'il s'agit sûrement de la meilleure façon pour nous de surmonter tout obstacle.

Même si je ne suis pas ici pour son corps, il m'attire tout de même énormément. C'est un avantage à fréquenter Nora Levine, puisque j'adore caresser ses abdominaux de fer – je ne suis pas au-dessus d'une telle superficialité. J'adore voir le tissu de son débardeur remonter, révélant lentement son ventre sculpté. Mon clitoris palpite quand je fais passer son haut par-dessus sa tête. Mon souffle se coupe lorsque je libère ses seins aux tétons érigés. Un feu embrase mes veines quand j'embrasse sa clavicule. Quand mes lèvres effleurent sa gorge. Quand elle m'ouvre sa bouche. Mes genoux flageolent lorsque nos langues se mêlent.

Quand nous nous laissons enfin tomber sur son lit, je brûle de désir. Je devrais peut-être y aller lentement, caresser son corps avec intention et tendresse, mais j'en suis incapable. Mon corps réagit, lui aussi, et il me dit haut et fort que j'ai bien fait de venir ici.

Avant de me lancer, de répondre à ce désir dévorant, je dois lui demander son consentement. Je dois m'assurer qu'elle est aussi enthousiaste que moi.

Lorsque je croise le regard de Nora, j'y lis le même désir qui me submerge, la même chaleur qui fait bouillir mon sang. Il s'agit potentiellement du meilleur moyen de communication de Nora. Peut-être est-ce non seulement la seule conversation que nous pouvons avoir, mais également la seule que nous avons besoin d'avoir.

Ses ongles m'éraflent la peau. Ses lèvres se referment sur mon mamelon, mais je les veux ailleurs.

— Nora, je t'en prie. Touche-moi.

Elle abandonne mon téton pour me sourire. Ce qu'elle fait ensuite me surprend, mais dans le bon sens. Elle pose les mains sur mes fesses et m'attire contre elle. Mes genoux glissent sur le drap alors que je la chevauche. Je manœuvre afin de me retrouver où elle me veut – et où je me délecte d'être. L'anticipation est presque trop pour moi. Je pourrais jouir dès maintenant, complètement offerte à Nora, mes jambes écartées devant son visage. Mon clitoris palpite tandis que je me retiens à la tête de lit. Quelque chose me dit que je vais avoir besoin de ce soutien. Je baisse les yeux sur Nora, son visage presque entièrement obscurci par mes cuisses, mais le sourire qui a dû s'épanouir sur ses lèvres atteint ses yeux. Ils flambent d'un plaisir diabolique.

Quoi qu'elle ait échoué à m'exprimer avec des mots, elle peut me le communiquer maintenant. Je me prépare à la caresse de sa langue sur mon clitoris. Elle lèche d'abord mon sexe, me goûtant et m'excitant. Lorsque sa langue atteint enfin mon clitoris sensible, le contact est plus prudent qu'intentionnel, comme si elle voulait faire durer ceci.

Je me cambre contre elle. En réponse, Nora enfonce un peu plus ses doigts dans mes fesses. J'ai peut-être rêvé de cet instant lors d'un moment de vulnérabilité, espéré que ça puisse arriver pendant quelques folles secondes, mais je n'aurais jamais pu imaginer un tel scénario, me retrouver à la merci des lèvres de Nora – parce que j'étais prête à m'en aller. Je me préparais à accepter sa décision unilatérale de me jeter, de laisser sa crainte sceller notre destin.

Je suis ravie que l'issue soit tout autre. Que ses amis soient venus à son secours, à notre secours, parce qu'ils souhaitaient que Nora vive ceci. Peut-être pas cet instant précis – elle m'aguiche de la pointe de la langue, me léchant comme si elle avait tout le temps devant elle. Ce n'est pas mon cas. J'ai besoin de jouir. J'ai besoin de me libérer de cette tension. J'ai besoin de l'évacuer, d'en purifier mes muscles afin de pouvoir recommencer à zéro.

— Merde, grondé-je.

J'espère que c'est suffisant, qu'elle comprend le message. Néanmoins, pour une fois, ce n'est pas une question de compréhension : Nora sait parfaitement ce qu'elle fait : elle me rend folle. Elle m'amène au bord de l'orgasme sans me laisser atteindre le sommet. Peut-être ne souhaite-t-elle pas que cet instant prenne fin par crainte de ce qui pourrait arriver ensuite. Mais non, dans ce lit, dans cette chambre, il n'y a pas la moindre place pour la peur. Elle n'est pas la bienvenue ici.

Mon corps n'attend pas Nora. Mon excitation cherche une issue et la trouve contre sa langue malgré la légèreté de ses caresses autour de mon clitoris. Elle peut tenter de me faire perdre la tête autant qu'elle le veut, je ne la laisserai pas faire.

Dès que les premiers tremblements me parcourent, Nora réagit. Elle referme la bouche sur mon sexe et donne des coups de langue déterminés, ce que j'ai attendu tout du long, et elle me laisse enfin jouir. Je frissonne contre elle, mes muscles se relâchant après cette rude semaine. Essoufflée, je m'appuie sur la tête de lit.

— Bordel, soupiré-je.

La tête en arrière, je prends une inspiration et remplis mes poumons d'oxygène avant de libérer Nora.

— Encore une fois, déclare-t-elle avec un sourire malicieux. Merci d'être venue.

Je profite de nos rires partagés, de ce lâcher-prise, de nos corps qui s'expriment sans mots.

— Attends que je reprenne mon souffle.

Nora secoue la tête avant de se hisser sur moi.

— J'ai assez attendu, murmure-t-elle.

CHAPITRE 37
NORA

— Tu en as partout sur le visage, commente Mimi.

Elle m'embrasse malgré tout.

— Exactement ce que je voulais, lui murmuré-je à l'oreille.

Nous ne pouvons pas nous arrêter, maintenant. Je refuse. Non parce que je cherche à atteindre l'orgasme, bien que j'aie incroyablement hâte de jouir, mais parce que je n'ai aucune envie que ceci prenne fin. Ici, dans mon lit, c'est là que je me suis sentie le plus en sécurité de ma vie grâce à Mimi, et j'aimerais me cramponner à cette sensation. Je m'efforce d'éviter de penser à ce qui pourrait arriver quand nous sortirons de cette pièce, au lever du soleil demain, quand nous nous retrouverons face à face à la lumière du jour. Je voudrais rester absorbée par Mimi sous le couvert de l'obscurité pour toujours.

Si seulement je pouvais me sentir ainsi tout le temps. Si seulement je pouvais, une fois pour toutes, me défaire de cette gêne ancrée en moi, prête à me submerger à tout moment si je manque de prudence. C'est le don de Mimi : elle la fait disparaître. Elle me permet de rêver d'une vie exempte de ce malaise, de ce manque de confiance en moi et de ces doutes constants, de cette impression que la vraie Nora Levine n'est pas assez bien pour le monde extérieur.

Ici, avec Mimi, rien de tout ça ne compte. Il n'existe qu'une seule version de moi. Toutes les deux dans notre bulle, seuls le lien qui nous unit et l'amour que nous faisons subsistent. Cet amour qui éclipse tout le reste. Cet amour qui remplace un million d'excuses qu'elle n'a pas besoin d'entendre – parce que je n'ai pas besoin de m'excuser d'être moi-même. Pour cette femme que je suis devenue, cette somme aléatoire de mes gènes et de la vie aussi singulière qu'extraordinaire que j'ai vécue jusqu'à présent. Cette femme qui est la conséquence des choix commis, bons comme mauvais, judicieux comme imprudents. J'ai au moins eu l'esprit de la laisser entrer dans ma vie. De ne pas laisser une quelconque pensée négative prendre le pas sur l'ampleur de mon désir. De simplement lâcher prise. De simplement exister… avec elle. Si ce n'est pas le paradis sur terre, je ne sais pas ce qui peut l'être.

Jusqu'à aujourd'hui, j'ai cru que c'étaient ces instants de détente sur mon canapé avec mes chiens étalés sur moi, ce qui peut être le cas – mais ce n'est pas tout. Parce qu'il s'agit également de cet instant. C'est m'ouvrir à cette femme sublime, phénoménale et accomplie et la laisser retourner mon monde. Lui donner la clé du cadenas bien trop complexe protégeant mon cœur. Ça n'est pas forcément si difficile. Ça peut être aussi simple que Mimi et moi dans ce lit. Pour le moment, tout du moins.

Mimi me fait rouler à côté d'elle et se colle contre mon flanc, ses doigts effleurant mon ventre.

— Ton corps est vraiment une œuvre d'art, chuchote-t-elle.

Je me note mentalement de lui rappeler ces mots lorsque mon réveil sonnera demain matin, à 5 h. Ensuite, mon cerveau perd toute capacité à prendre la moindre note. Un doigt de Mimi dessine des cercles autour de mon téton. Plus que tout le reste, c'est sa délicatesse qui me déroute une fois de plus.

Comme si elle savait lire mon corps et savoir ce que je préfère. Ou peut-être le lui ai-je montré plus tôt, quand elle chevauchait mon visage et que je l'ai forcée à patienter, même si ce n'est pas la raison pour laquelle j'ai testé sa patience. Je souhaitais simplement la garder là, dans cette position intime, le plus longtemps possible.

Mimi se cambre et aspire mon mamelon dans sa bouche. Un courant électrique me parcourt le corps. Quelque chose en moi a dû sentir tout ceci, lors de ma première tentative de baiser. Lorsque, spontanément et contre toute attente, j'ai voulu la goûter pour la première fois.

Elle se faufile dans cette partie de mon cerveau que ma conscience ne parvient pas à atteindre. Pas étonnant que j'aie perdu la tête pour Mimi. Mon inconscient a reconnu ce que je recherche sans cesse : une femme plus âgée puisque, comme Juan le dit si bien, je suis un cliché ambulant des problèmes entre mère et fille, mais au moins j'ai de jolies jambes. Mimi est une mère incroyable avec une flopée d'enfants qui l'aiment plus que tout au monde. Une telle relation touchera toujours un point sensible en moi. Cependant, Mimi est tellement plus que ça.

Elle exsude une énergie que je trouve irrésistible, une sorte d'autorité naturelle qui m'exalte. Son contrôle constant sur tout parle à la partie de moi qui souhaite toujours tout régenter. Ce qui m'a tant irritée chez elle lors de notre première rencontre, ce besoin de nous montrer qui était aux commandes dès son entrée dans la pièce, est possiblement ce qui m'emballe le plus maintenant.

Elle donne un dernier coup de langue à mon mamelon avant de descendre le long de mon corps, sa main suivant le chemin tracé par ses lèvres. Ma peau s'embrase, et il n'y a qu'une seule façon d'éteindre ce feu.

Elle embrasse mon bas-ventre alors que sa main se glisse entre mes jambes.

Un sourire suffisant s'épanouit sur ses lèvres lorsqu'elle relève les yeux.

— Pas besoin de lubrifiant, ce soir.

Son assurance attise mon excitation et me rend encore plus moite de désir pour elle.

Elle se penche sur ma cuisse, et ses lèvres se posent sur moi. Elle capture mon clitoris dans sa bouche, lui faisant subir le même traitement qu'à mon téton un peu plus tôt, et je me retrouve à deux doigts de perdre la tête. Ses doigts prennent leur temps, mais pas sa langue. Sa façon de faire me trouble : douce, lente et brûlante à la fois, comme si elle évaluait la moindre réaction de mon corps. C'est le prolongement de son comportement en-dehors de la chambre. Sous son masque éclatant de productrice, Mimi n'est que chaleur maternelle, ce dont je ne me lasse pas. La combinaison des deux pulvérise mes dernières défenses, une bonne fois pour toutes.

Elle se redresse afin de remplacer sa langue par le bout d'un doigt. Elle dessine de lents cercles autour de mon clitoris, ses yeux plongés dans les miens. Mimi me contemple, son regard aussi doux et tendre que sa langue l'était quelques instants plus tôt. Son doigt se faufile un peu plus bas, puis elle l'insère en moi.

Désireuse de voir son visage, je garde les yeux ouverts. Je ne pourrais pas détourner le regard, même si je le souhaitais. Mimi ajoute un autre doigt, et son pouce effleure mon clitoris alors qu'elle me pénètre profondément.

Je l'attire à moi et l'embrasse avec ferveur. Elle m'a offert le plus beau des cadeaux. Pas cet orgasme qui s'apprête à me submerger, mais une confiance que les mots ne sauraient exprimer. Une confiance qui doit être ressentie au plus profond de soi, plus puissante que de simples paroles – plus puissante que mes compétences déficientes en communication.

Une autre sensation frémit dans mes os et contracte mes muscles. Notre baiser redouble d'ardeur avant de stagner. Mon regard rivé au sien, je jouis sur ses doigts, palpitant autour d'elle et m'abandonnant au plaisir. Mon corps cède et, alors que les nerfs de mon clitoris s'embrasent, je sais que je suis plus que suffisante.

———

— J'aimerais dire quelque chose.

Je n'imagine pas meilleur havre qu'à cet instant, dans les bras de Mimi.

— Tu n'es pas obligée, m'assure-t-elle.

— Je sais, mais j'en ai envie.

— D'accord.

Couchée derrière moi, un bras replié autour de ma taille et son corps brûlant, Mimi m'étreint.

— Tu veux rester comme ça ? C'est plus facile ?

Je me retourne dans ses bras. J'aimerais exprimer ceci en la regardant, tout comme je voulais connaître la puissance de cet orgasme sous ses yeux tout à l'heure.

— Salut.

L'expression de Mimi s'adoucit lorsqu'elle pose les yeux sur moi. Elle se penche afin de déposer un léger baiser sur le bout de mon nez.

— Je ne parle jamais de ça, pas même avec Juan et Imani, donc je ne sais pas trop comment ça va sortir.

Un sourire aux lèvres, Mimi acquiesce.

— J'aimerais t'expliquer quelque chose. Ou essayer, en tout cas.

Mes muscles jusqu'alors détendus se crispent de nouveau, mais ce n'est pas grave. J'ai appris à vivre avec cette tension, à l'accepter sans réagir – et surtout pas de façon excessive. Ça ne fonctionne pas, la plupart du temps. Néanmoins, ce soir, avec le bras de Mimi enroulé autour de moi et la volupté causée par mon orgasme, je peux essayer, même si cet effort restera sans aucun doute désagréable.

— D'accord, répète Mimi en me caressant doucement le dos.

— Je ne hais pas mes parents, tout comme je ne les *ignore* pas délibérément, comme tu le dis.

Je marque une pause. Comment exprimer ceci ? Toutefois, certains problèmes doivent être formulés. Certaines émotions doivent être extériorisées afin d'éviter qu'elles s'enveniment jusqu'à devenir ingérables.

— Je les aime, même si je sais que cet amour entre enfants et parents n'est pas une évidence. J'en ai suffisamment été témoin pour cesser de croire à ce conte de fées. Mais…

Je prends une profonde inspiration.

— Te voir avec tes enfants, votre relation… Grandir dans une telle maison, avec une telle famille, c'est mon plus grand rêve. Mon enfance n'avait rien à voir avec ça. Ce n'était pas horrible, et mes parents ont fait ce qu'ils pouvaient avec ce qu'ils avaient, mais émotionnellement… enfin, ils sont comme moi.

Un petit rire nerveux m'échappe.

— Tu imagines deux personnes comme moi élevant un enfant ? En s'emportant si facilement ? Et incapables d'exprimer leurs émotions ? Je ne peux toutefois pas leur en vouloir d'être eux-mêmes, tout comme je ne peux m'en vouloir d'être moi-même. Je suis leur fille. Je leur ressemble tellement, et ça me tue parfois, parce que j'aimerais être… différente. J'aimerais être mieux.

Je me concentre sur un minuscule grain de beauté sur le côté gauche du menton de Mimi.

— Je sais que, même s'ils ne peuvent pas le dire, ils m'aiment et souhaitent mon bonheur plus que tout. Ils sont peut-être même fiers de moi, qui sait, mais je ne peux pas le savoir puisqu'ils ne me l'ont certainement jamais fait savoir. Même pas en rêve.

Quelque chose se bloque dans ma gorge, et je déglutis.

— Il m'arrive d'en rêver, même s'il s'agirait de la conversation la plus étrange qui soit s'ils me complimentaient ainsi un jour à voix haute. Cependant, je sais parfaitement ce que c'est, d'être comme ça. De ressentir les choses aussi fortement mais d'être complètement inapte à partager ces émotions.

Les doigts de Mimi continuent leurs caresses sur la peau de mon dos.

— Je les comprends, sincèrement. Mais ça ne me donne pas envie de passer plus de temps avec eux, au contraire. C'est peut-être cruel, et ça fait de moi une fille indigne, mais je suis ainsi et je ne saurais me comporter autrement. Quand je leur rends visite, la tension entre nous, l'énergie négative de tous ces non-dits accumulés… c'est insupportable. J'ai donc décidé il y a un moment de réduire au maximum ces visites qui me frustrent plus qu'autre chose. Je devrais sûrement fournir des efforts pour réparer ce qui ne va pas entre nous, mais c'est trop difficile. Et c'est ma décision. Je ne suis pas obligée de passer plus de temps en leur compagnie uniquement parce que ce sont mes parents. C'est égoïste, j'en suis consciente, parce que ça peut être blessant ou leur manquer de respect. Ils ne me le diraient jamais, si c'était le cas. Ils n'exigeraient jamais quoi que ce soit de ma part. J'ai comme l'impression qu'ils préfèrent la situation telle qu'elle est, eux aussi. Mais je ne peux pas en être certaine.

Je laisse mes larmes couler librement. Inutile d'essayer de les dissimuler maintenant.

De son pouce sur ma joue, Mimi tente de les attraper.

— Je suis désolée d'avoir insisté, Nora. Je n'aurais pas dû. Je n'aurais pas dû supposer que je savais mieux que toi comment gérer ta vie.

Mimi s'excuse, maintenant ? Voilà qui fait redoubler mes larmes.

— Ce n'est pas à toi d'améliorer les choses, déclare Mimi

sans retirer sa main de ma joue. Je te le dis en tant que mère – et une sacrément bonne, en plus.

Mon visage enfoui dans ses cheveux, je laisse Mimi me serrer contre elle. Au cours de ces cinq dernières minutes, rien qu'en parvenant à lui raconter tout ceci, j'ai plus pansé mes blessures que pendant toute ma vie.

Ayant grandi en refoulant mes émotions, je suis devenue relativement allergique à de telles effusions. Ça m'a toujours paru inutile, presque vulgaire. Mais pas maintenant – et même jamais, en fait. Surtout pas après avoir révélé cette partie de moi à Mimi. Cet aspect de ma personnalité que j'ai enseveli sous des couches de honte et de culpabilité. Bien que ces confidences à Mimi ne changent rien à la réalité de cette situation, ma vie s'en retrouve tout de même bouleversée.

CHAPITRE 38
MIMI

Je m'attendais à être réveillée à une heure indue par l'atroce réveil de Nora mais, à ma grande surprise, il fait parfaitement jour et le corps nu de Nora est encore blotti contre le mien sous les couvertures.

De ce que j'en sais, Marcy n'a pas débarqué dans la chambre à 5 h du matin pur exiger que Nora la rejoigne dans la salle de sport non plus.

— Hmm.

Alors qu'elle se réveille, Nora passe une jambe sur les miennes.

— Pardon ? Qui êtes-vous ? Êtes-vous le sosie de Nora, parce que cette situation est vraiment inappropriée, si c'est le cas.

En réponse, Nora saisit ma main et la pose sur son ventre.

— Est-ce que mon sosie aurait des abdominaux comme ceux-ci ?

— En parlant d'abdominaux, pourquoi n'es-tu pas en pleine séance de sport, à l'heure qu'il est ?

Nora se redresse et me regarde.

— Oh, désolée, madame St James. Est-ce ce que vous exigez

des acteurs principaux de votre série phare, désormais ? Comme c'est archaïque.

Elle conclut sa tirade d'un sourire.

— Bonjour, murmuré-je avec un grand sourire. Je suis simplement surprise.

J'enfouis mon visage dans son cou, et ma peau réagit aussitôt à sa chaleur corporelle. Nora passe sa main dans mes cheveux.

— J'ai envoyé un message à Marcy quand tu t'es endormie, m'explique-t-elle. Soyons honnêtes, à ton âge, tu as besoin de ce sommeil réparateur.

Nora éclate de rire tandis que je me laisse retomber sur l'oreiller.

— Tu as bien raison. Je pourrais m'habituer à tout ça.

— Marcy n'est pas ravie, d'ailleurs. Ni stupide. Elle te tiendra définitivement responsable, donc tu ne voudrais peut-être pas être là lors de sa venue, demain.

— Je resterai volontiers au lit jusqu'à son départ.

— Je trouverai une solution pour me lever sans te réveiller, acquiesce Nora. Je n'ai jamais dû prendre en compte la présence d'une autre personne dans mon lit.

— Tu as bien dormi ?

Je ne sais pas du tout comment je vais réussir à sortir du lit divin de Nora, ce matin. Un réveil à ses côtés tel que celui-ci est merveilleux.

— Comme un bébé. J'étais épuisée. Et toi ?

— Oui. Merci encore de t'être confiée à moi. Ça compte beaucoup pour moi, Nora.

Je repousse une mèche de cheveux tombée sur sa joue.

— Ça m'a fait du bien.

Elle n'a plus rien de la femme vulnérable qui pleurait dans mes bras hier soir.

— Je ne veux pas que tu fasses quoi que ce soit si tu n'en as pas envie ou si tu n'es pas prête, mais j'aimerais continuer cette conversation. J'aimerais te confier certaines choses, moi aussi, si tu es d'accord.

— Bien sûr, répond-elle avec un coup d'œil à sa montre. On peut parler pendant le petit déjeuner. Ricky doit être tellement perturbé et se demander où je suis. Et où est Marcy.

Chaque fois que Nora prononce le nom de Marcy, mes muscles se crispent.

— Vous êtes proches, en-dehors de la salle de sport ?

— Avec Marcy ? Hmm.

Nora réfléchit un instant à ma question.

— On passe beaucoup de temps ensemble, ce qui crée un certain lien, mais on n'a pas de discussions à cœur ouvert ou quoi que ce soit. Elle n'est certainement pas le genre de coach sportive à prodiguer des conseils de vie pendant qu'elle torture mon corps. Marcy est une vraie dure à cuire, mais c'est ce que j'apprécie chez elle.

— Tu ne sais rien de sa vie privée ?

— Pas grand-chose. C'est mal ?

Une main portée à sa bouche, Nora hausse les épaules.

— Quand je m'entraîne avec Marcy, il ne me reste pas le moindre espace mental pour ne serait-ce qu'envisager lui poser une question personnelle. Il n'y a pas de jours tranquilles, avec Marcy. Elle n'y croit pas.

Nora repousse la couverture.

— Et voilà le résultat.

— Je ne m'en plains pas.

J'ai d'ailleurs bien du mal à détourner le regard.

— J'aimerais avoir une preuve écrite, pour la prochaine fois que je me réveillerai tôt afin de rejoindre Marcy.

— Penche-toi sur cette histoire de réveil. Une femme aussi intelligente que toi devrait trouver une solution en un rien de temps.

Je l'attire à moi, incapable de m'en empêcher. J'ai toutefois l'impression d'être une hypocrite, à admirer ainsi le corps impossible de Nora – avec tout ce qu'elle s'inflige pour le maintenir en telle forme à son âge. Je peux néanmoins accepter cette contradiction en moi, parce qu'il ne s'agit pas de mon propre corps et que je ne suis pas forcée de m'entraîner avec Marcy au lever du jour.

— On devrait se lever, annonce Nora.

Cependant, au lieu de bondir hors du lit, elle m'embrasse sur les lèvres.

— C'était incroyable, ce que tu as fait hier soir. Venir ici comme ça. Personne n'a jamais rien fait de tel pour moi. Personne ne m'a jamais accordé le bénéfice du doute ainsi.

— Sauf tes amis.

S'il est possible de juger quelqu'un par le biais de ses meilleurs amis, Nora doit être l'une des personnes les plus extraordinaires de cette planète.

— Ils t'aiment tellement, Nora. C'est merveilleux.

— Ils m'ont dit certaines choses que je n'avais pas du tout envie d'entendre.

— C'est aussi à ça que servent les amis.

Quitte à ce que mon fils fréquente un homme plus âgé, autant que ce soit un homme aussi charmant et bienveillant que Juan.

— Que t'ont dit Juan et Imani ? m'interroge Nora en se redressant sur un coude. Pour te convaincre de venir ici et de me séduire ?

Elle me sourit, manifestement ravie.

— Ils m'ont demandé de voir au-delà de tes conneries.

— Oh, vraiment ?

Nora prend bien cette plaisanterie, ce qui me laisse croire que nous avons franchi une étape importante – et que je n'aurai plus trop besoin de regarder au-delà de ses sottises.

———

— Je ne veux pas faire semblant de savoir mieux que toi, déclaré-je avant de prendre conscience de ma bévue. Désolée. Ce n'est pas ce que je voulais dire.

— Je comprends, me rassure Nora en sirotant son café. Je suis la championne du monde de cette discipline.

— Je suis une mère, ce qui signifie qu'il m'est impossible d'ignorer mon point de vue de mère. Je verrai donc toujours tout sous cet angle aussi.

— D'accord.

— Je ne connais pas tes parents.

J'aimerais beaucoup les rencontrer, mais je ne commettrai pas l'erreur d'insister pour que ça arrive.

— Mais, Nora, ils sont forcément fiers de toi. Et, bien sûr, tu peux réfuter que je ne peux pas en être certaine, si ça te chante. Et tu aurais raison. Mais je vais quand même défendre mon point de vue. Être incapable d'exprimer une émotion ne signifie pas qu'elle n'existe pas. Bien au contraire.

— Je sais.

Nora repousse son assiette. Elle a à peine mangé la moitié de celle préparée par Ricky – sûrement parce qu'elle ne sort pas d'une séance de sport infernale dirigée par Marcy. Mais je dois lâcher cette affaire-ci également. Je me rends soudain compte que j'ai sûrement autant d'efforts à fournir que Nora pour lâcher prise, si je souhaite que cette relation fonctionne.

— J'éprouve de nombreuses émotions que je ne saurais exprimer, à cet instant.

Le ton de sa voix me rassure ; elle plaisante. Il s'agit sûrement de sa façon de refouler ce qu'elle ne veut pas affronter – si elle ne peut plus l'éviter, autant dédramatiser la situation.

— Comme quoi ?

Je suis volontiers son exemple. Je ne suis pas la psychologue de Nora. Je suis son… amante, pour le moment, j'imagine.

— Je me demande seulement si on devrait prévenir Ricky

qu'il vaut mieux éviter de sortir pendant les quinze prochaines minutes.

Nora saisit ma cheville entre ses pieds.

— Tu exprimes très bien tes émotions, finalement.

— Qui l'eût cru ? rétorque-t-elle avec un sourire éclatant.

— Moi. Tu te souviens du jour où tu as tenté de m'embrasser dans ma cuisine ?

Penchée sur elle, je pose les mains sur ses genoux.

— C'était la première de tes émotions refoulées qui essayait de s'échapper.

— Peut-être, s'esclaffe Nora.

Elle approche son visage du mien afin de m'embrasser.

Je recule légèrement la tête, l'obligeant à patienter.

— N'oublie pas que tu es très aimée. Juan et Imani feraient n'importe quoi pour toi. Ils m'ont littéralement suppliée de t'accorder une seconde chance.

Elle acquiesce brièvement.

— Je t'aime, continué-je. Je suis là. Je suis revenue, et je me suis facilement laissé convaincre. Ils n'ont pas eu besoin de me forcer à quoi que ce soit, parce que je t'ai vue, Nora. J'ai eu des aperçus de la femme que tu es réellement, et j'ai hâte de découvrir le reste. Ton cœur en or massif qui se cache sous tous ces complexes inutiles. Je veux tout. Je me fiche complètement d'Emily Brooks. Je ne veux que Nora Levine.

J'appuie mon front contre le sien, les doigts serrés sur sa cuisse.

— Tu es bien plus qu'assez, pour moi, et mes sentiments, mon amour, sont inconditionnels. Ta famille t'aime, Nora.

Même si je n'ai pas la moindre autorité pour lui dire ceci, aucune preuve pour soutenir mes propos, j'ai besoin de l'exprimer. Elle doit l'entendre.

— Je parie que même Marcy t'aime un peu.

— Je crois que c'est moi, qui aime un peu Marcy.

À cet instant, je ne sais pas vraiment si Nora est sérieuse ou si elle plaisante pour détourner mon attention.

— Ne te méprends pas : pendant deux heures tous les matins, je maudis Marcy de tout mon être pour tout ce qu'elle m'inflige, mais la façon dont elle me pousse à bouger, à me dépenser, ça m'aide à assimiler tant de choses.

Nora effleure mon nez du sien.

— Comme tu l'as fait hier soir. Je sais que ce n'était pas simplement parce que tu trouves le corps que Marcy m'a aidée à sculpter irrésistible.

— Alors tu sais le plus important.

Je laisse enfin Nora m'embrasser, et je lui rends ce baiser avec ferveur. Nous sommes interrompues par le raclement de gorge de Ricky derrière nous.

— Désolé, Nora.

Le cuisinier me paraît bien plus amusé que désolé.

CHAPITRE 39
NORA

— Devine qui m'a appelée hier ? annoncé-je à Mimi.

Tout comme moi, elle se prélasse sur le canapé, avec les chiens étalés entre nous.

— En tenant compte du nombre limité de personnes disposant d'une ligne directe pour te contacter, ce jeu devrait être facile. Tu ne ferais pas tout un plat d'un appel de Juan ou d'Imani.

Elle se redresse et hausse les sourcils.

— Ta mère ?

— Non.

Je refuse d'aborder de nouveau ce sujet. Pas aujourd'hui. C'est bientôt Noël, et la culpabilité de tout ce que je ne suis pas en tant que fille commence à me ronger, comme toujours à cette période de l'année.

— Ça concerne le travail.

— D'accord. Hmm. Un des producteurs de *High Life* souhaitant évoquer une possible réunion ?

— Promets-moi tout de suite que tu m'aideras à refuser, si jamais on me propose une telle offre.

— Vraiment ? s'étonne Mimi en se redressant complètement. Tu ne le ferais pas ?

— Pas pour tout l'or du monde, quoique je pourrais le mettre à profit.

Comme toujours, le doute s'installe en moi. Si de gros bonnets d'Hollywood veulent me verser une certaine somme pour reprendre le rôle d'Emily Brooks, ne devrais-je pas accepter pour financer mes œuvres caritatives ?

— Même si ça comblerait des millions de personnes ? s'enquiert Mimi.

— Tes enfants, tu veux dire ?

— Mes enfants sont en contact direct avec Nora Levine, ces derniers temps. J'aimerais penser qu'ils préfèrent ça à la possibilité d'un retour d'Emily Brooks ou de *High Life*.

— Je n'en serais pas si sûre.

— Que se passe-t-il ? m'interroge Mimi sans me quitter du regard. Qui t'a appelée ?

Izzy bondit sur ses genoux.

— Elisa. Un film *Underground* va être tourné, et elle voudrait que je joue dedans.

— Elisa Fox ?

Mimi s'évente de la main, et je repousse doucement sa jambe avec mon pied.

— Ça m'a l'air encore mieux qu'une réunion de *High Life*, commente-t-elle.

— Un script va m'être envoyé, mais je ne sais même pas si je vais le lire. Je ne suis pas certaine que ce soit une bonne idée.

— Pourquoi ?

— Quand je joue dans une série, je préfère rester discrète pendant les pauses du tournage. Je ne suis pas comme Stella, qui va enchaîner deux films l'un après l'autre. Je préfère ne rien faire afin de recharger mes batteries pour la saison suivante. S'il y en a une.

— Il y en aura une.

Si quelqu'un peut le savoir, c'est bien Mimi. Izzy tente de se retourner sur les genoux de Mimi. Elle échoue lamentablement, mais non sans nous fournir un spectacle hilarant. Mimi et moi la couvrons de caresses pendant un moment, ce qu'elle voulait depuis le départ.

— Depuis combien de temps n'as-tu pas joué dans un film ? me demande Mimi.

— Des années.

Bien avant mon rôle dans *Unbreak My Heart*.

— Il y a d'autres choses que tu n'avais pas faites depuis des années mais que tu as volontiers reprises récemment, me rappelle Mimi avec un sourire.

— Un film, c'est bien différent d'une série. *Unbreak My Heart* est pile dans ma zone de confort. Je travaille principalement avec les mêmes personnes d'une saison à l'autre, avec Stella et Jo et la majorité de l'équipe que je connais, tout en faisant ce que je préfère au monde.

— Tu connais Elisa.

— Je la connais, mais on n'est pas vraiment proches.

Mimi arbore un grand sourire.

— Désolée. Je t'imaginais déjà dans ce film avec Elisa Fox. Je ne suis pas sûre de pouvoir effacer cette image de mon esprit.

— Tu fantasmes sur une autre femme alors que je suis assise à côté de toi ? plaisanté-je. Ou est-ce que ton âge te joue des tours et tu as oublié qui j'étais pendant une seconde ?

— Ouille, s'offusque faussement Mimi. Tu n'as aucun respect pour tes aînés.

Rien ne pourrait être plus faux, ce qu'elle sait parfaitement. Ma relation avec Mimi, qui aborde le vieillissement et tout ce qui l'accompagne avec une telle sérénité, m'a ouvert les yeux. Depuis que nous sommes en couple, je n'ai pris aucun rendez-vous pour de nouvelles injections, que ce soit pour mes lèvres ou pour le Botox au niveau de mon front, non parce qu'elle me dit que je n'en ai pas besoin mais parce qu'elle me montre au quotidien qu'il est possible de prendre de l'âge avec élégance. Que le vieillissement peut être naturel et réjouissant, au lieu de recourir à des produits chimiques en craignant qu'une ride quelconque passe mal à la caméra.

— Selon mes enfants, soixante-cinq ans, c'est le nouveau cinquante ans. Je leur accorde une confiance totale.

Elle soulève Izzy et la serre dans ses bras.

— Mais revenons-en à ce film. Et si tu attendais le script ? On pourrait le lire ensemble et voir ce que ça donne. S'il est tellement bon qu'il t'est impossible de l'ignorer, on pourra approfondir le sujet. Inutile de trop t'inquiéter pour le moment.

— D'accord, accepté-je sans la quitter des yeux.

— Quoi ?

Mimi soutient mon regard, la tête inclinée.

— J'ai réfléchi à autre chose. À ton sujet.

— Tu entends ça, Iz' ? roucoule Mimi en remuant les sourcils. Ta maman a pensé à moi.

— Peut-être… tu devrais réaliser un épisode d'*Unbreak My Heart*, un jour. Pas cette saison-ci, mais peut-être pour la prochaine.

Elle écarquille les yeux.

— Moi ? Mais je ne suis pas réalisatrice.

— Ça ne veut pas dire que tu ne peux pas en devenir une. Tu viens justement de me dire que soixante-cinq ans, c'est le nouveau cinquante ans.

— Ça n'a rien à voir avec mon âge. Je n'ai pas la moindre expérience. Je ne sais rien de la réalisation d'une série télévisée.

— Bien sûr que si, Mimi. D'autant plus avec tout le temps que tu passes sur le plateau.

Je donne un petit coup d'orteil dans sa jambe.

— Ou avais-tu d'autres raisons de mettre autant la main à la pâte sur notre série ?

— Je plaide coupable.

Elle se mordille la lèvre inférieure.

— Le métier de réalisateur ne s'apprend pas par osmose. Je n'ai aucun savoir-faire technique, pour commencer.

— Pour l'instant. Mais tu peux apprendre. Tu devrais t'entretenir avec la PDG avant, bien entendu. Demande-lui si l'assistant-réalisateur aurait besoin d'une interne d'âge mûr.

— Une interne *d'âge mûr* ?

Mimi hausse les épaules, et je ne saurais dire si elle me prend au sérieux ou pas. Dans tous les cas, ce n'est qu'une simple suggestion – mais peut-être n'y aurait-elle pas pensé d'elle-même.

— C'est gentil de ta part.

Elle repose Izzy sur le canapé et se rapproche de moi.

— Tu te souviens de mes confidences sur mon envie de devenir réalisatrice ? Mais c'était il y a longtemps, Nora.

Malgré la proximité de son visage, je parviens toujours à distinguer son sourire.

— Je suis devenue à peu près tout ce que je voulais.

— Ou alors tu ne supportes pas l'idée de redevenir une interne. Tu n'es peut-être pas capable d'une telle humilité.

Mimi s'est montrée plus qu'humble avec moi, mais j'aime la taquiner.

— Et si j'y réfléchissais, tout comme tu vas réfléchir à ce film.

Ses lèvres effleurent ma joue au rythme de ses mots.

— Marché conclu, murmuré-je avant de l'embrasser.

———

— Ce qui me plaît le plus, ce sont ces minutes magiques entre *action* et *coupez* où je joue un personnage, où je suis quelqu'un d'autre tout en restant moi.

Il se pourrait que j'aie transmis à Mimi mon amour pour mon canapé, au cours des dernières semaines. Je ne pensais pas une telle chose possible, mais elle y est parfaitement à sa place, et je suis à la mienne dans ses bras quand elle est allongée avec moi.

— Peu importe le personnage que je joue, tant que j'incarne quelqu'un d'autre.

Je suis pratiquement sûre de ne pas m'expliquer correctement – comme d'habitude.

— Je suis accro à cette sensation.

— D'incarner quelqu'un d'autre ? s'enquiert Mimi en me caressant le bras.

— Oui. D'être quelqu'un de plus…

Je dois prêter attention à ce que je vais dire, non seulement parce que je parle à Mimi, mais également parce que je parle de moi-même, et je m'efforce d'être plus bienveillante envers moi-même qu'auparavant.

— D'être le genre de personne que j'ai secrètement toujours rêvé d'être, mais que je ne pourrais jamais devenir sans les caméras.

— Mais ces femmes, les *personnages* que tu incarnes, ne sont pas réelles. Elles sont inventées. Complètement fictives.

— Je le sais, mais…

Certaines choses sont peut-être impossibles à expliquer. Je suis peut-être à court de mots pour exprimer ce fossé entre la femme que je suis et celle que les autres pensent que je suis. Ou alors, peut-être Mimi a-t-elle raison. La personne que j'ai toujours cru devoir être n'existe tout simplement pas dans la vraie vie.

— Tu ne serais pas la première à trop exiger de toi-même, commente Mimi. Loin de là.

Elle soupire, ma tête suivant le mouvement de sa poitrine.

— On le fait tous, mais la plupart d'entre nous n'avons pas d'appareils photo de paparazzis capturant chacun de nos faits et gestes pendant la majorité de notre vie.

Mon menton tape dans l'épaule de Mimi lorsque je hoche la tête. Même si j'essaye de formuler une chose difficile, qui s'est infiltrée si profondément dans mes os qu'elle fait désormais partie de moi, la seule tension que je ressens provient de ses doigts sur ma peau – de l'effet qu'elle a sur moi.

Parce que Mimi comprend. Je n'ai pas besoin de m'expliquer sans relâche. Je n'ai pas besoin de m'étendre sur les raisons pour lesquelles je mène une vie aussi mesurée et tranquille, ni sur celles pour lesquelles la vie que je me suis choisie me rend heureuse. Cette vie me convient, c'est même la meilleure pour moi : quand rien n'est jamais direct, quand une alarme retentit sans cesse dans votre esprit, le calme et la mesure permettent de mieux gérer la situation.

Ma vie me paraît toutefois moins mesurée depuis que Mimi y est entrée avec son cœur aussi grand que sa famille.

— Tu es prête à te retrouver sous l'objectif de ces appareils photo ? lui demandé-je.

Ce n'est qu'une question de temps, après tout. Malgré notre prudence et notre discrétion, sûrement plus tôt que tard, quelqu'un finira bien par remarquer que la cadre avec qui je passe tant de temps n'est pas seulement la PDG de la société qui produit notre série.

Mimi soupire à nouveau.

— J'imagine déjà les gros titres.

Elle prend une profonde inspiration, sa poitrine se soulevant sous ma joue.

— « Nora Levine les aime plus âgées ».

Elle s'esclaffe, mais je ne saurais dire s'il s'agit d'un rire sincère ou nerveux.

— Mon âge entre parenthèses après chaque mention de mon nom, bien entendu, parce que c'est une information tellement importante.

Personnellement, je doute que l'âge de Mimi fasse les gros titres.

— J'ai cinquante-et-un ans. Ce n'est vraiment pas un drame.

Je resserre mon étreinte sur elle.

— Et j'aime que tu sois plus âgée que moi.

— J'avais remarqué.

Si je me fie au tremblement de sa poitrine sous ma tête, ce rire-ci est indubitablement sincère.

J'aimerais que mon statut marital ne soit pas le sujet de potins. Des millions de personnes se mettent en couple chaque jour. Cependant, quelques coups du sort ont fait de moi cette personne idolâtrée dont le monde veut absolument tout savoir. Je devrais être flattée par le fait que la simple mention de mon nom suffit à vendre quelques exemplaires de magazines supplémentaires, et pourtant je ne souhaiterais une telle célébrité à personne – surtout pas à la femme que j'aime.

Mimi se fige.

— Quoiqu'il arrive, on affrontera ça ensemble, et tout va bien se passer. Parce qu'on sera là l'une pour l'autre.

Allongée dans ses bras, calée dans son étreinte chaleureuse, je veux bien la croire sur parole.

CHAPITRE 40
MIMI

— Où est Nora ? me demande Jennifer le dimanche matin.

— Elle avait quelque chose de prévu.

Je ne peux pas en vouloir à mes enfants de toujours accorder une telle importance à la vie de Nora. Même si cela dure désormais depuis quelques semaines, ils se remettent encore de la relation qu'entretient leur mère avec Nora Levine. Il leur faudra encore d'autres semaines, voire quelques mois, avant de réussir à voir Nora comme étant simplement Nora, un autre être humain. Étant témoin de leurs réactions toujours inchangées, je comprends un peu mieux Nora. Porter un jugement est facile, mais il est impossible de comprendre quelqu'un tant que l'on n'a pas vécu sa vie et si l'on n'a pas connu les mêmes hauts et bas.

Passé par la porte arrière, Austin fait soudain irruption dans la pièce.

— Maman ! Tu es en première page de *TMZ*.

Mes muscles se crispent. Tout comme mes enfants ne se sont pas encore habitués à la relation de leur mère avec Nora Levine, je n'ai pas l'habitude de voir mon visage en couverture d'un magazine – ou sur la première page d'un site de ragots.

Austin me montre son portable. Nora et moi ne sommes pas officiellement sorties ensemble, mais nous ne nous enfermons pas chez nous non plus. Nous sommes deux femmes actives, avec des obligations et une vie sociale. Un paparazzi furtif a réussi à prendre une photo floue de nous à notre sortie d'un restaurant.

— Bon, tant pis.

Malgré mon inquiétude initiale, je n'ai pas trop de mal à faire abstraction de cette nouvelle. Austin, quant à lui, est bien plus stressé par cette situation. Il a réglé une alerte Google pour mon nom lié à celui de Nora.

Je décide de changer de sujet.

— Tu es venu seul, mon chéri ?

— Juan est au Centre.

— Nora vient pour Noël, n'est-ce pas ? s'enquiert Jennifer. Ou est-ce qu'on est tous invités chez elle ?

Sur cette dernière question, sa voix monte dans les aigus.

— Laisse tomber, rétorque Austin. Chaque Noël, Nora organise une énorme réception au Centre LGBT pour tous ceux qui n'ont pas de famille avec qui passer les fêtes.

— Oh.

Manifestement, Jennifer n'a rien à répondre.

— Nora viendra pour le réveillon.

J'avais prévu d'avoir cette conversation plus tard, pendant le repas, mais autant leur annoncer cette rupture de tradition maintenant.

— Le réveillon de Noël ?

Jennifer fait la moue, et je lui souris dans l'espoir de la réconforter.

— Je me disais qu'on pourrait passer les fêtes autrement, cette année. Et si on assistait à la fête de Nora au Centre LGBT pour Noël, à la place ?

— Ça me va, répond Austin.

Je ne suis pas surprise : c'était sûrement ce qu'il avait déjà prévu.

— On pourrait dîner en famille pour le réveillon, avec Nora, Juan et Imani.

Juan et Imani font pratiquement partie de notre famille, désormais – ils sont aussi indissociables de Nora que mes enfants le sont de moi.

— Puis on pourrait se rendre à la fête de Nora au Centre LGBT le jour de Noël.

— D'accord, concède Jennifer dans un haussement d'épaules. Lauren et Heather ne sont pas là, de toute façon.

Elle se redresse promptement, le regard lumineux.

— Et je pourrais passer Noël avec Nora Levine. Est-ce que d'autres acteurs de *High Life* assistent à cette réception ?

— Ce n'est pas une soirée mondaine, rétorque Austin. C'est une soirée, oui, mais la plupart de ces gens ont été rejetés par leur famille. Noël est une période traumatisante pour eux. Nora souhaite simplement les réconforter un peu.

— Très bien, je comprends.

Jennifer reporte alors son attention sur moi.

— Et la famille de Nora ? Ils lui rendent visite ?

— La famille de Nora est compliquée, ma puce.

J'ai appris à laisser Nora mener la cadence de nos conversations au sujet de sa famille, puisqu'il s'agit de *sa* famille et non de la mienne.

— De ce que j'en sais, ils n'ont pas prévu de venir.

— Tu savais que Juan et Imani sont les bénéficiaires à vie d'un fonds fiduciaire créé par Nora sans la moindre condition ? m'interroge Austin.

Je ne le savais pas. Je ne sais pas non plus pourquoi Austin nous apprend soudain cette information – je ne sais pas non plus pourquoi Nora ne m'en a pas parlé, même si ça ne me surprend pas tellement, maintenant que je la connais un peu mieux.

— Évidemment, commente Jennifer. Ils n'ont pas vraiment d'emploi stable.

— Ils font constamment du bénévolat au Centre LGBT, rétorque Austin avec un regard noir à l'intention de sa sœur. Tout le monde n'est pas aussi privilégié que toi, tu sais ?

— Moi ?

Jennifer le dévisage, manifestement agacée.

— Et toi, alors ?

— Je dis simplement que tout le monde n'a pas la chance d'avoir une mère comme la nôtre, explique Austin pour l'apaiser.

Il se tourne vers moi et, d'un clin d'œil, fait fondre mon cœur de maman.

— Les histoires que m'a racontées Juan... commence-t-il avant de secouer la tête. Ça m'a fait prendre conscience de ma chance.

— Dans ce cas, ce sera pour moi un privilège de passer Noël au Centre LGBT. Avec Nora.

Jennifer murmure ces derniers mots. Quelques instants plus tard, Heather et Lauren arrivent avec leurs maris et enfants. C'est la dernière fois que nous nous réunissons avant leur départ en vacances dans leurs belles-familles respectives. Nous organiserons un grand repas en famille chez leur père à leur retour. Je ne sais pas encore si Nora sera de la partie, même si j'apprécierais fortement de l'avoir à mes côtés pour cette occasion. Toutefois, même si elle décide de ne pas venir, Nora s'est ouverte à moi après le désastre de Thanksgiving, et c'est le meilleur cadeau de Noël que j'aurais pu espérer.

CHAPITRE 41
NORA

Pour quelqu'un qui déteste autant les fêtes, je suis dans mon élément, aujourd'hui. Je me sens plus à ma place au Centre LGBT, entre les marginaux et les réprouvés, qu'à une première hollywoodienne. Non parce que je me sens meilleure que quiconque ici – au contraire. Ma présence ici me donne l'impression d'entretenir un lien rare avec d'autres humains.

Tout le monde veut me parler, cet après-midi, mais je savais qu'il en serait ainsi, et j'aurai largement le temps de m'en remettre ensuite. De plus, cette année, Mimi est là. Quand je la remarque en train de m'observer depuis l'autre côté de la pièce, une délicieuse vague de chaleur se répand dans mes veines.

Marcy se dirige vers Mimi. J'aimerais pouvoir entendre leur conversation, mais je suis approchée par Austin et Jennifer.

— On aimerait beaucoup devenir bénévoles ici, m'annonce Austin.

De tous les enfants St James, il est le plus à l'aise avec moi, ce qui est assez logique puisque nous avons passé plus de temps ensemble du fait de sa relation avec Juan.

— Si le Centre veut bien de nous.

— Vous serez sans aucun doute accueillis à bras ouverts.

Je désigne Imani, en pleine discussion avec la présidente du comité.

— C'est à Imani qu'il faut s'adresser pour devenir bénévole.

— Je vais aller la voir de ce pas.

Austin tourne les talons, me laissant seule avec Jennifer. Je comprendrais la méfiance des enfants de Mimi à mon égard, après mon absence au repas de Thanksgiving. Mimi n'est pas du genre à cacher quoi que ce soit à ses enfants. Elle m'a confié ne pas avoir réussi à leur dissimuler sa tristesse, puisqu'ils sont sa famille et qu'ils l'aiment.

Je jette un nouveau coup d'œil à Mimi, qui gesticule en expliquant quelque chose à Marcy. Je meurs d'envie de connaître le sujet de cette conversation si animée – peut-être Marcy tente-t-elle de convaincre Mimi de participer à nos séances de sport, et Mimi lui expose-t-elle toutes les raisons pour lesquelles cette idée est démente. Je souris malgré moi.

Maintenant que nous sommes en tête-à-tête, pour une fois, une partie de moi s'attend à ce que Jennifer m'interroge sur mes intentions à l'égard de sa mère, mais elle se contente de me sourire.

— C'est incroyable, Nora. Comme si je pouvais t'aimer encore plus.

Même si j'ai l'air de bénéficier de l'estime infinie des enfants St James, je suis prise de court. Comme lorsque je suis tombée amoureuse de Mimi.

La présidente tapote un micro. Elle remercie tout le monde d'être venu, puis elle me fait signe de la rejoindre.

— Ne vous en faites pas, déclaré-je. Nous allons *très bientôt* pouvoir manger. Mais avant ça, j'aimerais dire quelques mots.

Prendre la parole en public n'a rien à voir avec le métier d'actrice, avec le fait d'incarner un personnage dans un environnement hyper contrôlé tel qu'un plateau, mais je m'exprime ici depuis tant d'années que je n'éprouve plus la moindre nervosité.

Je croise le regard de Mimi, toujours à côté de Marcy. Mimi me fait un rapide clin d'œil. Je n'aurais jamais imaginé inviter une compagne à cette réception, et encore moins avec deux de ses enfants. Je survole du regard toutes ces personnes dont les yeux sont rivés sur moi. Aucun d'entre eux ne s'était sûrement jamais attendu à passer Noël dans un lieu tel que celui-ci, loin de sa famille de sang. Si ma présence peut illuminer leur journée ne serait-ce que l'espace de quelques minutes, ça en vaut la peine. Si leur servir un repas de qualité gastronomique peut leur apporter le moindre bonheur, ça en vaut la peine. Si ce moment communautaire et la chaleur qu'il apporte leur permet de retrouver un semblant de dignité, il n'y a rien de mieux.

— Vous, commencé-je. Vous êtes tous *ma* famille. Évidemment, je ne suis pas assez vieille pour que ce soit réellement le cas, mais aujourd'hui, vous êtes tous mes filleuls et filleules, et je suis là pour prendre soin de vous. Pour vous affirmer qu'aujourd'hui, vous n'avez à vous inquiéter de rien, sauf de passer un bon moment. Même si vous ne parvenez à refouler ces inquiétudes que l'espace de cinq minutes, profitez de ces cinq minutes exemptes du stress de votre quotidien. J'aimerais pouvoir vous offrir plus que ces cinq minutes, ou que cet après-midi. J'aimerais pouvoir vous offrir tout ce que vous méritez chaque jour.

Pendant que je préparais ce discours, qui n'est qu'une déclinaison de celui que je donne tous les ans, je n'ai pu m'empêcher de penser à ma propre famille. Quoi que je fasse, je pense à mes parents bien plus souvent que je le voudrais. Au fait que, dans notre cas, le temps semble n'avoir guéri aucune blessure, bien au contraire. Au fait que les cicatrices de notre relation sont bien trop profondes, parce que nous les avons laissées s'infecter. Peut-être que l'année prochaine, quand je me tiendrai ici pour donner le même discours, la situation aura changé, ou alors sera-t-elle exactement la même. Je n'en sais absolument rien. Si j'ai bien appris une chose, depuis Noël dernier, c'est que peu importe le contrôle que vous exercez sur votre vie, elle restera toujours imprévisible. Je n'ai qu'à regarder Mimi pour me le rappeler.

CHAPITRE 42
MIMI
ÉPILOGUE

— Je garde ça pour moi depuis un moment.

Je lisse le papier du cadeau dans ma main.

— J'attendais le bon moment pour te l'offrir.

Demain se déroulera la lecture du scénario du film *Under-ground*, dans lequel Nora a finalement accepté de jouer. Elle était si réticente qu'Elisa Fox a dû passer plusieurs fois afin de la convaincre, ce que je considère comme un avantage imprévu.

— Tu m'as acheté un cadeau ?

Pour une femme aussi universellement adorée et dont la moindre lubie matérielle est satisfaite, Nora reste toujours ébahie lorsqu'elle est la bénéficiaire d'un quelconque acte de gentillesse. Ces petits gestes touchent une partie d'elle qu'elle a protégée pendant des dizaines d'années.

— Ce n'est pas vrai.

Elle noue ses mains devant sa bouche.

— Tu en as déjà une copie, mais celle-ci est plutôt spéciale.

Je n'ai pas eu besoin de remuer ciel et terre pour me procurer ce cadeau-ci : le nom de Nora ouvre de nombreuses portes. Je lui tends son cadeau, et Nora plonge son regard dans le mien.

— Merci beaucoup.

Elle est un peu sur les nerfs parce qu'elle est nerveuse pour demain : elle va rencontrer un certain nombre de nouvelles personnes et ne sait pas comment se comporter avec elles ou s'intégrer dans un nouvel environnement de travail. Elle déchire le papier cadeau, révélant son contenu, puis elle me sourit.

— J'en ai effectivement un exemplaire lu et relu.

Elle contemple le visage d'Isabel Adler sur la couverture de sa biographie.

— Ça ne peut signifier qu'une seule chose.

Elle ouvre le livre.

Je suis ravie d'être témoin de cet instant où Nora lit un message écrit spécialement pour elle par une personne qu'elle idolâtre. Elle porte deux doigts à ses lèvres, les yeux rivés sur la page.

— Oh, mon Dieu. Je n'en reviens pas.

Je viens me poster d'elle afin de poser une main sur son épaule. Je lis ensuite le message écrit par Isabel Adler à l'intention de Nora.

Chère Nora,
Parfois, notre perception de nous-même est complètement
erronée – je le sais bien.
Avec beaucoup d'amour,
Izzy xo

Derrière la page suivante se trouve une carte dont Nora s'empare. Je lis l'inscription par-dessus son épaule.

Nora,
Leila et moi adorerions vous rencontrer. Nous sommes de
grandes fans. Nous adorons Unbreak My Heart encore plus
que nous aimons High Life, et nous sommes aux anges depuis

que nous avons appris que vous allez jouer dans le film Under-
ground. Nous avons hâte de le voir, parce que nous savons déjà
que vous allez tout déchirer.
Izzy A. & Leila Z.

Nora se tourne vers moi.

— Mais qu'est-ce que… ? Je n'ai pas envie de rencontrer Isabel Adler.

Je ne devrais pas être étonnée qu'il s'agisse de sa première réaction.

— On verra.

Inutile d'insister maintenant – il suffit de lui donner l'idée. Ces derniers mois, j'ai beaucoup étudié le mode de fonctionnement complexe de Nora Levine, et je gère de mieux en mieux notre relation chaque jour. J'ai appris quand lâcher l'affaire, quels sont les bons moments pour tâter le terrain, et quand il est judicieux de l'encourager un peu.

— Je ne te remercierai jamais assez.

Du bout du doigt, elle caresse les mots d'Isabel encrés dans le livre, puis elle reporte son attention sur moi.

— Comment as-tu réussi ça ? Tu as dû parler à Isabel, pour qu'elle écrive un message aussi personnel ?

Elle plisse les yeux.

— Que lui as-tu raconté à mon sujet ?

— Rien qu'elle ne comprenne parfaitement elle-même, dis-je avec un sourire. J'ai comme l'impression que vous pourriez devenir de très bonnes amies, Isabel Adler et toi. Et je ne dis pas ça simplement pour te faire plaisir. Je le pense vraiment. Ça serait même complètement logique, quand on y pense.

— Tss. Comme si Isabel Adler allait un jour vouloir devenir mon amie.

Je récupère la carte d'Isabel et la lève devant les yeux de Nora.

— Preuve numéro un.

Nora ne proteste pas plus.

— Je n'en reviens pas. Tu es géniale.

— Je dois l'être, puisque je suis la petite amie de Nora Levine.

Ce n'est même pas une plaisanterie.

Nora serre le livre contre sa poitrine.

— C'est le meilleur cadeau du monde. Vraiment. Merci.

— Mais de rien.

Je lui retire le livre, désireuse de prendre sa place contre la poitrine de Nora.

— Je suis sérieuse.

Les yeux humides, Nora prend mes mains dans les siennes.

— Je ne suis pas facile, je sais, et tu… tu es toujours là, toujours aussi gentille et compréhensive. Tu me comprends mieux que personne.

Parce que tu n'as jamais laissé personne d'autre te comprendre, songé-je, mais ça n'a pas la moindre importance.

— Tu m'acceptes avec toutes mes excentricités, même si…

Son expression solennelle laisse place à un petit sourire malicieux.

— Je suis étonnée que tu m'aies autant encouragée à jouer dans ce film, étant donné que ça nous rajoute des semaines de réveils matinaux pour mes séances de sport avec Marcy.

Chaque fois qu'elle doit se lever avant 7 h du matin, la montre connectée de Nora la réveille en vibrant discrètement sur son poignet. Même si c'est mille fois mieux que l'horrible sonnerie d'un réveil, je me réveille moi aussi la moitié du temps. Ça ne me dérange pas, puisque je perfectionne l'art de me rendormir après avoir caressé son sublime corps – Nora n'est pas encore prête à dire adieu à ses abdominaux, et qui suis-je pour la convaincre du contraire ?

— N'importe quoi pour te voir dans ce film, tout comme Leila et Izzy.

— Tu l'appelles déjà Izzy, alors ?

Du pouce, Nora dessine de petits cercles sur ma main. Je hoche la tête.

— Je pense qu'on va incroyablement bien s'entendre, toutes les quatre. On devrait prévoir un voyage à New York dès que le tournage du film sera terminé.

Nora laisse échapper un profond soupir, mais je sais qu'elle fait simplement semblant.

— Ma vie était si simple et tranquille, avant. Maintenant, tu me pousses à jouer dans des films quand je ne suis pas en tournage pour la télévision, et tu m'emmènes à New York pour rencontrer Isabel Adler.

— La vie n'est-elle pas magnifique ?

Je me plonge dans les yeux bleus de Nora. Ils sont encore humides, mais c'est la joie qui les fait scintiller – ainsi qu'un amour infini.

Je l'attire tout contre moi.

— Je t'aime, Nora Levine. J'aime tout de toi.

À PROPOS DE HARPER BLISS

Harper Bliss est l'autrice de plus de quarante romances saphiques très populaires chez les amateurs anglophones du genre. Plusieurs de ses romances ont été traduites en français, dont *A propos de ce baiser* et *Une affaire de famille*.

Après avoir vécu à Hong Kong pendant sept ans, elle est revenue s'installer dans sa Belgique natale, où elle vit dans sa ville préférée avec son épouse, Caroline, et son chat, Dolly Purrton. Elle envisage d'ajouter un chien à la famille, du moins si Dolly le permet.

Harper adore être en contact avec ses lecteurs, que ce soit par email ou dans son groupe Facebook.

www.harperbliss.com
harper@harperbliss.com

ÉGALEMENT DISPONIBLES

Le Duo

Un baiser et tout a changé

Une affaire de famille

À propos de ce baiser

Sous nos étoiles

Un jour ma princesse viendra (avec Clare Lydon)